Zeuge eines Verbrechens

René Falk

Die Abenteuer von Tobias Heller und seinem Team sind in sich abgeschlossen und können unabhängig voneinander gelesen werden. Charaktere entwickeln sich jedoch weiter, es erhöht daher den Lesegenuss, deren Entwicklung von Beginn an zu verfolgen. Um den Stammlesern ermüdende Wiederholungen aller persönlichen Eigenarten meiner Protagonisten zu ersparen, habe ich mir erlaubt, die wichtigsten Eigenschaften der Hauptpersonen in einer kurzen Darstellung vor der Handlung zusammenzufassen.

René Falk
Zeuge eines Verbrechens

ISBN 979-8-3009-9354-2

Herausgeber:
Harald Brodesser
Agnesstraße 79a
53842 Troisdorf

Internet: *renefalk.tromix.de*

Druck: *KDP Print, ein Unternehmen von Amazon*

Coverbilder: *Bryan Gehrke, Buchcovers.de*
Text und Innenillustrationen: *René Falk*

Inhaltsverzeichnis

SOKO Rhein-Sieg

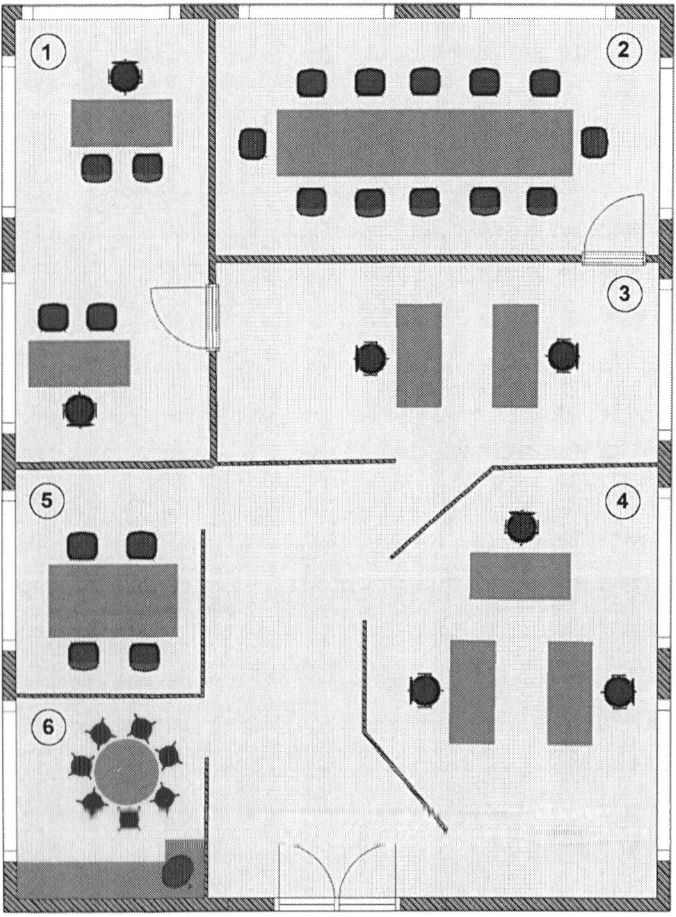

1 Büro Heller/Malowski

2 Besprechungsraum

3 Büro Faber/Weber

4 Büro Brandt/Fuchs/Hagel

5 Vernehmungsraum

6 Aufenthalt/Teeküche

Über dieses Buch

Die trügerische Ruhe einer guten Woche, die nach Abschluss des letzten, äußerst verzwickten Falles der SOKO eingekehrt ist, wird abrupt unterbrochen, als die oberste Chefin des Hauses, Kriminaldirektorin Dr. Ursula Winter, die Leiter Denise Malowski und Tobias Heller zu einem dringenden Gespräch bittet. Die zwei sind auf alles gefasst, doch was sie von ihr und ihrem prominenten Gast zu hören bekommen, übertrifft all ihre Erwartungen. Bis vor wenigen Minuten war ihre Welt noch in Ordnung, doch jetzt haben sie es plötzlich mit einer Entführung zu tun. Es bleiben weniger als 48 Stunden, um die Ehefrau eines Stadtrats und landesweit bekannten Herzchirurgen aus den Fängen ihrer Kidnapper zu befreien.

Das Ermittlerteam

Tobias Heller, Jg. 1979, studierte nach dem Abitur Kriminalpsychologie an der Universität Bonn, brach dann aber nach drei Semestern das Studium ab und bewarb sich bei der Kriminalpolizei. Er ist 1,85 Meter groß und hat eine sportliche Figur. Das dunkelblonde lockige Haar trägt er schulterlang. Seine bevorzugte Kleidung besteht aus Jeans, Turnschuhen und Lederjacke. Seit 2021 leitet er die eigens für ihn eingerichtete SOKO Rhein-Sieg.

Denise Malowski, Jg. 1981, war die Partnerin von Tobias Heller, bis sie im Jahr 2021 den Dienst quittierte. Sie ist 1,70 Meter groß, schlank und hat grasgrüne Augen. Das hellbraune Haar trägt sie meist aus Bequemlichkeit als Pferdeschwanz. Verheiratet ist sie seit 2015 mit dem Steuerberater Sven Leuchner, ihre Tochter Leonie wurde 2016 geboren und 2021 wurde der elternlose Nicklas adoptiert. Im Dezember 2022 wandelte sie die zunächst aus persönlichen Gründen übernommene, zeitlich befristete Stelle in eine unbefristete um und ermittelt jetzt halbtags an der Seite von Tobias Heller in der SOKO Rhein-Sieg.

Martin Weber, Jg. 1978, fing mit dreiundzwanzig Jahren beim Kriminalkommissariat 2 der Siegburger Kriminalpolizei an, das von Melanie Heller geleitet wird. 2021 folgte er dem Ruf ihres Ehemannes Tobias und wechselte in dessen SOKO. Weber steht mit der modernen Technik auf Kriegsfuß, verfügt aber über eine brillante Kombinationsgabe. Er misst 1,75 Meter und seine Haare sind bereits von grauen Strähnen durchsetzt. Seine Frisur wirkt meist, als sei er gerade aus dem Bett gestiegen und er zeichnet sich durch eine extrem legere Kleidung aus, die normalerweise aus ausgelatschten Turnschuhen und verwaschenen Jeans besteht.

Jonas Faber, Jg. 1989, ist mit seinem unfehlbaren Gedächtnis und seinem umfangreichen Fachwissen eine wandelnde Datenbank, womit er sich hervorragend mit seinem Ermittlungspartner Martin Weber ergänzt. Optisch stellt er jedoch einen krassen Gegensatz zu diesem dar, denn seine bevorzugte Kleidung besteht aus Maßanzügen mit Designerhemd und Krawatte. Faber misst 1,89 Meter und ist schlank. Seine dunkelblonden Haare trägt er kurz und er wirkt ständig, als sei er gerade erst beim Friseur gewesen.

Vanessa Fuchs, Jg. 1992, fing ihre Karriere beim Kriminalkommissariat 4 an. Nach nur zwei Dienstjahren dort wurde sie von Tobias Heller für die neue SOKO angeworben, dem ihre herausragenden Kenntnisse über forensische Analysen und ihre Affinität zu elektronischen Geräten jeglicher Art aufgefallen war. Sie ist mit 1,74 Meter und einer sportlichen Figur recht groß für eine Frau. Das schulterlange naturbraune Haar trägt sie in der Regel zu einem Pferdeschwanz gebunden.

Jasmin Brandt, Jg. 1994, begann ihre Laufbahn ebenfalls im Kriminalkommissariat 4, wo sie mit Vanessa Fuchs ein Ermittlungsteam bildete. Sie gilt als wahre Meisterin der Recherche, weshalb sie eine ideale Ergänzung des SOKO-Teams darstellt. Sie ist nur 1,64 Meter groß und etwas ›rundlich‹, was ihrer Vorliebe für Schokoladenriegel geschuldet ist. Die blonden Haare trägt sie meist modisch kurz.

Erik Hagel, Jg. 2000, ist ein Neffe von Hellers früherem Chef Donner. In seinem Abiturjahr 2019 absolvierte er ein Praktikum im Kommissariat seines Onkels und trat später als Kommissaranwärter in den Dienst der Siegburger Kriminalpolizei. Er ist bei einer Größe von 1,82 Metern erschreckend hager. Das schwarze Haar trägt er halblang und ungekämmt. Er ist in forensischen Untersuchungen sehr talentiert und der Assistent von Vanessa Fuchs.

Jürgen Vogel, Jg. 1971, leitet die forensische Abteilung der Kripo Siegburg. Der kauzig wirkende Wissenschaftler liebt seinen Beruf und schwarze Zigarillos über alles. Mit einer Größe von 1,92 Metern und einer extrem hageren Gestalt wirkt er in seinen Bewegungen unbeholfen, ist jedoch in seinem Fachgebiet der forensischen Spurenanalyse eine anerkannte Koryphäe und bei seinen Mitarbeitern und den polizeilichen Ermittlern sehr beliebt.

Rieke Martinen, Jg. 1997, stammt von der Nordseeinsel Amrum und ist neben Amara Jones seit 2022 die zweite Frau in Vogels Team. Ihr Aussehen ist klassisch ›friesisch‹, 1,78 Meter groß, breitschultrig und mit flachsblonden Haaren, die sie bei der Arbeit zu einem Pferdeschwanz bindet. Sie spricht nicht viel, doch wenn sie sich einmal zu Wort meldet, ist ihre Herkunft nicht zu überhören.

Amara Jones, Jg. 1990, ist gebürtige Münchnerin und die einzige Tochter nigerianischer Einwanderer. Sie studierte Mathematik und Informatik, bevor sie in der Forensik der Kripo Siegburg die Stelle der IT-Spezialistin übernahm. Sie hat in beiden Studienfächern einen Master und ein untrügliches Gespür für alles Technische. Ihr unüberhörbarer bayrischer Akzent steht in einem lustigen Kontrast zu ihrer tiefschwarzen Hautfarbe. Sie ist nur 1,57 Meter groß und in den Hüften eine Winzigkeit zu breit. Das schwarze, krause Haar trägt sie kurz, da es ansonsten kaum zu bändigen wäre.

»Schreiben ist leicht. Man muss nur die falschen Wörter weglassen.« Samuel L. Clemens (Mark Twain)

Prolog

Manfred Kornelius

Journalist zu sein, ist ein äußerst verantwortungsvoller Beruf, den ich im Gegensatz zu manch anderen meiner Zunft sehr ernst nehme. Wie heißt es bei uns doch so schön: Nicht *wir* sind die Nachricht, sondern die *Nachricht* ist die Nachricht! Und das bedeutet im Klartext nichts anderes, als dass wir unseren Lesern die ungeschminkte Wahrheit zu berichten haben und nichts anderes als die reinen Fakten bringen dürfen. Persönliche Wertungen und Schönfärberei sind fehl am Platz. Denn genau das heißt dieses Wort ›Journal‹, aus dem sich letztendlich unsere Berufsbezeichnung ableitet. Auch der Begriff Reporter von ›Report‹, der genau dasselbe bedeutet: Bericht. Und ein Bericht ist eben kein Roman.

Nachrichten zu filtern, ist in meinen Augen schon eine Vorstufe von Propaganda und Gehirnwäsche, da unsere Leser glauben müssten, dass nichts anderes in der Welt geschieht. Eine ausgewogene Berichterstattung ist daher ein absolutes Muss für uns, aber natürlich so nicht immer zu realisieren. So werden ständig Straftaten einiger bestimmter Gruppierungen medienwirksam ausgeschlachtet, obwohl diese – auf die Gesamtzahl der Personen bezogen – deutlich in der Minderzahl sind. Die Tatsache, dass die Verbrechensrate insgesamt sogar leicht zurückgegangen ist, wird jedoch ebenso geflissentlich verschwiegen wie über 250.000 Fälle häuslicher Gewalt in jedem Jahr, die in Deutschland zu Protokoll genommen werden.

Als freiberuflicher Journalist kann ich mir aussuchen, was ich schreibe und für welche Zeitung. Das ist einerseits gut für mein Gewissen, jedoch schlecht für mein Bankkonto, welches sich seit meiner Scheidung – ich muss meiner Ex-Frau Unterhalt zahlen – ständig im Bereich der Ebbe befindet, um es einmal vorsichtig auszudrücken. Das Haus, das sie mir nach der Scheidung ›großzügig‹ überlassen hat, gehört der Bank, denn es ist extrem verschuldet. Einzig Ricarda und Kater Mikesch sind ein unverzichtbarer Bestandteil meines Lebens. Mikesch saß eines schönen Tages vor meiner Haustür und hatte sich entschlossen, bei mir fortan wohnen zu wollen. Die glutäugige spanische Krankenschwester Ricarda lernte ich kennen, als ich etwas zu neugierig war und mir jemand eins mit einem Kantholz über den Schädel gezogen hatte. Als ich dann aus dem Krankenhaus entlassen wurde, zog sie kurzerhand bei mir ein.

Und weil ich ständig pleite bin, aber natürlich für meine Lieben sorgen möchte, versuche ich mich mit mäßigem Erfolg als Schriftsteller. Doch so tief sinken, dass ich wie die beim *Rhein-Sieg-Echo* mittlerweile in Ungnade gefallene Kollegin Leitner nur Sensationen hinterherjage und diese unnötig extrem aufbausche, werde ich hoffentlich nicht. Mein Name ist Manfred Kornelius, von Freunden ›Manni‹ genannt. Der Spitzname ›Kanonenkugel‹, den man mir schon vor Jahren verpasst hat, kommt nicht von ungefähr. Stellen Sie sich einen kugelförmigen, bis auf einen Kranz schütteren Haares blank polierten Kopf auf einem ebenso kugeligen Oberkörper vor. Mit 1,65 Metern über alles könnte ich aufrecht unter einem Tisch herlaufen, wie böse Zungen behaupten, doch daher kommt dieser Spitzname eigentlich überhaupt nicht. Man sagt mir nämlich nach, bei meinen Recherchen mit der Wucht und Durchschlagskraft eines solchen Geschosses zu agieren, und wenn ich erst in Fahrt geraten bin, hält mich so schnell nichts auf.

Man lernt in meinem Beruf natürlich auch immer Menschen kennen. Im Rahmen meiner journalistischen Arbeit durfte ich im letzten Jahr die Bekanntschaft von gleich zwei außergewöhnlichen Menschen machen, deren Beruf meinem im Grunde in gewisser Hinsicht sogar gleichwertig ist. Die bei ihren Kollegen gerne als *dynamisches Duo* bezeichneten Kriminalbeamten Denise Malowski und Tobias Heller könnte man mit einigem Recht als Ausnahmekriminalisten bezeichnen, wenn sie nicht … ja, wenn nicht sämtliche Ermittler, die sie in ihrer SOKO Rhein-Sieg um sich geschart hatten, nicht nur ausgeprägte Individualisten wären, sondern jeder einzelne ein Könner auf seinem beziehungsweise ihrem Gebiet.

Meine charakterlichen Eigenarten hatten speziell dem Leiter dieser Spezialeinheit sofort zugesagt, als wir uns im Rahmen unserer Ermittlungen über den Weg liefen, und innerhalb kurzer Zeit wurde eine Art lockere Freundschaft daraus. Mit dem für mein Bankkonto recht nützlichen Nebeneffekt, dass Heller mich immer mit Informationen zu seinen aktuellen Fällen versorgt, wenn ein entsprechender Zeitungsbericht den Ermittlungen dienlich ist und ich umgekehrt die

Garantie gebe, keine von ihm nicht explizit abgesegneten Details ohne vorherige Rückfrage zu veröffentlichen. *Quid pro quo* nennt man das: Ein Geben und Nehmen, das beiden Parteien nur Vorteile bringt.

Ich erhalte jedoch gelegentlich Informationen von ihm, die für einen Zeitungsartikel nichts taugen, weil die Ermittlungen bereits abgeschlossen sind oder sie wegen ihres Umfanges allenfalls für eine Artikelserie gut wären, für die ich meine Redakteure aber selten begeistern kann. Früher waren solche Serien beliebt. Karl May hat damit sogar seine Schriftstellerkarriere begründet, doch heutzutage dreht sich die Welt eben schneller. Heller weiß aber von meinen schriftstellerischen Ambitionen und unterstützt diese, wo er nur kann. So bekam ich kürzlich alle Details zu einer zwar bereits abgeschlossenen, jedoch unglaublich interessanten Ermittlung, die ich später vielleicht einmal zu einem Kriminalroman verarbeiten möchte.

Ich weiß nicht, wann ich die Zeit finden werde, das Buch tatsächlich zu schreiben, und ob dies überhaupt jemals der Fall sein wird. Denn in meiner Schublade lagern bereits mehrere angefangene Manuskripte, die allesamt dort verstauben, weil ich einfach neben den anderen Verpflichtungen nicht die notwendige Kraft aufbringe, sie vernünftig auszuarbeiten. Vielleicht bin ich ja auch hoffnungslos unbegabt. Eins weiß ich aber bereits jetzt: Nämlich, dass meine späteren Leser mir diese Geschichte wahrscheinlich nicht abkaufen werden, denn sie ist in der Tat recht ungewöhnlich. Doch ich schwöre, dass jede einzelne Zeile wahr sein wird und ich nichts hinzugedichtet haben werde, so unglaublich sie auch klingen mag. Mag sein, dass ich meine eigene Rolle in dieser Geschichte etwas ausgeschmückt und womöglich auch ein wenig beschönigt habe, doch das ist das Vorrecht des Erzählers.

Ich heiße Manfred Kornelius und heute, wo ich das niederschreibe, ist zumindest auf *meinem* Terminkalender Halloween, daher möchte ich Ihnen aus gegebenem Anlass meine Geschichte schon jetzt erzählen. Wenn ich es mir recht überlege, ist sie jedoch eigentlich nicht gruselig, doch urteilen Sie selbst. Vielleicht schreibe ich sie ja ausnahmsweise einmal zu Ende. Es ist vordergründig die Geschichte über eine knifflige Mordermittlung und ihrer Aufklärung. Es ist aber vor allem auch die Geschichte einer Suche. Gesucht wird der ZEUGE EINES VERBRECHENS.

Kapitel 1

Der Auftrag

»Ich komme soeben von Staatsanwalt René Stein«, verkündete Tobias Heller den vollzählig angetretenen Ermittlern auf der morgendlichen Teamsitzung. Der ungewöhnlich lange und unerträglich heiße Sommer schien sich nach einem späten Hoch endgültig verabschiedet zu haben, sodass im Besprechungsraum an diesem herbstlichen Oktobermorgen endlich erträgliche Temperaturen herrschten. Demzufolge standen vor einigen seiner Ermittler auch wieder Tassen mit dampfendem Kaffee statt Gläsern mit Mineralwasser, und Vanessa Fuchs, die immer leicht fröstelte, trug sogar einen dünnen Pulli. Alle aber hingen förmlich an den Lippen ihres Chefs. Seine einleitenden Worte mussten etwas zu bedeuten haben, da er den Besuch andernfalls sicher nicht erwähnen würde. Natürlich ahnte man bereits, was jetzt kam.

»Vielleicht habt ihr es auch bereits über den Flurfunk gehört«, fuhr er fort. Dass die Nachricht, die er zu verkünden hatte, keine Gute war, konnte jeder, der ihn kannte, an seiner Miene ablesen. »Falls ja, muss ich euch hiermit mitteilen, dass alle diesbezüglichen Gerüchte wahr sind: Die Staatsanwaltschaft wird die im Mordfall des Sportlehrers Roland Breuer verdächtigen Schüler nicht anklagen! Der Grund ist«, hob er seine Stimme, um das sofort eintretende Getuschel zu übertönen, »dass keine ausreichenden Beweise für eine umfassende Verschwörung vorliegen und Oliver Jakuscheit diesen Mord nicht nur gestanden, sondern auch die alleinige Verantwortung übernommen hat.«

»Dann waren unsere ganzen Bemühungen in den letzten Wochen demnach für die Katz?«, erregte sich Jasmin Brandt. Sie und Vanessa hatten von allen die meiste Arbeit damit gehabt, in den vielen Hinweisen und Indizien, die in den Ermittlungen zusammengetragen worden waren, einen Beweis zu finden. Leider vergeblich.

»Du weißt von uns allen am besten, dass wir gegen die verdächtigen Schüler und mutmaßlichen Mitverschwörer nichts in Händen haben«, hob Tobias daher seine Schultern. »Alles, was wir haben, ist eine vage Vermutung, und das reicht nicht für eine Anklage. So ungern ich das sage: Wir werden uns damit abfinden müssen, dass uns diesmal einige mutmaßliche Straftäter durch die Lappen gegangen sind. Unser einziger Trost ist, dass deren Beteiligung wohl nicht umfänglich war und diese Jungs wohl mit einer Jugendstrafe davongekommen wären, die dann auch zur Bewährung ausgesetzt würde. Den Mord haben sie sowieso nicht begangen, das steht unverrückbar fest.«

Dass der ermordete Sportlehrer ein Sadist gewesen war, der seine Schüler drangsaliert und geschunden hatte, musste er nicht extra erwähnen, das wussten ohnehin alle. Der Charakter eines Mordopfers durfte aber bei ihrer Arbeit keine Rolle spielen, wenngleich es menschlich sein mochte, Sympathien für die Täter zu entwickeln. Einen Menschen, der den Tod verdient gehabt hätte, gab es im Rechtssystem nämlich nicht.

»Wir haben alle unser Bestes getan«, nickte Denise Malowski. Die Co-Chefin gehörte natürlich zu denen, die einen Kaffee vor sich stehen hatten. Gemäß ihrer Vorliebe für das aromatische Heißgetränk war es wie immer ein großer Becher, der sicher fast einen halben Liter fasste. »Auch wenn Tobias es bereits mehrfach erwähnt hat, will auch ich an dieser Stelle ausdrücklich sagen, dass ihr alle hervorragende Ermittlungsarbeit geleistet habt. Es ist nicht eure Schuld, dass es so ausgegangen ist. Ich bin jedoch froh, dass es vorbei ist und wir uns jetzt wieder anderen Dingen widmen können. Ihr wisst ja: Der nächste Straftäter wartet an der nächsten Ecke.«

»Das sagst du immer«, grinste Martin Weber. Sein ansonsten sauberes Hemd – wie immer mit ›Holzfällermuster‹ – wies am Kragen einen nicht zu übersehenden Fettfleck auf. Ein Zeichen, dass der Hauptkommissar vor dieser Besprechung schon eins seiner zahlreichen belegten Brote verspeist hatte, die er von zu Hause immer mitbrachte. Meist waren sie dick mit Mayonnaise bestrichen. »Warum passen wir sie nicht einfach ab, wenn wir wissen, dass die dort stehen? Es würde uns viel Arbeit ersparen!«

»Warum bringst du nicht ein Ersatzhemd mit ins Büro, wenn du doch genau weißt, dass du das, was du trägst, bekleckern wirst?«, konterte sein humorloser Partner. Jonas Faber wirkte wie immer ›wie aus dem Ei gepellt‹ und konnte einfach nicht begreifen, wie man derart schusslig sein konnte. Allerdings waren solche Sticheleien bei ihnen normal, seit sie ein Team bildeten. Doch bewirkt hatten diese Seitenhiebe bei Martin bislang nichts.

Erik Hagel, der auf der anderen Seite neben Jonas saß, hielt sich wie immer vornehm zurück. Was die zwei Streithähne anging, ließ man sie besser einfach gewähren. Man hätte auch viel zu tun, sich jedes Mal einzumischen, weil es bei den Freunden an der Tagesordnung war. Es war ihre besondere Art, ihre gegenseitige Sympathie zu bekunden. Man kannte es nicht anders von ihnen. Da auch Vanessa keine Anstalten machte, irgendetwas zu sagen, wollte der SOKO-Chef endlich zur Tagesordnung übergehen. Eine spezielle Ermittlung stand zwar nicht auf seiner Agenda, doch diese morgendliche Runde war Tradition und zu tun gab es immer etwas.

»Aus seinem Tagebuch wissen wir, dass Jakuscheit schon zu seiner Schulzeit den perfekten Mord geplant hatte«, meldete sich Erik jetzt doch zu Wort. »Soll ich euch etwas sagen? Diesmal wäre er ihm sogar um ein Haar gelungen.«

»Besser gesagt, um einen Holzsplitter«, resümierte Denise. »Aber ich weiß, was du damit sagen willst. Es war im Grunde ein Riesenzufall, dass wir ihm überhaupt auf die Spur gekommen sind. Wir wären wahrscheinlich heute noch damit beschäftigt, einer Bande von Gymnasiasten einen Mord nachzuweisen, den sie nicht begangen hatten. Hätte er diesen anderen Mord nicht gewissermaßen zu Testzwecken verübt, wäre er nie in unseren Fokus geraten.«

»Ein nahezu winziger Splitter von gerade einmal anderthalb Millimetern Länge und kaum dicker als eine gewöhnliche Nähnadel hat ihm letztendlich das Genick gebrochen«, nickte Vanessa. »Ohne ihn hätten wir den Zusammenhang zu den Ereignissen von vor sechzehn Jahren bestimmt niemals erkannt. Da sieht man wieder, wie es gehen kann, wenn man *zu* perfekt sein will!«

»Es ist eben schwierig, einen perfekten Mord nicht nur zu planen, sondern auch zu begehen und nicht in den Fokus der Mordermittler zu geraten«, fügte Jonas überflüssigerweise noch hinzu. »Aber hier hatten wir wirklich unverschämten Dusel.«

»Wir sind uns alle darüber einig, dass wir mit der Aufklärung dieses vertrackten Falles unverschämtes Glück hatten«, beendete Tobias die Diskussion. »Aber nun sollten wir uns der Gegenwart zuwenden.« Indes kam er nicht mehr zur Tagesordnung, denn in genau diesem Augenblick klingelte sein Handy.

* * *

»Was könnte die Kriminaldirektorin bloß von uns wollen?«, überlegte Denise auf dem Weg zur obersten Chefin. Denn von ihr war der Anruf gewesen, der ihre Teamsitzung abrupt beendet hatte. Beziehungsweise von ihrem ›Vorzimmerdrachen‹ Karin Brunner, deren Name jedoch nicht an der Tür stand und den Denise über Umwege herausgefunden hatte. Die Botschaft war unmissverständlich gewesen: Die SOKO-Leitung hatte sich *unverzüglich* bei Dr. Ursula Winter einzufinden. Weit zu laufen hatten sie naturgemäß nicht, denn das Büro der Chefin lag auf derselben Etage, nur am anderen Ende des Flures. Kaum mehr als fünfzig Meter von den Räumen der SOKO entfernt.

»Ich habe nicht die leiseste Ahnung«, brummte ihr Partner missgelaunt. »Vielleicht hast du die Gute bei eurem letzten Sparring etwas zu sehr vermöbelt?« Dr.

Winter hatte den Posten erst seit anderthalb Jahren inne und ihn von Daniel Albrecht übernommen, der sich auf eigenen Wunsch vorzeitig in den Ruhestand hatte versetzen lassen. Sie galt allgemein als ›harter Brocken‹, war aber niemals ungerecht zu ihren Untergebenen. Zu ihr wurde man nur gerufen, wenn eine Beförderung anstand oder man etwas verbockt hatte. Da eine Beförderung nicht wahrscheinlich war, blieb nichts Positives übrig. Tobias' letzte Bemerkung galt dem gemeinsamen Taekwondo-Training, welches die Kriminaldirektorin regelmäßig mit Denise im behördeninternen Fitnessraum veranstaltete.

Seine Partnerin blickte ihn von der Seite an. »Und warum hat sie dann ausdrücklich uns *beide* verlangt? Oder hast du ihr etwa auch eine verpasst? Außerdem ist das überhaupt nicht mehr, wie zu Beginn. Da war sie wegen ihrer zwei DAN, die sie mehr hat, vielleicht etwas überheblich. Immerhin ist sie im Gegensatz zu mir Großmeisterin. Mittlerweile ist das eine ziemlich ausgewogene Sache zwischen uns, und am Mittwoch hat sie erneut nach Punkten gewonnen.«

Inzwischen hatten sie ihr Ziel erreicht und waren nach kurzem Anklopfen eingetreten. Karin Brunner musterte sie mit ihrem bekannten strengen Blick und winkte sie kommentarlos durch. Wie bei vielen ihrer ›Artgenossen‹ fiel auch auf sie ein bisschen Glanz der Vorgesetzten, der sie auf die ›normalen‹ Bediensteten herabblicken ließ, obwohl sie ein wesentlich höheres Gehalt einstrichen. Denise und Tobias kannten dieses Gehabe seit vielen Jahren, denn sie hatte schon unter Albrecht gedient und diesen geradezu vergöttert. Sie gönnten ihr den eingebildeten Ruhm.

Die Kriminaldirektorin thronte nicht wie sonst an ihrem riesigen Mahagonischreibtisch, sondern saß in ihrer Besprechungsecke, wo sie sich mit einem Herrn in den Vierzigern unterhielt, der Tobias vage bekannt vorkam. Persönlich begegnet war er ihm sicher nicht, denn dann hätte sein unfehlbares Gedächtnis sofort den Namen ausgespuckt. Eventuell kannte er ihn von einem Zeitungsfoto. Bei ihrem Eintreten hoben beide ihre Köpfe und Dr. Winter winkte Denise und Tobias mit einer herrischen Geste heran.

»Nehmen Sie Platz«, forderte sie die Ankömmlinge auf und zeigte auf einige leere Sessel der Sitzgruppe. Denise und Tobias entschieden sich spontan für zwei Sitzplätze auf der langen Tischseite und saßen somit zwischen Dr. Winter und ihrem namenlosen Gast auf den Stirnseiten. »Ich vermute mal, Sie kennen Doktor Andreas Berghoff?«, nickte sie ihrem Gegenüber zu, einem baumlangen Kerl mit asketischen Gesichtszügen, einer ungewöhnlich flachen Stirn und wasserblauen Augen unter einem kahl rasierten Schädel.

Jetzt erinnerte sich Tobias auch daran, wo er sein Gesicht gesehen hatte. Das war vor der letzten Wahl zum Siegburger Gemeinderat, als die Plakatwände in der ganzen Stadt mit den Konterfeis der zahlreichen Bewerber gepflastert waren. Berghoff hatte nämlich für den Bezirk kandidiert, in dem das Dienstgebäude lag, und es war nahezu unmöglich gewesen, diesem Gesicht auf dem Weg dorthin nicht an jeder Straßenecke zu begegnen. Außerdem war er ein weit über die Landesgrenzen bekannter Herzchirurg, wie ihm auch noch einfiel. Aber was hatte er jetzt hier bei der Kripo beziehungsweise deren Chefin zu tun?

»Was Sie gleich zu hören bekommen werden, darf diesen Raum auf gar keinen Fall verlassen«, beschwor die Kriminaldirektorin sie. »Es ist ein Menschenleben in Gefahr, deshalb müssen wir uns hundertprozentig auf Ihre Diskretion verlassen können.«

»Sie werden sicher nicht die SOKO-Leitung hergebeten haben, damit wir uns etwas anhören und dann die Hände in den Schoß legen«, schüttelte Denise den Kopf. »Wir sollen also etwas unternehmen, und dazu werden wir wahrscheinlich unsere gesamten Kräfte bündeln müssen, wenn ich den Ernst der Lage richtig interpretiere.«

Winter musterte sie einige Sekunden lang nachdenklich und nickte dann. »Sie haben natürlich recht, Frau Malowski. Es war unbedacht von mir, Ihnen das in dieser restriktiven Form vorschreiben zu wollen. Jedoch ist die Rolle der SOKO in dieser extrem heiklen Angelegenheit noch zu definieren. Ich wollte Sie jetzt dabeihaben, weil Sie darin über Erfahrung verfügen. Zudem hat Herr Doktor Berghoff dies vorgeschlagen. Ihre Einheit genießt einen ausgezeichneten Ruf. Die Zustimmung des Herrn Stadtverordneten vorausgesetzt, überlasse ich es daher Ihrer Einschätzung, wem Sie vertrauen können und auch müssen. Herr Doktor Berghoff wird Sie jetzt über sein Anliegen in Kenntnis setzen«, nickte sie ihrem Gast zu.

Berghoff schob Tobias Heller, der am nächsten saß, stumm ein großes Blatt Papier hin, welches er zuvor einer Dokumentenmappe entnommen hatte. Tobias hatte bei den Worten der Kriminaldirektorin bereits eine Ahnung überkommen, die jetzt zur Gewissheit wurde. Das Blatt im DIN-A3-Format war nämlich mit anscheinend aus Zeitungen ausgeschnittenen Buchstaben beklebt. Es mochte ein Klischee sein, doch das konnte im Grunde nur eins bedeuten, und so verhielt es sich auch. Er schob das Blatt nach rechts zu Denise, die es mit dem für sie typischen Stirnrunzeln las.

WIR HABEN IHRE FRAU IN UNSERER GEWALT! WIR FORDERN EINE MILLION FÜR IHR LEBEN. WARTEN SIE AUF WEITERE ANWEISUNGEN. WENN SIE IHRE FRAU LEBEND ZURÜCKHABEN WOLLEN, SCHALTEN SIE NICHT DIE POLIZEI EIN. DAS LÖSEGELD SOLL IN NICHT NUMMERIERTEN KLEINEN SCHEINEN ÜBERGEBEN WERDEN. SIE HABEN GENAU ZWEI TAGE, ES ZU BESCHAFFEN. WIR MELDEN UNS IN DEN NÄCHSTEN TAGEN WIEDER BEI IHNEN. KEINE POLIZEI!

»Das lag auf der Kommode in unserer Diele, als ich nach Hause kam«, informierte Berghoff die Ermittler. »Sonst war alles normal, es gab weder Kampfspuren noch irgendwelche Hinweise auf einen Einbruch. Ich hielt es zuerst für einen Scherz meiner Frau, doch als ich in das Schlafzimmer kam, war ihr Bett unberührt und sie hielt sich auch sonst nirgendwo im Haus auf. Ihr Wagen stand in der Garage und ihre persönlichen Sachen sind noch da, einschließlich ihres Handys.«

»Ihren Angaben entnehme ich, dass Sie am späten Abend oder sogar in der Nacht nach Hause kamen«, hakte Denise an dieser Stelle sofort ein. »Wann genau ist das gewesen?« Ganz nebenbei hatte sie mit ihrer Frage im Grunde schon die Ermittlung übernommen, wie Tobias lächelnd zur Kenntnis nahm. Aber so war sie eben: immer am Puls des Geschehens und stets bereit, an vorderster Front mitzumischen. Dr. Winter hatte nicht den Hauch einer Chance gegen sie.

»In der Nacht auf Sonntag«, gab Berghoff bereitwillig Auskunft. »Das war gegen 02:00 Uhr. Ich hatte am Abend eine schwierige Herzoperation, die länger gedauert hatte, als es geplant war. Es gab Komplikationen. Der Patient hatte zweimal einen Herzstillstand, doch wir konnten ihn stabilisieren.«

»Sie waren am Samstag demnach in Ihrer Klinik«, nickte Tobias. »Ihre Frau könnte demzufolge bereits morgens oder am Nachmittag entführt worden sein. Oder haben Sie zwischendurch mit ihr gesprochen?«

»Ich rief Mirjam kurz vor Beginn der Operation an, um ihr zu sagen, dass es später wird und sie nicht mit dem Abendessen auf mich warten sollte. Das muss so gegen 20:00 Uhr gewesen sein.«

»Das ist ausgezeichnet, es grenzt den Zeitraum der Entführung nämlich auf wenige Stunden ein«, übernahm Denise wieder. »Auf eine Zeitspanne von exakt sechs Stunden, um genau zu sein. Aber warum sind Sie *jetzt* hier? Natürlich haben die Kidnapper gedroht, falls sie uns informieren. Das tun diese Leute immer. Doch der Fund des Erpresserschreibens liegt mittlerweile mehr als zweiunddreißig Stunden zurück. Was hat Sie dazu bewogen, Ihre Meinung zu ändern?« Sie sah ihn lächelnd an, doch Tobias wusste, weshalb sie das fragte. Bei einer Entführung wurde immer zuerst der Ehemann verdächtigt, zumal es hier um viel Geld ging. Die finanziellen Aspekte würden dann wohl als Nächstes zur Sprache kommen.

»Wann ist bei Ihnen denn das letzte Mal jemand entführt worden?«, erregte er sich. »Ich musste mir zuerst darüber Klarheit verschaffen, was ich jetzt tun wollte. Außerdem war gestern Sonntag, da hätte ich das Lösegeld ja ohnehin nicht zusammenbekommen. Bei dieser Summe ist das schwierig genug. Dann fiel mir aber ein, dass Ihre Spezialeinheit einen guten Ruf in der Presse hat. Sie hatten es sogar schon mehrfach mit Entführungen zu tun. Ich beschloss daher heute Morgen, das Leben meiner Ehefrau in Ihre bewährten Hände zu legen, und deshalb bin ich jetzt hier.«

Die Blicke der SOKO-Chefs richteten sich synchron auf die Kriminaldirektorin rechts von ihnen, die das Frage-und-Antwort-Spiel ihrer Untergebenen bisher wortlos, doch sehr aufmerksam verfolgt hatte. »Also gut«, interpretierte sie deren stumme Aufforderung richtig. »Ich erteile der SOKO Rhein-Sieg hiermit den Auftrag, sich dieser Angelegenheit anzunehmen. Ich muss sicher nicht separat betonen, dass hier äußerste Sorgfalt angebracht ist. Selbstverständlich erhält die SOKO jegliche Unterstützung und sämtliche notwendigen Vollmachten! Ich denke, dass wir für heute hier fertig sind. Alles Weitere besprechen Sie bitte in aller Ruhe in Ihrem Kommissariat.«

»Eine Frage hätte ich noch«, wandte Tobias sich an den Ehemann der entführten Frau. »Als weit über die Landesgrenzen bekannter Herzspezialist bekommen Sie sicher ein entsprechendes Gehalt, jedoch ist eine Million Euro auch für Sie eine Menge Geld. Haben Sie diese Summe und falls ja: Wer aus Ihrem Bekanntenkreis weiß im Zweifel davon?«

»Sie werden es sowieso schnell herausbekommen, wenn ich Ihre Fähigkeiten richtig einschätze«, gab er zurück. »Mirjam ist die einzige Tochter von Thorsten Alsleben, dem bekannten Medienmogul. Für ihn sind eine Million Euro bloß Peanuts und die Tatsache, dass meine Frau seine Tochter ist, dürfte bekannt sein. Er ist bereits darüber informiert und wird diese in Ihren Augen offenbar enorme Summe beschaffen können.« Sein letzter Satz hörte sich nicht nur in Tobias' Ohren arrogant an. Die Konsequenz aus dieser Aussage war ihm jedoch ebenso klar wie seiner Partnerin: Die Frau war anscheinend der ›vermögende‹ Teil der Ehe, und der Ehemann hätte für die Tat somit theoretisch ein klassisches Motiv.

Es wäre in der langen Geschichte der Kriminalistik bei weitem nicht das erste Mal, dass jemand auf diese Weise an das Geld seiner Frau zu gelangen versuchte. Oder auch an ein vorzeitiges Erbe, falls die Eheleute sich gemeinsam gegen den vermögenden Schwiegervater verbündet hatten und diesen abzocken wollten. Auch das war bereits vorgekommen. Es gab demnach einiges zu untersuchen, was geradezu eine Paradedisziplin für die SOKO Rhein-Sieg darstellte. Zum Glück war sie derzeit nicht mit einem Fall betraut und ihre Mitglieder vollzählig verfügbar und einsatzfähig.

Doch zunächst mussten sie selbstverständlich von der bekannten Faktenlage und natürlich der Aussage des Ehemannes ausgehen. Im Zweifel stand nämlich in der Tat ein Menschenleben auf dem Spiel und jegliches Zaudern oder eine fatale Fehleinschätzung der Lage konnten für Mirjam Berghoff tödlich enden. Den Ermittlern blieben etwas weniger als achtundvierzig Stunden, sie aufzuspüren und aus den Fängen ihrer Entführer zu retten. Oder aber ein Komplott aufzudecken, wofür ihnen dann jedoch theoretisch mehr Zeit zur Verfügung stand. In jedem Fall aber war es an der Zeit, zu handeln.

»Ab hier übernehmen wir«, verfügte Tobias Heller, an Dr. Berghoff gerichtet. »Es wäre von Vorteil, wenn Sie uns in den kommenden Tagen rund um die Uhr zur Verfügung stehen würden. Andererseits wäre es ratsam, die Kidnapper Ihrer Ehefrau nicht merken zu lassen, dass Sie uns eingeschaltet haben. Sie könnten zudem das Umfeld des Hauses beobachten, verhalten Sie sich also ganz normal. Alles Weitere besprechen wir wohl besser tatsächlich in aller Ruhe in unserem Kommissariat.«

Kapitel 2

Untersuchungen

Vor dem Bungalow in der ›Alten Poststraße‹ hielt ein übergroßer Lieferwagen mit der Aufschrift eines bekannten Paketdienstes. Dass der Fahrer nicht bloß die Grundstückszufahrt blockierte, sondern auch den Gehweg, schien ihn nicht zu stören, denn er hatte ein ziemlich großes und schweres Paket abzuliefern und wollte den Weg kurz halten.

Während er mit Schwung die seitliche Schiebetür öffnete und das in großen Lettern mit ›Nicht stürzen‹ beschriftete Paket laut schimpfend auf seine Transportkarre lud, musste ein Fußgänger kopfschüttelnd die andere Straßenseite benutzen. Der offenbar überforderte Paketbote hatte den über sechs Meter langen Wagen nämlich quer auf den Gehweg gestellt, sodass zum Haus kaum mehr als zwei Meter blieben.

Wegen der beiden bis an den Gehweg grenzenden, mannshohen Hecken links und rechts dieses Grundstückes war hier nicht nur kein Durchkommen mehr, sondern auch von keiner Seite eine direkte Sicht auf das Geschehen vor der Haustür möglich. Ein heimlicher Beobachter hätte schon danebenstehen müssen, um etwas mitzubekommen. Das war jedoch Absicht. Niemand außer ihm sah die Männer und Frauen das Haus betreten, die geduckt aus dem ansonsten leeren Lieferwagen gehuscht waren.

»Du fährst am besten sofort wieder los«, wandte sich Tobias Heller in der Haustür an den zwei Meter messenden und halb so breiten Hünen, der das Paket geliefert hatte. »Sollte jemand das Haus observieren, fällt das ansonsten auf. Außerdem möchte dein Boss sicher den Wagen zurückhaben.«

»Alexander lässt ausrichten, dass es ihm eine Ehre und ein Vergnügen ist, dir behilflich zu sein«, grinste Wolfgang Müller und tippte mit dem Zeigefinger zum Abschied grüßend an die Schirmmütze, auf der ebenfalls der Name des Lieferdienstes stand. »Den Wagen braucht er heute zwar nicht mehr, aber du hast recht. Paketboten sind immer in Eile, ich werde mich besser verziehen.« Zwei Minuten später war der Weg wieder für die Allgemeinheit benutzbar, und nichts zeugte von der Geheimoperation, die hier soeben eingeleitet worden war. Die Idee, auf diese Weise seine Leute in das Haus zu schmuggeln, war von Tobias, und dessen Freund Alexander von Kaltenbach hatte ihm dazu die Mittel zur Verfügung gestellt.

»Wenn ihr mit eurem Plausch fertig seid, wäre es nett, wenn mich mal jemand herausließe«, ertönte es hörbar genervt aus dem gelieferten Paket. »Hier drin ist es eng und unbequem.« Vanessa sprang sofort ein und befreite ihre Freundin. Jasmin hatte sich bereit erklärt, im Karton mitzureisen, weil sonst für so viele Leute kein Platz im Laderaum gewesen wäre. Und sie war die Kleinste. Außerdem hatte sich der ›Paketbote‹ so nicht verstellen müssen, was das Gewicht betraf. »Endlich Sauerstoff«, stieß sie aus, nachdem sie einen tiefen Atemzug genommen hatte. »Das nächste Mal denken wir aber an Luftlöcher!«

»Wie wäre es mit einer Leselampe und etwas zum Knabbern?«, lachte Denise. Außer ihr waren nur noch Erik und natürlich Rieke und Amara aus der Forensik mit dabei. Jonas und Martin waren als Einsatzreserve vorgesehen und anderweitig eingeplant. »Jetzt mach nicht gleich so ein Theater, das waren doch nur ein paar Minuten, und große Luftlöcher wären einem aufmerksamen Beobachter vielleicht aufgefallen. Es war außerdem dein Vorschlag, in die Kiste zu steigen, schon vergessen? Jetzt hast du es ja überstanden.«

»Sie muss später ohnehin wieder hinein, oder wie sollen wir sonst von hier wegkommen, ohne gesehen zu werden?«, äußerte sich Erik dazu. »Es war sowieso ein unverschämtes Glück, dass wir es derart günstig angetroffen haben. Ohne diese Hecken hätte es nicht funktioniert.«

»Aber sie sind nun einmal da«, setzte der SOKO-Chef dieser nutzlosen Diskussion ein Ende. »Andernfalls wäre uns etwas anderes eingefallen. Und was die ›Abreise‹ angeht, überlegen wir uns das, sobald es so weit ist. Zunächst sind wir ein paar Stunden beschäftigt. Rieke muss hier alles untersuchen und Amara wird das Festnetztelefon verwanzen, falls der oder die Entführer sich telefonisch melden. Und jetzt an die Arbeit mit euch! Sie hingegen werden jetzt das Haus verlassen«, wandte er sich an Dr. Berghoff, der bisher kein Wort gesagt hatte. »Sie sollten jetzt das Lösegeld beschaffen, wie die Entführer es im Erpresserbrief gefordert hatten. Benehmen Sie sich ruhig etwas auffällig dabei. Solange wir nicht ausschließen können, dass dieses Haus nicht unter ständiger Beobachtung steht, sollten wir davon ausgehen, dass es sich so verhält. Achten Sie vielleicht unterwegs auch darauf, ob Ihnen jemand folgt. Wir werden uns in der Zwischenzeit hier einrichten und die Vorbereitungen treffen. Seien Sie unbesorgt, das Leben Ihrer Frau ist bei uns in den richtigen Händen.«

Dass sie ihrerseits darauf achten würden, ob ihm jemand folgte, musste er ja nicht wissen. Auch nicht, dass Amara in der Doppelgarage war, um den Wagen mit einem Transponder und einer extrem winzigen, nach hinten gerichteten Kamera auszustatten. Einen richterlichen Beschluss, der es ihnen erlaubte, hatten sie sich rechtzeitig besorgt. Da vom Haus ein Zugang zur Garage existierte, konnte sie es unbeobachtet tun.

Was man ihm ebenfalls nicht zwangsläufig auf die Nase binden wollte, war die Tatsache, dass man seine Abwesenheit nicht bloß für Vorbereitungen nutzen, sondern auch nach Spuren eines Verbrechens suchen würde, welches in diesem Haus womöglich begangen worden war und das mit einer Entführung vielleicht überhaupt nichts zu tun hatte. Man hatte schließlich seine Einwilligung, sich hier umsehen zu dürfen. Aus diesem Haus war seine Frau entführt worden, dann war es nur logisch, nach etwaigen Spuren zu suchen, welche die Entführer zurückgelassen haben könnten.

»Verstehen Sie das jetzt bitte nicht falsch, aber ich würde gerne vor Ihrer Abfahrt einen kurzen Blick in den Kofferraum Ihres Wagens werfen«, wandte sich Tobias noch einmal an den Hausherrn. Vornehmlich, um von Amara abzulenken, die in diesem Augenblick hinter dessen Rücken eintrat und ihm kurz zunickte. *Auftrag ausgeführt*, sollte das heißen. »Es ist nicht so, dass wir Ihnen misstrauen würden, doch wir müssen sicher sein, nichts ausgelassen zu haben.« Natürlich war nicht davon auszugehen, dass Mirjam Berghoffs Leiche noch darin lag, sollte sie jemals darin gelegen haben. Doch Berghoff sollte ruhig wissen, dass Tobias ein Auge auf ihn hatte.

Dasselbe galt im Prinzip auch für das Haus. Falls es hier etwas zu vertuschen geben sollte, müsste er sehr dumm sein, wenn er die Polizei nebst Forensik selbst dorthin rief. Doch bei aller – teilweise eingebildeten – Raffinesse *waren* Täter nicht immer rational, oder sie überschätzten sich gewaltig. Zu denken wie ein Straftäter war einer der Gründe, aus denen speziell Tobias persönlich viele Fälle aufgeklärt oder zumindest dazu beigetragen hatte. Die drei Semester Kriminalpsychologie, die er vor Beginn seiner Karriere bei der Kriminalpolizei absolviert hatte, mussten ja schließlich zu irgendetwas taugen. Zudem wusste er aus Erfahrung, dass man verräterische Spuren niemals restlos beseitigen konnte. Etwas blieb immer.

Sie konnten mit dem zufrieden sein, was sie in der kurzen Zeit erreicht hatten. Vor zwei Stunden hatten sie noch mit Dr. Berghoff bei der Kriminaldirektorin gesessen und jetzt waren sie mit dem Team in seinem Haus. Mit einem Trick, den Tobias nach seiner detaillierten Schilderung innerhalb von wenigen Minuten entworfen hatte, und Unterstützung zweier Freunde, waren sie von den Kidnappern unbeobachtet hineingekommen. Eine Garantie gab es zwar nicht, dass sie nicht gesehen worden waren, doch das war die beste Lösung gewesen. Die Zeit lief, und mit etwas Glück tat sie das für die SOKO Rhein-Sieg, die heute ausgezogen war, eine entführte Frau zu retten.

* * *

Natürlich hatte im Kofferraum des Mercedes keine Leiche gelegen, und in dem des Autos seiner Ehefrau, den sie selbstverständlich ebenfalls in seinem Beisein geöffnet hatten, auch nicht. Praktischerweise hingen die Schlüssel für beide Autos an einem kleinen Haken in der geräumigen Doppelgarage. Berghoff hatte alles mit unbewegtem Gesichtsausdruck verfolgt und war anschließend grußlos in seinen Wagen gestiegen und losgefahren. Den Nissan würde sich Rieke jetzt zuerst vornehmen und auf alle möglichen Spuren untersuchen. Leider verfügte der Wagen nicht über ein Navigationssystem, sonst hätte man auch die letzte Fahrt ermitteln können.

Der Rest der Truppe verteilte sich im ganzen Haus, wobei Amara sich das hypermoderne Festnetztelefon vornahm. Sie sollte daran eine Aufnahmeeinrichtung anbringen, mit der man Anrufe mitschneiden konnte und eine Fangschaltung einrichten. Es war zwar fraglich, dass man den Tätern auf diese Weise näherkam, da jeder Trottel aus dem Fernsehen wusste, wie das bei Entführungen lief, doch man musste es auf jeden Fall versuchen.

Allerdings musste man extrem vorsichtig sein und beim Herumwandern zumindest den größeren Fenstern fernbleiben. Nachdem der einzige Bewohner das Haus verlassen hatte, galt es offiziell als unbewohnt. Natürlich hätte man rechtzeitig vorher die Vorhänge zuziehen und/oder die Jalousien herablassen können, doch das hätte womöglich unnötig die Aufmerksamkeit eines etwaigen Beobachters erregen können. Die normalen Gardinen mussten eben genügen.

»Auf der Nachtkonsole liegt ein Smartphone«, rief Vanessa durch die offene Schlafzimmertür. »Berghoff hatte seines dabei, das habe ich gesehen. Es wird das Handy seiner Frau sein, nehme ich an.«

»Versuche, es zu entsperren und schau nach, ob es den von ihrem Mann erwähnten Anruf am Samstag um 20:00 Uhr gegeben hat«, sagte Denise etwas leiser aus dem Arbeitszimmer, wo sie Amara zur Hand ging und sich zwischendurch umsah. Vor allem hatten es ihr einige Aktenordner mit abgehefteten Unterlagen angetan. Mitnehmen durften sie zwar nichts davon, doch wo sie einmal hier waren, konnte sie einen Blick riskieren. Um den sündhaft teuren Computer würde sich die IT-Spezialistin kümmern.

»Das klappt nicht«, ertönte es von nebenan. »Das Datum der Eheschließung ist es schon mal nicht, und auch nicht das Geburtsdatum.«

»Hat das Kennzeichen vier Ziffern?«, versuchte es Amara. »Dann nimm das. Die meisten Menschen sind nicht sehr kreativ, was das angeht.«

»Das Kennzeichen hat die Ziffern 3408«, rief Rieke aus der Garage. Das Haus war zwar mit zweihundert Quadratmetern Wohnfläche nicht gerade klein, doch bei offenen Türen war die Kommunikation offenbar perfekt. Es freute sich aber nicht jeder darüber.

»Seid ihr völlig verrückt geworden, hier herumzubrüllen?«, rügte Denise die Schreihälse. »Wenn euch einer hört! Dann könnten wir auch gleich ein Schild mit der Aufschrift ›polizeiliche Untersuchung‹ an der Tür anbringen. Ab sofort wird in normalem Tonfall gesprochen, ist das klar?«

»Sorry, Chefin«, entschuldigte sich Vanessa sofort. Sie stand in der Tür, mit dem Handy in der Hand. »Es war das Kennzeichen. Der Anruf fand tatsächlich zur genannten Uhrzeit statt. Es war genau 19:58 Uhr und das Gespräch dauerte zwei Minuten. Die haben übrigens kein Doppelbett, sondern zwei getrennte Schlafstätten, mit den Nachtkonsolen dazwischen. Das Bett der Ehefrau ist gemacht, das von ihrem Mann jedoch nicht. Wir können daher wohl davon ausgehen, dass sie nicht mehr dazu kam, sich hinzulegen.«

»Das grenzt den Zeitpunkt der Entführung weiter ein«, überlegte Denise. »Es sei denn, sie ging gewohnheitsmäßig spät schlafen. Nehmen wir zunächst eine Zeitspanne irgendwo zwischen 20:00 und 22:00 Uhr an. Ihr Ehemann wird es uns vielleicht genauer sagen können. Wir sollten auch nicht vergessen, *sein* Handy wegen des Anrufs zu überprüfen. Die Nummer allein ist noch kein Beweis!«

»Ich bin jetzt zunächst fertig«, meldete Amara sich zurück. »Sobald auf diesem Gerät ein Anruf eingeht, schaltet sich das Aufnahmegerät an und es wird eine Ortung des Anrufers eingeleitet. Dabei ist es gleichgültig, ob die Rufnummer unterdrückt wurde oder nicht. Das habe ich ausgeschaltet. Was viele nämlich nicht wissen: Das ist nur ein Flag, das in der Vermittlungsstelle ausgewertet wird. Ihr kennt das vielleicht von Anrufen in der Notrufzentrale der Polizei, da ist das auch so. Es ist auch irrelevant, ob der Anruf vom Festnetz oder einem Handy erfolgt. Allerdings muss diese Verbindung jedoch mindestens hundertfünfzig Sekunden bestehen. Und es muss unbedingt jemand hier vor Ort sein.«

»Somit können wir jetzt auch endlich Eriks Frage von vorhin beantworten«, verkündete Tobias. Er war soeben aus dem Keller zurückgekehrt und hatte ihre letzten Worte gehört. »Weil wir nicht wissen, ob und wann der Anruf eingeht, muss mindestens einer hier Wache schieben. Es sollte wohl klar sein, dass du das auf jeden Fall sein wirst«, wandte er sich an die IT-Spezialistin. »Außerdem schlage ich vor, dass Jasmin ebenfalls hier übernachtet. Es ist alles mit dem Hausherrn abgesprochen. Es gibt ein Gästezimmer, das ihr benutzen könnt. Jasmin versteht sich nach Erik noch am besten mit dir, doch ihn können wir schlecht mit dir ein Zimmer teilen lassen, oder?«

Plötzlich stand wie aus dem Fußboden gewachsen Jasmin neben ihm, als hätte es bei der Nennung ihres Namens in ihren Ohren geklingelt. Oder wie ein Geist aus der Flasche, den man nur zu rufen braucht. »Ich bin mit den Sachen, die ich untersuchen sollte, ebenfalls durch«, meldete sie. »Es gibt hinter dem Haus im Garten einen Geräteschuppen, in dem auch eine große Tiefkühltruhe steht. Da sind jedoch nur Steaks, Gemüse und so ein Zeugs drin. Keine Spur von einer Leiche.«

»Gut. Oder auch nicht, wie man es nimmt«, nickte der SOKO-Chef. »Eigentlich warten wir jetzt nur noch auf Rieke, dann könnten wir im Grunde unsere Zelte hier abbrechen. Bis auf euch beide natürlich«, zeigte er auf die genannten Kolleginnen. »Die Nummer mit dem Paketdienst kauft uns keiner ein zweites Mal ab, wir könnten jedoch durch den Garten verschwinden. Dahinter ist nämlich keine Wohnbebauung, sondern nur Wald. Da sieht uns niemand, denke ich.«

»Und warum sind wir dann nicht auf diesem Weg auch hinein?«, runzelte Vanessa die Stirn. »Das wäre doch einfacher gewesen und Jasmin hätte nicht Paket spielen müssen.«

»Weil da ein zwei Meter hoher Zaun im Wege ist«, wurde sie von der Freundin informiert. »Aber das ist eigentlich keine schlechte Idee. Wir könnten morgen vielleicht eine große Leiter mitbringen. Oder aber wir holen uns von Berghoff die Genehmigung, ein Loch hineinzuschneiden. Für hinaus können wir heute das Teil benutzen, das im Geräteschuppen steht.«

»Ihr beide bleibt ohnehin erst mal hier«, erinnerte Denise sie. »Wir anderen werden morgen früh wieder in derselben Zusammensetzung erscheinen. Natürlich fahren wir dann zusammen. Laut ihrem Erpresserschreiben, das sie dreist auf einer Kommode in der Diele hinterlegt hatten, werden die Entführer sich im Laufe des morgigen Tages bei Berghoff melden, dann sollten wir bereit sein. Heute wird das aber bestimmt nichts mehr, deshalb werden wir uns zurückziehen. Das heißt aber nicht, dass jetzt schon Feierabend ist. Es gibt einiges vorzubereiten!«

»Wir warten noch auf Rieke«, verfügte Tobias. »Sie rumort noch im Haus herum. Dann geht es aber auch los, denn ich denke auch, dass die Entführer sich erst morgen bei Berghoff melden werden. Sollte es anders kommen, haben wir für alle Fälle fähige Ermittler vor Ort.« Wie um seine Worte umgehend Lügen strafen zu wollen, klapperte es in diesem Augenblick laut am Briefschlitz, der in die Haustür eingelassen war, und ein Zettel flatterte in den Hausflur. Tobias und Denise sprangen entgegen aller zuvor gepredigter Vorsicht sofort geistesgegenwärtig zum Fenster und spähten vorsichtig hinaus. Dann griffen sie synchron zu ihren Handys. Jasmin, Vanessa und Amara nahmen es eher beiläufig zur Kenntnis. Offenbar war auch dieser Fall eingeplant gewesen, alles andere hätte sie auch sehr gewundert.

* * *

Der Mann im orangefarbenen Arbeitsanzug eines Mitarbeiters des städtischen Bauhofs fegte mit missmutiger Miene ein imaginäres Abfallstück auf seine an einem langen Stiel angebrachte Schaufel. Links die Schaufel, rechts der Besen. Das machte er nun bereits seit Stunden, obwohl es eigentlich gar nichts zu fegen gab. Deshalb nahm er zwischendurch einen Stab mit einer Stahlspitze am unteren Ende zur Hand, um mit seiner Hilfe kleinere Hinterlassenschaften einzusammeln, die er an anderer Stelle jedoch heimlich wieder fallen ließ, um eine Beschäftigung zu haben.

Sein ›Arbeitsbereich‹ war vom Chef klar umrissen worden: Beginnend mit der Straße ›Am Beuhof‹, die hier in die ›Alte Poststraße‹ mündete, durfte er diese Einmündung auf keinen Fall überschreiten und auch in der anderen Richtung war sein Aktionsradius auf wenige Meter begrenzt. Keine gute Voraussetzung für seinen Job, wenn hier kaum etwas herumlag. Es war jedoch sein Job, und wer war er schon, das zu hinterfragen? *Überall werfen die Leute ständig etwas auf die Gehwege*, resümierte er in Gedanken. *Aber hier ist alles blitzeblank. Doch andererseits ist das anscheinend eine gehobene Wohngegend. Leute mit Geld werfen ja nichts weg, deshalb sind sie ja reich.*

So kehrte er seit geraumer Zeit den Gehweg, wo es nichts zu kehren gab, wendete nach ein paar Metern und begann wieder von vorn. Jede Stunde machte er eine Pause auf der Umfriedungsmauer des Eckgrundstücks und aß genüsslich ein belegtes Brot aus seiner Lunchbox. Das Einwickelpapier ließ er später achtlos fallen, um einen Grund zu haben, es aufzuheben. Für wen er diesen Zirkus veranstaltete, war nicht ersichtlich, denn diese Straße war menschenleer. Die einzige Ausnahme bildeten eine alte Dame, die zweimal mit einem angeleinten Hund an ihm vorbeigelaufen war, und ein Mercedes, der die Straße in Richtung Innenstadt befahren hatte. *Ich könnte etwas essen*, dachte er und sah auf die Uhr. In diesem Moment klingelte sein Handy.

* * *

So ganz allein war der Mann mit Kehrbesen jedoch nicht. Ungefähr zweihundert Meter von ihm und für ihn trotz einer schnurgeraden Straßenführung nicht auf Anhieb sichtbar, saß ein Mann auf einer Bank, der optisch das genaue Gegenteil zu ihm darstellte: Mit gekämmten Haaren, maßgeschneidertem Anzug und italienischen Schuhen wirkte er wie aus einem Modemagazin entsprungen. Auch er saß seit geraumer Zeit dort und las scheinbar angestrengt in einer Ausgabe vom heutigen *Rhein-Sieg-Echo*, die er sich zuvor auf dem Weg dorthin an einem Kiosk gekauft hatte.

Was ihn umtrieb, seine Zeitung ausgerechnet dort zu lesen, würde vielleicht auf immer sein Geheimnis bleiben, denn dort gab es gar nichts von Bedeutung. Direkt vor seinem Rastplatz erstreckte sich die ›Alte

Poststraße‹ und hinter ihm die ›Seehofstraße‹, welche diese kreuzte. Dazwischen aber war nichts außer den Häusern einiger betuchter Anwohner und dem Mann mit dem Kehrbesen, den er gerade noch in der Ferne erkennen konnte. Nicht mal Straßeneinmündungen gab es zwischen ihm und diesem Mann. Dessen sinnfreie Tätigkeit nahm er amüsiert zur Kenntnis.

Es musste auf einen etwaigen Beobachter wirken, als sei ihm nichts wichtiger als seine Zeitung, welche er jeweils zehn Minuten zu studieren schien, bevor er umblätterte. Doch als sein Handy klingelte, ließ er sie einfach auf den Boden fallen und nahm das Gespräch mit plötzlich aufkommender Hektik an. »Ein kleiner Junge mit einer Mütze?«, wiederholte er die Frage der Anruferin. »Nein, hier ist weit und breit kein Knirps, und auch sonst niemand. Vielleicht bei Martin, aber ich halte selbstverständlich weiter meine Augen und Ohren offen.«

* * *

Der angesprochene Kollege – natürlich handelte es sich um den Mann mit dem Kehrbesen – reagierte in ähnlicher Weise. Er ließ sofort alles fallen, was er in den Händen hatte, und hielt sein Handy ans Ohr. Bei dieser ›Spezialoperation‹ konnte es auf jede Sekunde ankommen, da musste man jederzeit bereit sein, zu handeln. »Ein kleiner Junge mit einer Schirmmütze? So einer kommt gerade aus deiner Richtung auf mich zugerannt«, richtete er Tobias aus, denn um niemand anderen handelte es sich bei seinem Anrufer. »Geht in Ordnung«, wiederholte er die Order seines Vorgesetzten. »Festhalten und ausfragen. Geht klar, Chef!«

Der Junge, Martin schätzte ihn auf maximal acht oder neun Jahre, hatte ein strammes Tempo drauf. Er konnte gerade noch das Handy in seine Gesäßtasche schieben, als der Knirps auch schon an ihm vorbeizuflitzen versuchte. »Hoppla«, rief Martin und fischte ihn beiläufig vom Gehweg. Der Junge zappelte wie ein Fisch auf dem Trockenen in seinem festen Griff und schlug um sich. »Du hast es aber eilig! Wohin soll es denn gehen?«, wandte er sich an ihn, nachdem er ihn auf die eigenen Beine gestellt hatte.

»Was interessiert Sie das denn, Opa? Ich kann hier herumlaufen, wo und so schnell ich es will!«, keuchte der Knirps und sah ihm trotzig ins Gesicht. »Das geht Sie überhaupt nichts an!« Er schob hastig seine Mütze zurecht, die bei der Aktion verrutscht war.

»Du hast aber nicht ganz zufällig vorhin etwas in den Hausbriefkasten von der Nummer 16 geworfen? Du weißt, dass man das nicht so ohne Weiteres darf? Zumindest nicht, wenn da etwas Verbotenes draufsteht. Wer hat dir den Zettel gegeben? Es ist wirklich besser für dich, wenn du mir die Wahrheit sagst!« Er wollte den kleinen Jungen eigentlich nicht dermaßen hart angehen, doch auf seine Befindlichkeit konnte er jetzt keine Rücksicht nehmen.

»Das war eine Frau«, wurde er kleinlaut. »Ich habe den Zettel nicht gelesen, ehrlich! Sie drückte mir den Zettel in die Hand und sagte, ich soll ihn in den Briefkasten werfen. Sie hat mir einen Zehner gegeben.«

»Und wie hat diese Frau ausgesehen?«, fragte der Ermittler nach. Nach dem Alter wagte er gar nicht zu fragen, denn für einen Knirps wie diesen waren alle Menschen über zwanzig sowieso steinalt.

»Keine Ahnung. Eine Frau eben. Das war da hinten irgendwo«, zeigte er in die Richtung, wo Jonas Posten bezogen hatte. Der hatte sicher nichts gesehen, denn sonst hätte er es bestimmt durchgegeben. »Kann ich dann jetzt gehen?« Im nächsten Moment rannte der Knirps flink wie ein Wiesel davon. Martin hatte nicht einmal seine Personalien.

Kapitel 3

Aufarbeitungen ***und Pläne***

»Ich würde mir an deiner Stelle nicht gleich einen Kopf machen, dass dir der Junge entwischt ist«, tröstete Denise Malowski ihren zerknirschten Ermittler auf der sofort nach ihrer aller Rückkehr anberaumten Teambesprechung. Jasmin fehlte aus den bekannten Gründen und natürlich auch Amara. Dafür saß Rieke mit am Tisch. »Wahrscheinlich wäre er uns ohnehin keine große Hilfe gewesen.«

Der mehr oder weniger geordnete Rückzug war bei einigen Ermittlern nicht ganz ohne Spuren geblieben. Es war ihnen zwar gelungen, mithilfe einer Leiter aus dem Geräteschuppen Haus und Grundstück höchstwahrscheinlich ungesehen zu verlassen, doch sowohl Tobias als auch Erik hatten sich bei dieser Aktion die Hosen an dem Maschendrahtzaun eingerissen. Dafür hatten sie von Berghoff die Erlaubnis erhalten, beim nächsten Besuch ein Loch in den Zaun schneiden zu dürfen.

»Und was ist mit dieser Frau, die ihm den Zettel gegeben hat?«, widersprach er ihr. »Sie wird zu den Entführern gehören, oder nicht? Ich frage mich bloß, wo der Junge hergekommen ist. Jonas hat ihn jedenfalls nicht gesehen und eine andere Möglichkeit existiert nicht. Er hätte demnach vor der Übergabe einem von uns in die Arme laufen müssen.«

»Das ist gar nicht gesagt«, wandte Jonas sofort ein. Vornehmlich sicher, um gar nicht erst einen Verdacht aufkommen zu lassen, bei seiner Observation unaufmerksam gewesen zu sein. »Dort ist praktisch überall offene Bauweise. Es gibt auf der Strecke zwischen uns zwar keine Seitenstraßen oder Wege, doch bestimmt genug Möglichkeiten, zwischen den Häusern herumzulaufen. Vielleicht wohnt der Junge sogar in einem der Häuser.«

»Bleibt noch diese Frau«, nickte Tobias. »Ihre Identität wäre wahrscheinlich von größerem Nutzen für uns. Schon allein wegen der Person, die ihr den Zettel gegeben haben könnte. Es ist nämlich denkbar, dass auch diese Frau nur eine ahnungslose Botin war. So wäre ich es zumindest angegangen. Man hat ihr vielleicht gegen genügend Bares aufgetragen, genau so zu verfahren. Selbst, wenn dieser Junge uns die Frau beschreiben könnte, wäre sie dann über alle Berge gewesen. Sie wird jedoch die einzige Person sein, die den eigentlichen Überbringer der Nachricht gesehen hat.«

»Weder Jonas noch ich haben während der Zeit, als wir dort aufgepasst haben, jemanden herumlungern sehen, der das Haus observiert hat«, merkte Martin an. »Vielleicht war da ja überhaupt niemand und wir haben uns völlig umsonst bemüht, nicht erkannt zu werden.«

»Irgendwie muss entweder die unbekannte Dame oder dieser Junge in den Besitz der Nachricht gelangt sein«, fand Vanessa auf Anhieb den Pferdefuß in der Argumentation. »Also war da jemand. Dieses zweite Erpresserschreiben ist nicht vom Himmel gefallen!«

»Womit wir endlich bei unserem ›Beweisstück B‹ angekommen sind«, nickte der SOKO-Chef, wobei er auf seinen Bildschirm zeigte, wo – wie auch auf den Monitoren aller Teilnehmer – eine digitale Kopie des vor einer Stunde auf unkonventionelle Weise abgegebenen zweiten Erpresserschreibens zu sehen war. Das Original hatten sie zur Untersuchung in die Forensik gegeben und lag nun in einer Klarsichthülle vor Rieke auf dem Tisch.

ERSCHEINEN SIE MORGEN PÜNKTLICH UM 10:00 UHR AN DER TAUSENDJÄHRIGEN EICHE. ORIENTIEREN SIE SICH AN DER BEIGEFÜGTEN LAGESKIZZE. SIE ERHALTEN WEITERE INSTRUKTIONEN. UND KEINE POLIZEI!

»Wie ihr seht, wurde auch diese Nachricht mittels aus einer Zeitung ausgeschnittener und aufgeklebter Buchstaben erstellt«, fügte Tobias hinzu. »Rieke wird uns nachher vielleicht mehr dazu sagen können. Der Text ist diesmal ziemlich kurz gehalten und lädt uns wohl zu einer Art Schnitzeljagd ein. Wenn wir großes Pech haben, wartet dort nur eine weitere Mitteilung auf uns. Trotzdem werden wir im Morgengrauen ein Einsatzkommando positionieren. Die Lokalität bietet dazu etliche Möglichkeiten. Der Treffpunkt hingegen ist klar: Es handelt sich um die ›Boxhohner Eiche‹ bei Altenrath in der Wahner Heide. Außerdem können wir daraus schließen, es mit mindestens einem Ortskundigen zu tun zu haben.«

»Das liegt mitten im Wald«, erkannte Erik. Er war zwar nie zuvor dort gewesen, hatte jedoch auf seinem Bildschirm eine Satellitenaufnahme aus *Google Maps* aufgerufen. »Wenn diese Leute sich dort auskennen, sind sie aber ziemlich dämlich. Dort kann man nur zu Fuß hin und ein Rückzug ist nur auf dieselbe Weise möglich. Wenn wir die Eiche rundherum einkesseln, können sie nicht entkommen.«

»Das SEK ist nur für den Fall vor Ort, dass sie dort den Austausch vornehmen wollen«, erläuterte Tobias seinen Plan. »Falls sie die Geisel dabeihaben, werden wir je nach Sachlage entscheiden. Im günstigsten Fall greifen wir sie uns sofort an Ort und Stelle, andernfalls folgen wir ihnen zu ihrem Versteck und befreien die Geisel eben dort. Amara wird einen Peilsender im Geldkoffer verstecken.«

»Diese Nachricht bedeutet aber auch, dass Jasmin und Amara wahrscheinlich völlig umsonst im Haus der Eheleute Berghoff übernachten«, wandte Vanessa ein. »Einen Anruf wird es jetzt nicht mehr geben. In das Haus müssen wir sicher auch nicht mehr.«

»Sie werden es überleben«, winkte Denise ab. »Ich werde sie nicht auf einen bloßen Verdacht abziehen, denn es könnte ja sein, dass sich die Entführer noch melden. Morgen früh können sie verschwinden, denn dann ist die Geldübergabe und Berghoff unterwegs. Jasmin kann sich uns dann anschließen.«

»Außerdem muss der erwähnte Peilsender installiert werden«, nickte Tobias. »Amara hat ihn bereits dabei und wird sich der Sache annehmen, sobald das Geld verfügbar ist. Das Versteck erfordert große Sorgfalt, damit die Entführer ihn nicht gleich entdecken, falls sie den Koffer vor Ort untersuchen. Sie wird also eine ganze Weile beschäftigt sein. Hören wir uns aber zuerst den Bericht der Forensik an«, forderte er Rieke auf, zu sprechen.

»Widmen wir uns zunächst den beiden Erpresserschreiben«, erhob die Spezialistin für Spurenanalyse ihre Stimme, nachdem sie ihren USB-Stick eingestöpselt hatte. »Die Buchstaben wurden wie bereits mehrfach erwähnt aus einer Zeitung ausgeschnitten und aufgeklebt. Dabei wurde offenbar große Sorgfalt auf die exakte Ausrichtung gelegt, was womöglich einen Rückschluss auf den Charakter desjenigen zulässt. Es könnte sich um eine pedantische Person handeln. Die Buchstaben sind ungefähr zwei Zentimeter hoch und wahrscheinlich aus Überschriften und/oder Schlagzeilen entnommen. Es ist mir gelungen, einige dieser Lettern abzulösen. Sie wurden mittels eines handelsüblichen Klebestifts angebracht, und die Rückseiten enthielten genügend Text, um die Herkunft klären zu können. Das erste Erpresserschreiben wurde demzufolge aus der Freitagsausgabe der Zeitung *Rhein-Sieg-Echo* zusammengesetzt, und das heutige aus Inhalten der Samstagsausgabe derselben Zeitung.«

»Mirjam Berghoff wurde laut ihres Ehemannes am Samstagabend beziehungsweise zwischen 20:00 und 02:00 Uhr in der Nacht zum Sonntag entführt«, resümierte Jonas. »Was Rieke gesagt hat, bedeutet nichts anderes, als beide Schreiben bereits zuvor angefertigt wurden. Das lässt auf eine exakte Planung schließen. Und man war sich offenbar sicher, der Geisel habhaft zu werden.«

»Dies wiederum lässt die Vermutung zu, dass die Kidnapper über die Abwesenheit ihres Ehemannes in der Nacht zum Sonntag informiert waren«, ergänzte sein Partner. »Das dürfen wir auch nicht völlig außer Acht lassen!«

»Das ist jedoch nicht alles«, fuhr die Forensikerin fort. »Das Papier, auf dem die Buchstaben aufgeklebt sind, ist ein normales, handelsübliches Kopierpapier des Formates DIN A3 und dem Gewicht von 80 g/qm. Fingerabdrücke und/oder DNA waren darauf nicht zu finden. Allerdings konnte ich auf der Rückseite einer der Buchstaben einen leicht verschmierten Daumenabdruck sicherstellen. Er wurde vom Klebstoff sozusagen konserviert, ist aber leider viel zu unscharf, um einen gerichtsfesten Vergleich durchzuführen. Allerdings vermag ich unter Vorbehalt eine Aussage zum Geschlecht zu treffen. Der Urheber ist wahrscheinlich ein Mann.«

»Jetzt willst du uns aber veralbern«, übertönte der SOKO-Chef mühelos das einsetzende Getuschel. Eine Aussage über das Geschlecht zu einem Fingerabdruck hatte noch niemand der Anwesenden gehört. »Soweit ich weiß, sind Papillarleisten sogar bei eineiigen Zwillingen unterschiedlich, also nicht genetisch bedingt«, nickte er Denise zu, die ja bekanntlich eine Zwillingsschwester hatte. »Wie will man denn das Geschlecht daraus bestimmen können?«

»Nun, die Zeit bleibt nicht stehen, und manchmal besinnt man sich auf die guten, alten Methoden. Wer sich in Kriminalgeschichte auskennt, wird sich erinnern, dass man statistische Erhebungen zur Identifikation anwandte, bevor die Eindeutigkeit von Fingerabdrücken gerichtlich anerkannt wurde.«

»Ich habe darüber mal etwas gelesen«, warf Erik ein. »Man hat alles Mögliche gemessen: die Länge der Finger, den Augenabstand, die Größe der Ohren und noch viel mehr. Je mehr Parameter übereinstimmten, desto größer war dann eine Wahrscheinlichkeit, den Richtigen zu haben. Zu mehr taugte die Methode aber nicht, weil man den Täter dazu festgenommen haben musste. Der Titel dieses Buches war ›Das Jahrhundert der Detektive‹ oder so ähnlich.«

»Ein älteres Werk«, nickte Rieke. »Doch da es über Kriminalgeschichte berichtet, ist es natürlich immer noch aktuell. Kommen wir zur ursprünglichen Frage zurück: ob es eine Methode gibt, anhand eines Fingerabdrucks das Geschlecht zu bestimmen. Zunächst ein ganz klares ›Nein‹. Es gibt keine Kringel oder so, die eindeutig weiblich oder männlich wären. Vor einigen Jahren hat man aber angefangen, Fingerabdrücke auf gemeinsame Merkmale zu untersuchen, wobei man sich auf tausende bereits gespeicherte Daten stützen konnte. Ich möchte es kurz machen und euch nicht unnötig mit Einzelheiten langweilen. Es hat sich aber herausgestellt, dass statistisch gesehen die Dichte der Papillarleisten bei Frauen um zehn Prozent höher ist als bei Männern, auf jeweils dieselbe Fläche bezogen. Und zwar unabhängig von der ethnischen Herkunft. Es ist, wie bereits erwähnt, nur ein statistischer Wert und nicht gerichtsfest, aber ein Anhaltspunkt.«

»Vielen Dank für diese überaus nützliche Information, Rieke«, zeigte Tobias sich beeindruckt. Auch den Mienen der Teamkollegen war anzusehen, dass dieser Zusammenhang ihnen nicht bekannt gewesen war. »Leider nutzt uns diese Erkenntnis ohne Vergleichsmöglichkeit nicht sehr viel, und du sagtest ja, dass der Abdruck zu verwischt war. Kommen wir deshalb zu deinen Erkenntnissen aus der Hausdurchsuchung. Gibt es da etwas, das uns helfen würde?«

»Wenig, fürchte ich«, hob die Friesin ihre breiten Schultern. »Viel Besuch hat dieses Haus in der letzten Zeit offenbar nicht gesehen, oder es wurde kürzlich alles frisch geputzt. Das betrifft sogar die Garage, wo es nicht ein Stäubchen gibt, das da nicht hingehört. Im Haus habe ich ausschließlich Fingerabdrücke der beiden Bewohner finden können. Eine relativ sichere Zuordnung konnte ich über persönliche Gegenstände herstellen. Im Geräteschuppen sieht es ebenfalls aus, als wäre er gerade erst eingeräumt worden. Die von Jasmin erwähnte Tiefkühltruhe hat meine besondere Aufmerksamkeit erregt, denn sie ist mit zwei Metern Länge und entsprechender Breite und Tiefe geradezu dafür geschaffen, eine Leiche darin zu deponieren.«

»Doch darin war keine«, nickte Denise. »Jasmin hatte nämlich hineingesehen.«

»Das weiß ich, sie hat es mir gesagt. Dennoch habe ich mir die Mühe gemacht, die Kühltruhe vollständig auszuräumen. Es hätte sein können, dass ganz unten etwas lag, was da nicht hineingehört. Es waren aber ausschließlich Lebensmittel drin. Weiterhin habe ich mir alle Fenster und die Außentüren angeschaut. Ich bin zwar keine ausgewiesene Spezialistin dafür, doch ich bin nach eingehender Begutachtung zu der Überzeugung gelangt, dass das Haus niemals gewaltsam betreten wurde. Einbruchsspuren konnte ich zumindest nicht erkennen. Es sei denn, diese wurden in der Zwischenzeit professionell beseitigt.«

»Davon ist nicht auszugehen«, entschied Denise. »Es war ja Wochenende und heute ist Montag. Es ist kaum möglich, unter der Woche zeitnah Handwerker zu bekommen. Natürlich könnte Berghoff die Reparaturen selbst durchgeführt haben, doch das traue ich ihm offen gestanden nicht zu. Er ist Chirurg und kein Schlosser. Man würde es sehen, denke ich!«

»Für die Tatzeit spricht jedoch eigentlich nur seine Aussage«, widersprach Vanessa. »Wer sagt uns denn, dass er seine Frau nicht Tage vorher beseitigt hat?«

»Auch dann gäbe es an Türen oder Fenstern keine Einbruchsspuren«, lächelte Tobias. »Aber wo du es gerade ansprichst: Es gibt ja den Anruf am Abend der Entführung. Er war exakt um 19:58 Uhr und dauerte zwei Minuten, das hast du selbst im Handy der Frau überprüft. Jasmin hat dasselbe nach Berghoffs Rückkehr bei seinem Telefon gemacht und mir vorhin das Ergebnis übermittelt. Es stimmt überein. Seine Klinik ist Luftlinie einen guten Kilometer entfernt. Er kann unmöglich angerufen und das Gespräch selbst angenommen haben. Es sei denn, er hatte beide Handys in seinem Zugriff. Ich werde Amara darauf ansetzen. Sie soll mal überprüfen, ob die Telefone in den jeweiligen Funkzellen angemeldet waren.«

»Wenn es also nicht der Ehemann war, und auch weder Einbruchsspuren noch Spuren einer tätlichen Auseinandersetzung zu erkennen sind, bleiben genau zwei Möglichkeiten«, überlegte Martin. »Möglichkeit eins: Frau Berghoff ließ ihre Entführer selbst herein, weil sie diese kannte. Möglichkeit zwei: Sie war kurz vor der Tür, um vielleicht etwas in die Mülltonne zu werfen, und wurde überwältigt und in ein bereitstehendes Auto gezerrt. Unsere eigene Aktion heute hat ja gezeigt, dass so etwas möglich ist, ohne beachtet zu werden. Dagegen spräche jedoch das im Haus zurückgelassene Erpresserschreiben.«

»Nicht zwangsläufig«, widersprach Jonas. »Sie hat vielleicht die Haustür hinter sich offengelassen, weil sie gleich wieder hineingehen wollte. Es braucht nur wenige Sekunden, den vorbereiteten Brief im Flur auf der Kommode zu deponieren und zu verschwinden. Es wurde bereits festgestellt, dass dieser Aktion eine detaillierte Planung vorausgegangen sein muss.«

»Womit wir beim Stichwort wären«, beendete der SOKO-Chef diese unnütze Diskussion. »Es ist jetzt an der Zeit, *unsere* Planung zu besprechen, denn die der Kidnapper wird sich uns so schnell nicht erschließen, fürchte ich. Solange wir keine gegenteiligen Informationen haben, gehen wir selbstverständlich von einer Entführung aus. Daraus ergibt sich zwangsläufig die folgende Vorgehensweise: Wir befreien die Geisel aus den Fängen der Entführer und ergreifen diese, wenn möglich. In dieser Reihenfolge!« Er nahm seine Maus zur Hand und rief auf seinem Bildschirm eine Grafik auf, die der Wegbeschreibung im zweiten Erpresserbrief ähnelte, jedoch sehr viel detaillierter war und – wahrscheinlich von Tobias persönlich – mit zusätzlichen Markierungen versehen wurde.

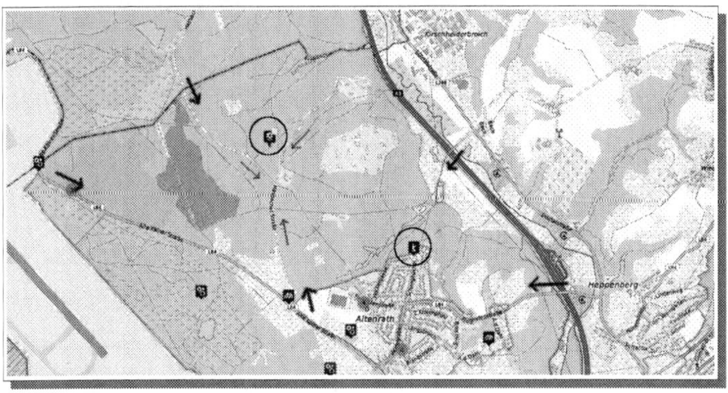

»Was ihr seht, ist das weiträumige Umfeld unseres Einsatzgebietes«, fuhr er fort, nachdem er seine Karte auf die Bildschirme seiner Ermittler gespiegelt hatte. »Die beiden Kreise markieren das Ziel, also die Eiche im oberen Bereich der Karte, und unseren Treffpunkt am Infocenter in Altenrath unten. Es verbietet sich von selbst, dass wir an der alten Eiche auftauchen, da diese Baumleiche auf einer Lichtung liegt und wir so sicher entdeckt würden. Es ist weiterhin erforderlich, unsere privaten Fahrzeuge zu benutzen. Die aus dem Fuhrpark sind bekannt und würden auffallen.«

»Wir werden uns bis spätestens um 08:00 Uhr am Infocenter einfinden, das gibt uns genügend Zeit, die Lage dort zu begutachten«, führte Denise weiter aus. »Sofern die Entführer nicht auf denselben Gedanken kommen. Das aber erfahren wir vom Leiter des SEK, der mit seiner Truppe bereits im Morgengrauen dort angekommen sein und im weiteren Umfeld des Zieles Verstecke eingerichtet haben wird. Wir fahren von zu Hause einzeln dorthin. Vanessa: Du wohnst ganz in der Nähe der Alten Poststraße. Du gabelst Jasmin auf und kommt mit ihr zum Infocenter. Der Rest handelt entsprechend. Ich will euch morgen früh alle pünktlich und ausgeruht sehen. Sorgt auch für unauffällige Kleidung.« Bei den letzten Worten musterte sie Jonas in seinem teuren Zwirn ganz besonders. »Und nehmt Schutzwesten mit. Darüber tragt ihr am besten weite Pullover. Für Jasmin nimmst du auch eine Weste und einen Pulli mit«, wandte sie sich erneut an Vanessa.

»Was ist mit unseren Dienstwaffen?«, machte Erik auf den Umstand aufmerksam, dass man die Pistolen entgegen anderslautenden Informationen aus Fernsehkrimis nicht nach Hause mitnehmen durfte. »Wir müssten zuerst ins Kripogebäude, und in der Waffenkammer die Pistolen in Empfang nehmen.«

»Das haben wir bereits mit der Kriminaldirektorin geklärt«, nickte Tobias. »Ihr erhaltet für die nächsten vierundzwanzig Stunden eine Sondergenehmigung. Ich muss hoffentlich nicht separat darauf hinweisen, dass hierbei größte Sorgfalt erforderlich ist. Dies gilt insbesondere für die Kollegen mit kleinen Kindern«, sah er speziell Denise und Jonas an.

»Das dürfte kein Problem sein«, beruhigte Denise ihn. »Vanessa wohnt allein und ihr Freund ist auch Polizist. Jasmin hat ihre Waffe sowieso dabei, und ich hatte meine Waffe bereits im Haus und besitze einen Waffentresor. Ich könnte Jonas' Pistole mitnehmen.«

»In Ordnung, dann verfahren wir so. Kommen wir jetzt jedoch endlich zum eigentlichen Einsatz«, lenkte der SOKO-Chef die Aufmerksamkeit seiner Ermittler wieder auf das Wesentliche. »Auf der Karte habe ich fünf dickere Pfeile eingezeichnet. Diese markieren die Stellen, von wo es möglich ist, den Kernbereich, also das Areal mit der Eiche, mit Fahrzeugen zu erreichen. Diese werden wir und die Männer vom SEK besonders im Auge behalten. Versteckmöglichkeiten gibt es dort reichlich und wir sind ja hoffentlich früh genug vor Ort. Die drei dünneren Pfeile markieren die Wege, die in das unmittelbare Umfeld der Eiche führen. Sie heißen allesamt ›Hasbacher Straße‹, was jedoch nicht von Belang ist. Dort wird sich ausschließlich das SEK aufhalten und über Funk mit uns in Kontakt bleiben. Ich empfehle euch, die Karte auszudrucken und nach Hause mitzunehmen. Ich erwarte, dass jeder einzelne von euch sie bis morgen früh auswendig kennt und mir jeden Baum nennen kann. Hat jemand noch eine Frage dazu?«

»Ja, eine!«, hob ausgerechnet seine Partnerin und Co-Chefin ihre Hand. »Ich sehe da einen Pfeil, der aus Lohmar in das Gebiet führt. Aus Heppenberg, um es genau zu sagen. Ich weiß, dass Martin da in der Nähe gewohnt hat, doch ist dort nicht auch dein spezieller Freund Manfred Kornelius zu Hause?«

»Ich weiß, was du meinst, Denise. Die Schnüffelnase hat eine ausgeprägte innere Antenne für Sensationen. Das Kerlchen könnte unverhofft dort auftauchen und uns die Tour vermasseln. Ich würde ihn ja anrufen und bitten, sich herauszuhalten, doch dann kommt er womöglich erst recht. Wir müssen einfach Glück haben.«

Zwischenspiel

Manfred Kornelius

Ich erwachte übergangslos aus einem traumlosen Schlaf und war sofort hellwach, was für mich ungewöhnlich war. Hatte ein untrügliches Gespür für sich anbahnende Sensationen mich womöglich geweckt? Eine Finanzspritze würde mir gerade recht kommen, denn es war noch viel Monat nach dem Ende meines Geldes übrig und eine passende Story für eines der Blätter, für die ich schrieb, würde mich für ein paar Tage retten. Ich sah auf den vorsintflutlichen Wecker auf der Nachtkonsole. Es war nicht einmal 06:00 Uhr, was in dieser Jahreszeit bedeutete, dass es wohl noch dunkel war.

Ich stieg vorsichtig aus dem Bett, um Ricarda nicht zu wecken, die friedlich neben mir schlief. Lärm wäre kein Problem, denn sie behauptete steif und fest, ich würde schnarchen, weshalb sie neuerdings zusätzlich zu ihrer Schlafmaske auch noch Ohrstöpsel trug. Frechheit! Allerdings registrierte sie jede Bewegung, deshalb die Vorsicht. Sonst war niemand da. Mikesch streunte noch draußen in der Dunkelheit herum. Ich ließ ihn abends hinaus und er kam morgens zurück. Wie die meisten Katzen beherrschte auch er meisterhaft einen Drahtseilakt zwischen Freiheitsdrang und menschlicher Gesellschaft, die ihm ein sorgenfreies Leben garantierte. Katze müsste man sein!

In der Küche machte ich mir einen starken Kaffee und kramte den Allband-Funkempfänger hervor. Der Besitz war eigentlich illegal, doch er ermöglichte mir, immer am Puls des Geschehens zu sein. Außer mir hatte nur Mikesch Kenntnis von seiner Existenz, und der würde sein Maul halten. Einige Minuten lang war nur der übliche Kram zu hören, den Streifenwagenbesatzungen von sich gaben. Es war die Zeit, in der die Schrecken der Nacht vorbei waren und der Wahnsinn des Tages noch in der Ferne lag. Plötzlich aber wurde ich hellhörig, weil ein Funkspruch der Zentrale mehrfach wiederholt wurde. Das kam nur in dringenden Fällen vor. Ich drehte die Lautstärke auf.

»Achtung! An sämtliche Wagen im Bereich Lohmar/Altenrath«, tönte es aus dem Lautsprecher. *»Es findet ein Sondereinsatz beim ›Alten Mann‹ statt. Ich wiederhole: Sondereinsatz beim ›Alten Mann‹. In den nächsten Stunden haben sich bis zur ausdrücklichen Entwarnung alle Streifenwagen fernzuhalten! Zentrale, Ende.«*

Da war doch etwas im Busch! Das war das Problem mit Geheimoperationen: So ganz geheim durften die nämlich überhaupt nicht sein, weil sonst garantiert irgendwelche übereifrigen Beamten in die Operation geplatzt wären und sie wahrscheinlich völlig versaut hätten. Natürlich erging man sich in den Funksprüchen in Umschreibungen für diese Sache, doch wer – oder besser – *was* mit dem ›Alten Mann‹ gemeint war, wusste ich, und das war sogar ganz in der Nähe. Ich stürzte meinen Kaffee hinunter, hinterließ für meine schlummernde Schönheit eine kurze Nachricht und machte mich auf den Weg. Mit etwas Glück hatte ich in wenigen Stunden eine einträgliche Story!

Am Horizont kündigte ein heller Widerschein den bevorstehenden Sonnenaufgang an, als ich meinen Wagen auf die L84 lenkte, die wenige hundert Meter weiter die Autobahn A3 unterquerte und dann Flughafenstraße hieß. Von dort waren es noch zwei Kilometer bis zur ›Boxhohner Eiche‹, von der aber nach einem Blitzeinschlag vor Jahren nur noch Fragmente übrig waren. Angeblich hatte dieser Baum tausend Jahre gelebt. Was könnte er mir wohl alles erzählen?

Ich stellte das Auto am Ortsrand beim Tennisplatz des TuS Altenrath ab. Von hier aus musste ich zu Fuß weiter. Fast wäre ich beim Überqueren der Straße in einen Transporter gelaufen, der aus dem Nichts ohne Beleuchtung aus Richtung der ›Alten Kölner Straße‹ daherkam. Es war noch zu dunkel, um richtig etwas zu erkennen. Ich glaubte jedoch, einen Mannschaftswagen der Polizei erkannt zu haben, in dem schummrigen Licht war die Farbe nicht richtig einzuordnen. Hätte ich gewusst, was ich anrichten würde, wäre ich jetzt auf der Stelle umgekehrt, so jedoch nahmen die Ereignisse ihren Lauf.

Ich wartete, bis der mutmaßliche Mannschaftsbus meinem Gehör entschwunden war, und huschte über die Straße ins Dickicht. Ich wusste nicht, was es dort zu sehen geben würde, und wollte im Zweifel einige schöne Fotos vom Aufmarsch der Sondereinheit aus einem sicheren Versteck heraus schießen und sofort wieder verschwinden. Es kam jedoch anders. Ich war kaum im Unterholz untergetaucht, als das Motorengeräusch erneut zu hören war, diesmal jedoch aus der Gegenrichtung. Warum nur brachte ich mich immer wieder in solche Situationen?

Was das bedeutete, war mir sofort klar: Man hatte gerade einen Teil seiner Einsatzkräfte abgeladen und würde dies an weiteren Stellen rund um das Zielgebiet wiederholen. Zurück konnte ich jetzt nicht mehr, wollte ich nicht riskieren, ihnen direkt in die Arme zu laufen und womöglich festgenommen oder vielleicht sogar erschossen zu werden. Die Eiche jedoch würde, da sie laut dem Funkspruch das Einsatzziel bildete, in wenigen Minuten vollständig umzingelt sein. Ich saß klassisch in der Falle!

Dass es lediglich darum ging, einen abgestorbenen Baum zu bewachen, war ebenfalls unwahrscheinlich. Dort lauerte wahrscheinlich die eigentliche Gefahr. Es blieb mir wohl nichts anderes übrig, als mich hier irgendwo zu verstecken, mucksmäuschenstill zu sein und darauf zu hoffen, dass mich niemand bemerkte. Das könnte Stunden dauern, und Ricarda würde sich mit Recht Sorgen machen.

Kapitel 4

Die Übergabe

Als Denise am Treffpunkt aus ihrem Smart Cabrio stieg, verklangen soeben die letzten Glockentöne aus dem Turm der nahen Kirche St. Georg. Es war Punkt 08:00 Uhr. Tobias stand neben seinem uralten Hobel der Marke BMW, der erstaunlicherweise immer noch fuhr, und zog gerade den Sturzhelm vom Kopf, wobei er seine wilde Mähne ausschüttelte. Er war demnach ebenfalls vor wenigen Augenblicken angekommen.

Martin stand mit Erik und Jonas dabei und Denise reichte diesem die Dienstwaffe, die er mit sichtbarer Erleichterung in sein Holster schob. Es fehlten jetzt nur noch Jasmin und Vanessa. Denise unterzog ihre Truppe einer Musterung: Martin sah aus wie immer, Jonas hatte den Maßanzug gegen dunkle und strapazierfähige Kleidung getauscht und Tobias hatte seine Motorradkluft angelegt. Erik wirkte ebenfalls unauffällig. Sie selbst hatte sich für eine braune Jeans und einen dunklen Pullover entschieden. Es gab nichts zu meckern.

»Kommandant Meier gab mir gerade durch, dass seine Männer vollzählig in Stellung seien«, meldete Martin und hob dabei sein abhörsicheres Handfunkgerät hoch, mit dem er und alle Kollegen ausgestattet waren. »Das Zielgebiet sei sauber und es hätte bisher keine verdächtigen Bewegungen dort gegeben.«

»Die Einsatzkräfte sind an den markierten strategischen Punkten stationiert und für einen etwaigen Beobachter nicht zu erkennen«, nickte Tobias. »Jeder, der in den nächsten beiden Stunden dort durchfährt, geht oder meinetwegen auch reitet, wird fotografiert und unbehelligt ziehen gelassen. Das SEK ist seit zwei Stunden in Stellung; es sollte sich demnach niemand in unserem Zielgebiet aufhalten, der nicht zuvor von ihnen gesehen wurde«, informierte er seine Leute. Er konnte zu diesem Zeitpunkt nicht ahnen, wie sehr er sich diesbezüglich irrte.

»Ihr werdet euch vielleicht wundern, warum wir uns gerade hier treffen«, fuhr er fort. »Immerhin sind wir hier nicht am Brennpunkt des Geschehens, doch das ist beabsichtigt. Das Ziel haben die Männer vom SEK im Auge, darum müssen wir uns zunächst nicht kümmern. Genau hier beginnt aber ein sehr beliebter Wanderweg, die sogenannte ›Hühnerbruchtour‹. Sie führt uns auch an der Eiche vorbei. Es ist also nicht verdächtig, wenn wir uns hier versammeln. Wie ich sehe, tragt ihr alle Pullover. Ich darf euch jetzt bitten, sie über eure Pistolen zu ziehen; eine Gruppe bewaffnete Wanderer wäre sonst zu auffällig. Sobald unsere beiden Damen aufschlagen, werden wir uns alle wie Wanderer verhalten und auf den Weg machen. Dabei halten wir uns immer in der Nähe der Eiche auf. Wo bleiben die zwei bloß? Es ist schon fünf Minuten über der Zeit«, fügte er mit einem Blick auf die Uhr ungehalten hinzu.

Wie auf Kommando fegte Vanessas Wagen um die Ecke und wurde von ihr ohne sichtbare Reduzierung der Geschwindigkeit routiniert neben dem Motorrad ihres Chefs abgestellt. Fahren konnte sie, das musste man ihr lassen. »Sorry, dass wir erst jetzt kommen«, entschuldigte sie sich bei ihm beim Aussteigen. »Wir sind doch nicht zu spät?«

»Kein Problem, ich habe die Entführer angerufen und sie um einen Aufschub gebeten«, knurrte Tobias. »Was hat euch aufgehalten?«

»Wir haben noch Amara in die Forensik gebracht«, informierte Jasmin ihn ungerührt. Sarkasmus dieser Art war sie von ihm seit Jahren gewohnt. »Sie ist bei Berghoff fertig und hat noch einige offenbar wichtige Dinge zu erledigen. Ich soll ausrichten, dass alles wie geplant läuft. Der Peilsender ist so versteckt, dass er nicht gleich gefunden wird. Für alle Fälle wird er aber erst einige Minuten nach der Lösegeldübergabe aktiv. Er wird demnach selbst dann nicht gefunden, wenn die Kidnapper ein Spürgerät einsetzen sollten. Einen Telefonanruf hat es seit eurer gestrigen Abfahrt nicht gegeben, wie ihr wisst. Berghoff wird sich pünktlich auf den Weg machen.«

»Okay, das ist doch schon was«, nickte der SOKO-Chef etwas versöhnlicher. »Seid ihr abmarschbereit? Dann geht es jetzt los. Auf zum fröhlichen Wandern. Und haltet unterwegs die Augen und Ohren offen!«

* * *

Ihre vorgetäuschte Wanderung diente selbstverständlich nicht dazu, die Zeit bis zur Lösegeldübergabe zu überbrücken, sondern vor allem der Sondierung des Geländes. Das SEK hatte lediglich das Gebiet rund um die Eiche im Blick, wobei ihnen aufgrund des Baumbestandes eine direkte Sicht auf *den* Baum aber verwehrt war. Allerdings würden sie mit neunzigprozentiger Wahrscheinlichkeit jede Annäherung einer oder mehrerer Personen registrieren. Die restlichen zehn Prozent wollte Tobias mit seinen Leuten abdecken, denn im Gegensatz zu Ulf Meiers Leuten konnten sie die nur für Wanderer begehbaren Wege benutzen und waren trotzdem in der Nähe. Einer der Wege führte bis an die Eiche, den sie aber natürlich aus naheliegenden Gründen nicht nehmen konnten. Den Rest würde Berghoff selbst besorgen müssen. Er hatte dem Plan zugestimmt und versichert, der Situation gewachsen zu sein.

So ›wanderten‹ die sieben Ermittler der SOKO in lockerer Formation über die teils schmalen und holprigen Wege und taten, was von Wanderern erwartet wurde: Sie schwatzten angeregt miteinander, sahen sich die Gegend an und zeigten auf besonders sehenswürdige Landschaftsformationen. Dass sie eigentlich dabei auf verdächtige Bewegungen rechts des Weges achteten, konnte nur ein aufmerksamer Beobachter erkennen. Dort lag in einer Entfernung von weniger als zweihundert Metern das Zielgebiet mit der abgestorbenen Eiche.

Als sie nach einer Stunde ungefähr auf ihrer Höhe waren, ließ Tobias haltmachen. Denise zauberte eine Decke aus ihrem Rucksack, auf der sie eine Tüte mit belegten Broten, eine Thermoskanne mit Kaffee und sieben Pappbecher verteilte. »Bis zur Übergabe ist es nicht mehr lange«, erklärte sie. »Wir werden hier ein kleines, unverdächtiges Picknick veranstalten, bis es so weit ist. Außerdem werdet ihr nach dieser langen Wanderung sicher Hunger haben.«

Das ließen sie sich natürlich nicht zweimal sagen, und wenige Sekunden später saßen alle im Gras, um die Decke mit den Broten verteilt. Martin war erwartungsgemäß der Erste, der beherzt zugriff und seine Zähne in ein Brot mit Schinken und Ei schlug. Doch Jasmin war dieses Mal nicht langsamer. Immerhin hatte sie noch kein Frühstück gehabt und sie waren drei Kilometer gewandert. »Das glaubt uns keiner«, nuschelte sie kauend. »Da ist eine komplette SEK-Einheit wegen einer Geiselbefreiung unterwegs, und wir halten hier ganz gemütlich ein Picknick ab!«

»Es ist von allen Möglichkeiten, die uns zur Verfügung stehen, am wenigsten verdächtig«, informierte Tobias seine kauenden Ermittler. »Die Entführer sind in dieser Gegend offenbar beheimatet. Sie wissen also wahrscheinlich auch, dass dies hier völlig normal ist. Dieser Wanderweg ist sehr beliebt bei den Einheimischen, ich bin ihn selbst schon mehrfach gegangen. Wir fallen also garantiert nicht auf, solange wir uns entsprechend verhalten. Der Kommandant der SEK-Einheit hat das Zielgebiet mit modernster Technik im Auge. Mit einer Wärmebildkamera wird er alle Lebewesen, die Körperwärme abstrahlen, in der erheblich kühleren Umgebung des Waldes erkennen. Sobald im Zielgebiet Umrisse eines oder mehrerer Menschen erkennbar werden, wird er uns mittels Funk darüber informieren. So sind wir über das Geschehen an der Eiche im Bilde und können von hier aus in weniger als einer halben Minute dort sein, sofern es nötig sein sollte. Bis dahin verhalten wir uns wie ganz normale, hungrige Wanderer. Haut rein!«

* * *

Während die Ermittler der SOKO Rhein-Sieg einige hundert Meter entfernt so taten, als wären sie harmlose Wanderer, die eine Rast einlegten, fuhr Andreas Berghoff seinen Mercedes auf den freien Platz vor den Tennisplätzen. Bis zum vereinbarten Treffpunkt an der alten Eiche hatte er noch eine Viertelstunde und einen guten Kilometer zu gehen. Er wollte dafür aber nicht die Wege benutzen, sondern mitten durch den Wald laufen. Er war etwas früh dran, doch das sollte kein Problem darstellen. Außerdem würde er für den Weg allein schon zehn Minuten benötigen.

Kurz wunderte er sich über den blauen Toyota, der ebenfalls dort abgestellt war. Unter der Woche wurde hier um diese Zeit bestimmt kein Tennis gespielt und die Rostlaube sah auch nicht nach dem Gefährt einer für diese Sportart begeisterten Person aus. Berghoff nahm den silbernen Aluminiumkoffer von der Rücksitzbank und machte sich auf den Weg. Ein mulmiges Gefühl beschlich ihn, als er durch das Dämmerlicht des Waldes schritt. Er wusste ja, dass ringsumher bis an die Zähne bewaffnete Polizisten einer Spezialeinheit lauerten. Was, wenn die ihn mit den Kidnappern verwechselten und ›versehentlich‹ erschossen?

Ganz ruhig, Andreas, dachte er immer wieder. *Diese Leute sind Profis und es ist alles minutiös abgesprochen. Es wird nichts passieren!* Er wusste natürlich nicht, wo genau die Polizisten versteckt waren, denn man hatte ihm nur das für ihn Erforderliche gesagt. Je weniger er wusste, desto besser, hatte Heller erklärt. So könne er sich auch nicht verraten. Trotzdem konnte er nicht völlig verhindern, verstohlen die Blicke schweifen zu lassen.

Zehn Minuten schritt er stumm voran, den Koffer fest in der Hand haltend. Sein Inhalt war zu wertvoll, um ihn zu verlieren. Voraus konnte er jetzt die Lichtung mit der umgestürzten Eiche erkennen. Dort war ebenfalls alles ruhig. Plötzlich stutzte er. Schlich dort bereits jemand herum? Jedenfalls hatte er eine Bewegung gesehen, dessen war er sich ziemlich sicher. Er setzte seinen Koffer ab und dachte nach. Dann setzte er sich entschlossen wieder in Bewegung.

* * *

Manfred Kornelius

Niemand, der nicht in einer ähnlichen Situation war, kann wirklich ermessen, wie es mir in den vier folgenden Stunden ergangen war. Man muss sich das einmal vorstellen: Da kauere ich im finsteren Wald in einem Gebüsch und warte darauf, jeden Augenblick versehentlich von einem SEK-Beamten erschossen zu werden. Sie haben richtig gelesen: Vier Stunden! Erst war es bis auf das Rascheln von Kleintieren unheimlich still. Dann setzte das Gezwitscher der Singvögel auf den Bäumen ein, das jedoch nach einer gewissen Zeit wieder versiegte. Indes geschah nichts, was mich in irgendeiner Weise an einen SEK-Einsatz der Polizei erinnerte. Nicht, dass ich je an einem teilgenommen hätte, doch man hat so seine Vorstellungen. War das Ganze vielleicht nur eine Übung?

Ich bin für vieles bekannt, aber Heldenmut gehört nicht zu meinen herausragenden Merkmalen. Ich bin Journalist, ein Mann der Worte. Diese können zwar auch Waffen sein, doch sie schützen nicht vor einer

Gewehrkugel. Dass zu einem SEK-Einsatz der Polizei auch ein Einsatzziel gehört, kam noch hinzu. Und das war nicht dieser Baum. Es lief hier irgendwo jemand herum, wahrscheinlich bis an die Zähne bewaffnet. Würde dieser Aufwand sonst einen Sinn ergeben?

Dass ich ein Talent hatte, mich bei meinen Recherchen regelmäßig in Schwierigkeiten zu bringen, war sicher nicht zu leugnen. Seit ich vor nicht allzu langer Zeit dabei beinahe getötet worden wäre, war ich zwar nicht klüger, doch wesentlich vorsichtiger geworden. Der Schlag mit einem Holzscheit auf meinen Charakterschädel hatte mir in letzter Konsequenz natürlich Ricarda beschert, doch auf die höllischen Schmerzen, die damit verbunden gewesen waren, hätte ich gerne verzichtet.

Wer kann es mir also verdenken, dass ich statt der Stunde, die ein normaler Mensch vielleicht in diesem Busch gehockt hätte, mich volle *vier* Stunden nicht zu rühren wagte. Schließlich aber beschloss ich, dass die Aktion wahrscheinlich längst vorbei war, und kroch aus meinem unbequemen Versteck. Außerdem hatte ich Hunger und meine Liebste würde sich bestimmt auch Sorgen machen. Doch vorher wollte ich mir die alte Eiche aus der Nähe ansehen, wo ich ihr schon so nahe war.

Ich schlich die letzten hundert Meter in gebückter Haltung zu ihr hin und sah mir die langsam verfaulende Baumleiche von allen Seiten genau an. Sie hatte etwas Trauriges an sich, wie sie nach einem für den menschlichen Verstand unermesslich langem Leben so hilflos dort lag. Irgendwann würde sie für unsere Augen verschwunden sein, doch ihr Körper würde in den ewigen Kreislauf der Natur zurückkehren. Etwas Verdächtiges konnte ich auf Anhieb allerdings nicht sehen, vielleicht war es ja doch eine Übung gewesen. Gerade wollte ich mich abwenden und den Heimweg antreten, als ich einen mörderischen Schlag über den Schädel erhielt. Schon wieder! Und erneut wurde es dunkel um mich herum.

* * *

»SEK-Kommandant an SOKO«, ertönte es aus dem Lautsprecher des Funkgerätes, das Tobias empfangsbereit vor sich auf die Picknickdecke gelegt hatte. Die Lautstärke war auf einen minimalen Wert reduziert, sodass die Worte wenige Meter entfernt bereits nicht mehr zu hören waren.

»SOKO hört«, antwortete Tobias, nachdem er die Ruftaste gedrückt hatte. Er sah auf die Armbanduhr: 09:55 Uhr, es musste jeden Moment losgehen. »Wir sind auf dem verabredeten Posten. Passiert etwas im Zielgebiet?«

»Das will ich meinen«, kam es zurück. »Direkt am Baum ist vor wenigen Sekunden wie aus dem Nichts eine Wärmesignatur aufgetaucht. Der Kerl ist wie aus dem Boden gewachsen, muss also irgendwo versteckt gewesen sein. Er bewegt sich zur Eiche hin.«

»Könnte es sich um Berghoff handeln?«, vergewisserte sich der SOKO-Chef vorsorglich, wenngleich es den Worten des SEK-Beamten gemäß unwahrscheinlich war.

»Negativ. Wir hätten seine Ankunft im Zielgebiet rechtzeitig sehen müssen. Der Posten an den Tennisplätzen sah ihn zudem vor zehn Minuten in den Wald gehen. Derjenige, den ich jetzt sehe, muss bereits dort gewesen sein. Er ist jetzt ... halt, da kommt gerade eine weitere Person in mein Sichtfeld. Das muss wohl Berghoff sein. Er nähert sich langsam der alten Eiche, bleibt stehen und ... Aber was ist das? Verdammt!«

Polizeihauptkommissar Meier war normalerweise als ruhiger Mensch bekannt, der jedes Wort bedachte, bevor er es aussprach. Dass er jetzt dermaßen unbeherrscht fluchte, war neu für seine Zuhörer. »Was ist passiert?«, fragte Tobias daher nach, als nichts mehr kam. Nicht nur er war alarmiert; auch seine Ermittler rechneten anscheinend mit dem Schlimmsten, ihren aufgerissenen Augen nach zu urteilen. Längst hatten sie die sitzende Haltung aufgegeben und standen um ihren Chef herum. Bereit, jederzeit loszustürmen.

»Der erste Kerl muss eine Blendgranate gezündet haben«, meldete Ulf Meier nach endlosen Sekunden, in denen nur das statische Rauschen aus dem Lautsprecher des Funkgerätes zu hören war. »Ich bin auf meinem Wärmebildgerät praktisch blind. Was sollen wir tun, Herr Heller? Soll ich den Zugriff befehlen?«

Tobias sah seine Leute an und blickte in entschlossene Gesichter. Denise schüttelte den Kopf, doch die endgültige Entscheidung lag nun bei ihm als Einsatzleiter, und sie könnte Leben oder Tod bedeuten. »Wir warten noch eine Minute«, hauchte er mit brüchiger Stimme in das Funkgerät. »Sobald wir wieder etwas erkennen können, sehen wir weiter. Wer immer diese Blendgranate gezündet hat, weiß, dass wir hier sind. Jetzt loszustürmen, würde vermutlich den Tod eines oder sogar zweier unschuldiger Menschen bedeuten. Wir haben keine Wahl!«

* * *

Um eine normale Blendgranate, wie das Ulf Meier zunächst vermutet hatte, konnte es sich nicht gehandelt haben, denn diese hätte nur einen zwar hellen, jedoch extrem kurzen Lichtblitz erzeugt, der zudem ›kalt‹ gewesen wäre und das Wärmebild kaum beeinträchtigt hätte. Das jedoch war für mehrere Minuten überstrahlt worden, was auf eine kontrolliert abbrennende, sehr heiße Wärmequelle hindeutete. Eine Art Magnesiumfackel vielleicht. Und das wiederum hieß nichts anderes, als dass die Entführer die Anwesenheit eines Einsatzkommandos zumindest ahnten und über dessen Möglichkeiten Bescheid wussten. Somit war auch die Wahl für den Ort der Lösegeldübergabe verständlich. So etwas würde anderswo nicht funktionieren.

Als Ulf Meier nach zwei schier endlosen Minuten wieder freie Sicht meldete und jetzt zwei Wärmesignaturen erkennen konnte, atmeten alle erleichtert auf. Das konnten nur Berghoff und seine Frau Mirjam sein. Die Lösegeldübergabe war demnach erfolgreich verlaufen. Dass eine der beiden Personen offenbar am Boden lag, musste nichts bedeuten. Mirjam Berghoff war vielleicht durch die Gefangenschaft geschwächt. Da die Entführer offenbar abgezogen waren, ordnete Tobias Heller an, das gesamte Gelände durch das SEK zu sichern, während er mit seinen Leuten umgehend zur Eiche eilte. Wenn sie Glück hatten, befanden sich die Kidnapper noch innerhalb des von ihnen kontrollierten Geländes und konnten so womöglich festgenommen werden. Wie sie jedoch zuvor hineingelangt waren, blieb zunächst ein ungelöstes Rätsel.

Das zu lösen, hatte noch Zeit. Jetzt gab es Dringenderes zu erledigen, und die freigelassene Geisel benötigte womöglich medizinische Hilfe, weshalb Denise vorsorglich bereits einen Rettungswagen angefordert hatte. Doch als sie sich in einem der Situation angemessenen Tempo der Lichtung näherten, war Tobias nicht der Einzige, den ein ungutes Gefühl beschlich. Irgendetwas war hier ganz und gar nicht, wie es sein sollte, das spürte er.

Man durfte sich das nicht so vorstellen, dass dort nur ein Baum herumlag. Die Boxhohner Eiche war zu Lebzeiten – seinem Alter von tausend Jahren gemäß – ein imposanter Baum gewesen, der jedoch das Ende seiner Existenz erreicht hatte und abgestützt worden war, um ihn in diesem Zustand zu erhalten. Ein Blitzschlag hatte diesen Bemühungen der Naturschützer vor Jahren ein Ende bereitet, und in der Folge war der Baum unter seinem Eigengewicht zusammengebrochen. Was dort lag, war im Grunde ein riesiger Berg toten Holzes. Tobias und seine Leute kamen von der über die Wärmebildkamera miterlebten Begebenheit abgewandten Seite.

Seine Ahnung von Unheil wurde aber zur Gewissheit, als sie die Baumleiche umrundet hatten und sie die ganze Szene überblicken konnten. Berghoff lehnte mit dem Rücken an dem Baumstamm und schüttelte benommen seinen Kopf. Offenbar war er bewusstlos gewesen und kam soeben wieder zu sich. Neben ihm lag der Geldkoffer, er war weit offen – und leer! Einige Meter rechts davon lag eine weitere Person auf dem Waldboden, doch es war nicht Mirjam Berghoff. Der SOKO-Chef konnte nicht glauben, was er sah.

»Kornelius! Was tun Sie denn jetzt hier? Ist Ihnen eigentlich bewusst, dass Sie wahrscheinlich eine Polizeioperation sabotiert haben?«, fuhr er den kugelförmigen Mann an, der sich in diesem Augenblick stöhnend in eine sitzende Stellung zu bringen versuchte. Er hatte eine stark blutende Wunde am Hinterkopf. Es waren harsche Worte, aber sie waren angebracht. Was sie hier erlebten, war ein Desaster. Das Geld war weg, die Kidnapper wahrscheinlich entkommen und von ihrer Geisel nach wie vor keine Spur.

Kapitel 5

Das Eingeständnis

»Wir haben auf der ganzen Linie versagt!«, brachte Tobias es eine Stunde später auf der Teamsitzung mit grimmiger Miene auf den Punkt. Nachdem Berghoff versorgt worden war – Kornelius hatte sich davongeschlichen – hatten sie die Lichtung mit rot-gelbem Flatterband gesichert und die Forensik hinzugerufen. Jürgen Vogel war mit seiner ganzen Mannschaft dort und suchte nach Spuren. Nur Amara Jones war noch hier und saß mit ihnen am Besprechungstisch. »Ich würde gerne wissen, wie die Entführer entkommen sind«, schimpfte er weiter. »Sie können sich schließlich nicht in Luft aufgelöst haben oder davongeflattert sein. Und dann haben sie auch noch den leeren Koffer mit dem Peilsender zurückgelassen; wie um uns zu verhöhnen!«

»Kornelius kann aber nicht der Grund dafür sein, dass sie ihre Geisel bei dieser Lösegeldübergabe nicht freigelassen haben«, versuchte Denise, ihren Partner zu beschwichtigen. »Es gibt zumindest keine Anzeichen, dass Mirjam Berghoff dort gewesen ist. Wenn ihr mich fragt, war das von Anfang an so geplant. Die haben uns klassisch verarscht! Ob sie von dem Peilsender wussten, ist nicht einmal gesagt. Sie könnten sowieso vorgehabt haben, das Geld umzuladen. Und die Sache mit der Wärmequelle war genial, das müsst ihr neidlos zugeben. Unser kleiner, nerviger Reporter war wie immer einfach zur falschen Zeit am falschen Ort, doch geändert hätte sein Fernbleiben nichts. Er hat bekommen, was ihm zusteht«, fügte sie grinsend hinzu. »Kleine Schläge auf den Hinterkopf sollen gut für das Denkvermögen sein.«

»Das ist noch gar nichts gegen das, was ihm blüht, wenn ich ihn in die Finger bekomme«, grollte Tobias. »Aber kommen wir zurück zu dem, was jetzt für uns alle am wichtigsten ist: Wo ist Mirjam Berghoff und wie können wir sie jetzt noch aufspüren? Eine zweite Übergabe wird es ja sicher nicht geben. Irgendwelche Vorschläge?«

»Was ist mit Berghoff und Kornelius?«, schlug Erik vor. »Sie sind unsere einzigen Zeugen, wenn man so will. Einer von ihnen muss doch etwas gesehen oder zumindest gehört haben. Hat denn insbesondere der Reporter gar nichts davon mitbekommen? Wie ich es verstanden habe, war Kornelius bereits eine geraume Zeit vorher dort.«

»Ganze vier Stunden vorher!«, wiederholte Tobias, was ihm der zerknirschte Kornelius gebeichtet hatte. »Doch das Kerlchen hatte sich feige verkrochen, weil er befürchtete, versehentlich von einem der SEK-Beamten erschossen zu werden. Wir kennen jedoch alle sein perfektes Timing für solche Kalamitäten. Natürlich kam er gerade dann aus seinem Loch gekrochen, als die Lösegeldübergabe kurz bevorstand, von der er keine Ahnung hatte. Kornelius hat überhaupt nichts gesehen, denn als er sich dem Baum nähern wollte, schlug ihn jemand von hinten nieder. Er hat also die ganze Aktion verschlafen.«

»Berghoff ist es ähnlich ergangen«, nickte Denise. »Er sah einen maskierten Mann auf sich zukommen, als er mit dem Koffer an der Eiche anlangte. Er fragte ihn natürlich sofort nach seiner Frau, die nirgends zu sehen war, doch der Vermummte gab ihm unvorbereitet einen Stoß, nachdem er ihm den Geldkoffer aus der Hand gerissen hatte. Berghoff stürzte und schlug sich an dem Baumstamm den Kopf an. Er kam gerade zu sich, als wir dort ankamen, und kann uns nur eine vage Beschreibung des Täters geben. Dieser war aber wohl allein, wie er sagte, und hat nicht gesprochen.«

»Der Kerl war demnach etwa 1,80 Meter groß, trug dunkle Kleidung und eine ebensolche Skimaske mit Augenschlitzen. So einer muss doch zu finden sein!«, ätzte der SOKO-Chef.

»Ist eigentlich jemandem aufgefallen, dass wir für alles immer nur das Wort ihres Ehemannes haben?«, warf Jasmin ein. »Das gilt ebenso für den Zeitpunkt der Entführung wie für die Begleitumstände bei der Lösegeldübergabe. Kornelius war ausgeschaltet und kann uns nichts Gegenteiliges berichten.«

»Ja, und warum fanden wir deren Smartphone auf der Nachtkonsole, wenn sie gar nicht im Bett gelegen hatte?«, fügte Vanessa an. »Das ist doch merkwürdig, findet ihr nicht? Und da sind noch die zwei Erpresserbriefe. Sie wurden aus Zeitungen zusammengesetzt, die *vor* der Entführung erschienen sind, meint Rieke. Auch das mit der Lösegeldübergabe.«

»Wir haben im Übereifer womöglich einen Denkfehler begangen, als wir aus diesem Fakt eine vorausschauende Planung abgeleitet haben. Schließlich sagt das Erscheinungsdatum ja nichts darüber aus, wann die daraus ausgeschnittenen Buchstaben aufgeklebt wurden«, gab Tobias zu. »Wenn ihr damit aber sagen wollt, dass unser famoser Herr Stadtrat die Entführung lediglich inszeniert hat, rennt ihr damit bei mir weit offene Türen ein. Indes spricht so ziemlich alles gegen diese These. So kennen wir den Zeitpunkt der Entführung, und da war Berghoff nachweislich in der Klinik und führte eine Herzoperation durch. Seine Anwesenheit ist für die ganze Zeit lückenlos bestätigt worden. Bis auf den Telefonanruf kurz vor 20:00 Uhr, doch da war er definitiv in der Klinik und die ist weit genug entfernt, dass er in diesen paar Minuten nicht heimlich nach Hause gefahren sein kann, seine Frau töten und rechtzeitig wieder zurück sein konnte. Was sagen deine Auswertungen dazu?«, wandte er sich an die IT-Spezialistin.

»Während ihr unterwegs auf Verbrecherjagd wart, habe ich mir das Handy der Ehefrau vorgenommen«, begann sie ohne jede Umschweife. Im Gegensatz zu ihren Forensikerkollegen kam Amara normalerweise sofort zur Sache. Allerdings wollte sie diesmal doch zunächst ein wenig ausschweifen, wie ihre nächsten Worte zu belegen schienen. Es zeigte sich jedoch bald, dass es notwendig war.

»Diese Geräte können nämlich eine geradezu unerschöpfliche Quelle für Informationen aller Art sein«, fuhr sie fort. »Vor allem, wenn sie so exzessiv benutzt werden wie hier. Mirjam Berghoff muss, dem Verlauf diverser Apps zufolge, in nahezu jeder freien Minute irgendwas damit gemacht haben. Angefangen beim Frühstück und dann bis zum vermutlichen Schlafengehen um 23:00 Uhr. Am häufigsten hat sie sich mit

WhatsApp beschäftigt. Leider wurden die Chatverläufe gelöscht, sodass wir nicht wissen, was und mit wem sie geschrieben hat. Aber etwas anderes können wir aus ihrem Verhalten ablesen. Wir können daraus nämlich vermutlich den Zeitpunkt ihres Verschwindens näher eingrenzen, als das bisher der Fall war.«

»Mit anderen Worten heißt das, ihr Verhalten war am Abend ihres Verschwindens anders«, warf Tobias ein, der ahnte, worauf sie hinauswollte.

»Und nicht nur das«, nickte Amara. »Am Samstag hatte sie auch tagsüber das Telefon wenig angefasst. Chats gab es überhaupt nicht und nach 20:00 Uhr ist gar keine Aktivität mehr erkennbar. Der Anruf ihres Mannes um 19:58 Uhr mit exakt zwei Minuten Dauer ist die letzte Aktion gewesen.«

»Das heißt dann wohl, dass sie direkt nach diesem Telefonat verschwunden sein könnte«, fasste Denise zusammen. »Aber sicher ist das nicht, weil sie vorher schon nicht sehr aktiv war, aus welchem Grund auch immer. Wenn der Anruf nicht gewesen wäre, könnte man auf den ketzerischen Gedanken kommen, dass sie schon lange vorher nicht mehr dazu in der Lage war. Hast du eine Funkzellenabfrage durchgeführt?«

»Selbstverständlich! Ich weiß natürlich, worauf du hinauswillst, doch beide Handys waren während des Telefonats in den jeweiligen Funkzellen angemeldet. Das Telefon des Anrufers befand sich mit einer Ungenauigkeit von wenigen Metern in der Klinik und das seiner Ehefrau zu Hause in ihrer Wohnung. Es ist also ausgeschlossen, dass Berghoff diesen Anruf fingierte, indem er das Telefon seiner Frau ebenfalls dort hatte und den Anruf selbst entgegennahm.«

»Und wenn es sich um zwei unabhängige, und nur zufällig zeitgleich auftretende Ereignisse handelte?«, überlegte Martin laut. »Mirjam Berghoff könnte ihren Mann nach dem Anruf heimlich verlassen haben und irgendjemand versucht, Kapital daraus zu schlagen.«

»Oder sie hat eine Affäre, und sie zocken den Mann gemeinsam ab«, spann sein Partner den Faden weiter. »Das wäre ja nicht das erste Mal!«

»Ihre Eltern sind stinkreich«, wies er Jonas auf die Tatsache hin, dass in dieser Ehe die Frau das Kapital hatte. »Sie hätte so einen Betrug doch gar nicht nötig. Sie bräuchte nur zu ihrem Papi zu laufen und bekäme alles, ohne sich großartig anstrengen zu müssen. Das Lösegeld hat er ja ebenfalls direkt herausgerückt, wie es aussieht.«

»Der Denkansatz bezüglich einer möglichen Affäre ist nicht einmal so abwegig«, wiegelte der SOKO-Chef ab. »Wir sollten ihn auf jeden Fall untersuchen. Alles ist möglich, und im Augenblick sind uns die Alternativen offen gesagt sowieso knapp geworden. Weshalb wurden die Chatverläufe gelöscht? Das erscheint mir auf Anhieb ebenso verdächtig wie die Tatsache, dass sie das Handy zurückließ. Das tut doch niemand! Und die Unterhaltungen sind wirklich nicht mehr rekonstruierbar?«, wandte er sich an Amara.

»Keine Chance. Die sind allenfalls bei den Empfängern noch zu holen, doch dazu müssten wir diese erst einmal kennen, und das halte ich für unmöglich.«

»Ist es denn nicht so, dass *WhatsApp* die Kontakte benutzt?«, hatte Jasmin eine Idee. »Vielleicht bringen uns die ja weiter. Einen Versuch ist es allemal wert!«

»Dann weißt du ja schon, was du in den nächsten Tagen zu tun hast«, grinste Denise. »Ich könnte mir nämlich vorstellen, dass die Liste der Kontakte nicht gerade kurz ist, wenn die Dame sich ihrer so exzessiv bedient hat.«

»Das siehst du völlig richtig«, nickte die IT-Spezialistin. »Es sind zweiundfünfzig Telefonnummern, ich gebe euch eine Liste an die Hand. Viel Spaß dabei.«

»Dann wäre das ja schon mal geklärt«, bestimmte Tobias. »Außerdem werden wir jetzt ganz offiziell bei ihrem Ehemann anklopfen und alles erneut genauestens untersuchen. Sofern es Hinweise auf eine Affäre gibt, werden wir sie auch finden!«

* * *

»Statt hier herumzuschnüffeln, sollten Sie endlich nach meiner Frau suchen!«, grollte Andreas Berghoff, als Denise und Tobias mit einem richterlichen Durchsuchungsbeschluss und der aus dem Wald zurückgekehrten Rieke Martinen bei diesem klingelten. Amara Jones war die Vierte im Bunde. Seinen Schädel zierte ein Verband, obwohl die Kopfverletzung, die er sich bei dem Sturz zugezogen hatte, so schlimm nicht sein konnte. »Was wollen Sie überhaupt noch? Mirjam ist nicht hier, und das ist Ihre Schuld. Ich werde mich an höchster Stelle über Sie beschweren!«

»Sie wissen, dass das nicht stimmt!«, blieb Denise gelassen. »Laut unseren Ermittlungen war der Mann, der Ihnen das Lösegeld abgenommen hat, ganz allein dort.« Tatsächlich hatten die Forensiker unter Jürgen Vogels Leitung am Tatort keine Hinweise auf weitere Personen finden können. Nur den Brandsatz, eine Art

Magnesiumfackel, mit der die Wärmebildkamera des SEK-Einsatzleiters höchst wirksam getäuscht worden war, hatten sie dort gefunden. »Er ist uns bedauerlicherweise entkommen, doch wir hätten ihn ohnehin nicht festnehmen dürfen, solange wir nicht über das Schicksal Ihrer Frau orientiert sind. Er könnte einen Komplizen haben und eine Verfolgung war uns nicht möglich, da er den Koffer mit dem Peilsender zurückgelassen hat. Das muss nicht zwangsläufig bedeuten, dass jetzt alles verloren ist.«

»Erfahrungsgemäß gehen Entführungen gut aus«, präzisierte Tobias diese Aussage seiner Partnerin. »In dem zweiten Erpresserbrief war ja nicht ausdrücklich die Rede von einem Austausch. Uns sind sogar Fälle bekannt, dass man eine Geisel mehrere Tage nach der Lösegeldübergabe irgendwo ausgesetzt hatte und sie wohlbehalten zurückkehrte. Sie sollten sich jetzt vor allem in Geduld üben und uns unsere Arbeit machen lassen. Falls es irgendwelche Hinweise zum Verbleib Ihrer Frau gibt, werden unsere Forensiker sie hoffentlich finden.«

Er gab den Forensikerinnen einen Wink, jetzt mit der Arbeit zu beginnen. Amaras Aufgabe war dabei, sämtliche elektronischen Geräte zu untersuchen, die Mirjam Berghoff womöglich benutzt haben könnte, während Rieke ein weiteres Mal nach Spuren suchte, nur dieses Mal wesentlich gründlicher. Der Durchsuchungsbeschluss gab ihnen jetzt das Recht dazu. Währenddessen waren die im Kommissariat verbliebenen Ermittler mit der Kontaktliste beschäftigt. Zu fünft würden sie diese Liste schneller abtelefoniert haben. Ob sie Erfolg hatten, war allerdings fraglich.

Sie hatten sich im Arbeitszimmer versammelt, das Andreas Berghoff vornehmlich für seine Tätigkeit im Gemeinderat verwendete und das auch gelegentlich von seiner Ehefrau benutzt wurde, wie er sagte. Rieke hatte das Büro bereits gestern gründlich untersucht und nichts gefunden. Es könne unbedenklich benutzt werden, wie sie sagte. »Sie sollten vielleicht vorerst in diesem Raum bleiben«, wandte sich Tobias Heller in der Bürotür an Berghoff, bevor er Denise, Amara und Rieke nach draußen folgte. »Für den Fall, dass sich die Entführer noch bei Ihnen melden.« In diesem Augenblick klingelte das Festnetztelefon auf dem Schreibtisch und ließ ihn zusammenzucken.

* * *

Die Sinnhaftigkeit ihres Tuns bezweifelten die im Kommissariat verbliebenen fünf Ermittler ebenfalls, doch was blieb ihnen denn anderes übrig? Wenn das Abtelefonieren der Kontaktliste der verschwundenen Mirjam Berghoff die einzige Möglichkeit darstellte, in dieser Sache voranzukommen, dann musste das eben gemacht werden. Auch das gehörte zur polizeilichen Ermittlungsarbeit. So hatten sie die Liste unter sich aufgeteilt, sodass es für jeden dreizehn Kontakte gab, denn Jasmin hatte sich eine andere Aufgabe gestellt.

Wenn eine Ehefrau auf moralischen Abwegen war, so ihre Überlegung, würde sie doch sicher einen Weg suchen, mit ihrem Geliebten in Verbindung zu treten, ohne dass der Ehemann etwas davon erfuhr. Natürlich konnte man sein Handy immerzu bei sich tragen, doch eine gewisse Unsicherheit blieb. Was blieb, war eine Kontaktaufnahme per E-Mail und fernmündlich.

Ersteres war nicht beweisbar, da im Postfach keine entsprechenden Nachrichten gefunden wurden, und die Liste der verwendeten Empfänger gab diesbezüglich nichts her. Zumal E-Mail-Adressen oft kryptisch waren und nichts über deren Inhaber verrieten. Blieb die telefonische Kontaktaufnahme, wobei es wieder zwei Möglichkeiten gab: Man tippte die Nummer aus dem Gedächtnis ein und löschte nach dem Telefonat den Verlauf, sodass keine Spuren übrigblieben. Doch falls der Ehemann einen Einzelverbindungsnachweis anforderte, war man aufgeflogen. Oder man hatte ein zweites Handy, von dem der Mann nichts wusste.

Natürlich gab es theoretisch auch hier wieder zwei Möglichkeiten. Variante A: Man könnte ein Prepaid-Handy benutzen. Doch diese mussten in Deutschland seit geraumer Zeit mit gültigen Adressdaten aktiviert werden und waren somit ja nicht anonym. Entsprechende SIM-Karten gab es zwar immer noch im europäischen Ausland, die telefonisch über eine Servicenummer aktiviert werden konnten, doch eine solche ›kriminelle‹ Energie, nur um einen Seitensprung zu vertuschen, traute Jasmin ihr nicht zu. Variante B: Es existierte ein solches Handy, das aber legal beschafft worden war. Und um das herauszufinden, musste sie alle Provider kontaktieren.

Vanessa und Erik waren mit ihren Anrufen bereits durch und hatten nur Freundinnen, einige Ärzte und einen Friseursalon erreicht, die allesamt jedoch keine zielführende Auskunft hatten erteilen können. Jonas und Martin hatten, den Unmutsäußerungen jenseits der Stellwand nach zu urteilen, ebenfalls nicht mehr Glück gehabt. Jasmin riss ihr Headset vom Kopf und warf es genervt auf den Schreibtisch, nachdem schon der Dritte von fünf angerufenen Providern ihr ohne einen gültigen Gerichtsbeschluss die Aussage verweigert hatte. Sie sah erst auf, als sie direkt neben ihrem Schreibtisch ein Räuspern vernahm.

»Ähem, ich wollte eigentlich ja zu Tobias, doch der ist nicht in seinem Büro«, sagte Chrissie Ohlsen, die mit einem verdammt gut aussehenden Jüngling vor ihnen stand. Sie schätzte ihn auf maximal neunzehn bis zwanzig Jahre, wenn das nicht zu hoch angesetzt war. »Dieser junge Mann möchte eine Vermisstenanzeige aufgeben«, erklärte Chrissie ihr. »Man hatte ihn unten am Empfang zu Tobias geschickt, doch dann ist er bei meiner Chefin gelandet. Das passiert uns bei demselben Nachnamen naturgemäß öfter. Könnt ihr euch darum kümmern?«

»Kein Problem, Chrissie. Ich wollte sowieso gerade eine Pause einlegen. Nehmen Sie bitte Platz«, forderte sie den Mann mit einer einladenden Handbewegung auf, einen der Besucherstühle vor ihrem Arbeitsplatz zu benutzen. Er wirkte hochgradig nervös, als er ihrer Bitte nachkam und in seinen Taschen herumkramte, bis er endlich gefunden hatte, was er gesucht hatte. Es war ein Streifen aus einem Fotoautomaten, den er behutsam auf den Tisch legte, als handele es sich um etwas unendlich Wertvolles. Jasmin warf nur einen kurzen Blick darauf und griff dann zu ihrem Handy.

* * *

Tobias gebot dem Hausherrn geistesgegenwärtig Einhalt, indem er seine Hand auf den Hörer legte, als Berghoff danach greifen wollte. Amara hatte vor der

Tür ebenfalls sofort reagiert und stürzte in den Raum zurück, wo sie umgehend die Fangschaltung und die Mitschneidevorrichtung aktivierte, die dort nach wie vor installiert waren. Sie setzte einen Kopfhörer auf und gab Tobias auch einen. Für Denise, die ebenfalls zurückgekehrt war, hatte sie keinen, doch so konnte wenigstens einer von ihnen mithören. Dann gab sie mit einem Handzeichen zu verstehen, dass nun alles bereit war. Berghoff nahm endlich den Hörer ab und meldete sich mit zittriger Stimme, die so gar nicht zu seinem üblichen arroganten Auftreten passen wollte.

»Wir hatten ausdrücklich verlangt, dass keine Polizei eingeschaltet werden sollte!«, drang es aus dem Kopfhörer des SOKO-Chefs. Die Stimme war nicht verzerrt und männlich, soweit er das beurteilen konnte. Denn sie war ungewöhnlich hoch, wirkte jedoch maskulin. *»Sie werden jetzt die Konsequenzen aus Ihrem Handeln tragen müssen. Sie erhalten jedoch eine zweite Chance. Wir melden uns morgen wieder bei Ihnen!«* Und schon war die Verbindung wieder getrennt. Berghoff war gar nicht mehr dazu gekommen, eine Rückfrage nach dem Befinden seiner Ehefrau zu stellen, wie es verabredet gewesen war.

Tobias sah auf die Uhr, auf der er die Zeit gestoppt hatte: Weniger als zwanzig Sekunden waren das jetzt gewesen. Ob es für eine Peilung gereicht hatte? Er sah Amara an, die stumm ihren Kopf schüttelte. »Keine Chance«, bedauerte sie. »Für eine sichere Peilung ist eine wesentlich längere Verbindung erforderlich. Der Anrufer wird das wohl gewusst haben. Ich kann nur sagen, dass der Anruf von einem Telefon mit unterdrückter Rufnummer getätigt wurde. Weil es keine öffentlichen Festnetztelefone mehr gibt, kann es sich nur um einen Hausanschluss oder ein Handy gehandelt haben. Für eine Decodierung der unterdrückten Nummer war die Zeit leider viel zu kurz.«

»Ich hatte es eigentlich befürchtet«, nickte er. »Das sind absolute Profis, denen keine Fehler unterlaufen, das haben wir ja gerade erst bei der Lösegeldübergabe erlebt. Wir machen weiter wie geplant, und morgen finden wir uns alle wieder hier ein. In Anbetracht der Lage wird es besser sein, wenn wir das wieder heimlich machen. Ihr zwei könnt dann mit eurer Arbeit beginnen«, wandte er sich an die Forensikerinnen. Er wollte noch etwas hinzufügen, doch wieder klingelte ein Telefon. Diesmal war es jedoch sein eigenes.

Kapitel 6

Der Seitensprung

Der Telefonanruf des Erpressers hatte Denise und Tobias mehr beschäftigt, als sie sich selbst gegenüber hatten zugeben wollen. Da war einerseits die Stimme, die dem Anschein nach nicht elektronisch verfälscht oder verstellt wurde. Amara würde die Aufzeichnung mit ihren Möglichkeiten im Labor daraufhin untersuchen, sobald sie wieder zurück war. Das jedoch wäre erst am späten Nachmittag der Fall.

Andererseits hatten Mirjams Entführer bisher eine minutiöse Planung und allerhöchste Professionalität gezeigt, doch das eher dilettantische Verhalten *dieses* Anrufers gab zu denken. Oder war alles ganz anders? War der Anrufer vielleicht gar nicht mit den Entführern identisch? Und was sollte der Anruf überhaupt? War womöglich eine erneute Übergabe geplant, mit einer neuen Lösegeldforderung? Das wäre wohl noch die plausibelste Erklärung. Man würde den morgigen Tag abwarten müssen.

In dieser Phase ihrer Ermittlungen – die eigentlich durch die Schlappe von heute Morgen zum Stillstand gekommen waren – kam Jasmins Anruf gerade recht, und Tobias hatte sich mit Denise umgehend auf den Rückweg in ihr Kommissariat begeben, um sich ihren mysteriösen Besucher persönlich vorzunehmen. Dass er Mirjam Berghoff kannte, war zumindest gesichert.

Jetzt saßen sie einem unruhig auf seinem Hintern rutschenden jungen Kerl in ihrer für Vernehmungen abgetrennten und sichtgeschützten Zelle gegenüber, die sich hinter ihrem Büro befand. Jasmin hatte nicht übertrieben: Dieser junge Mann war sicherlich kaum trocken hinter den Ohren, wie die Oberkommissarin am Telefon launisch bemerkt hatte. Er hatte sich ihr als Lennard Schwick vorgestellt, war gerade zwanzig Jahre alt geworden und befand sich nach dem Abitur in einer ›Selbstfindungsphase‹, wie er sagte. Auch in einer anderen Hinsicht hatte die Ermittlerin recht: Er sah tatsächlich verboten gut aus! Denise erinnerte er an einen bekannten Schauspieler, dessen Namen ihr aber nicht einfallen wollte.

Denise hielt den Fotostreifen hoch, den er mitgebracht hatte. »Sie kennen Mirjam Berghoff näher und wollen sie vermisst melden?«, wiederholte sie, was er bereits Jasmin gesagt hatte. Der Streifen stammte aus einem Fotoautomaten für Passbilder und zeigte zwei offenkundig herumalbernde Personen: Lennard und Mirjam! »Sie wirken auf den Fotos sehr vertraut. Darf ich Sie fragen, in welchem Verhältnis Sie zueinander stehen? Diese Frau ist, mit Verlaub gesagt, doppelt so alt wie Sie!«

»Ihren Nachnamen hat sie mir nicht verraten. Und der Altersunterschied spielt keine Rolle, weil wir uns lieben«, entgegnete er trotzig. »Was sind da zwanzig Jahre? Jedenfalls hat sie sich seit Freitag nicht mehr bei mir gemeldet, obwohl wir uns seit fünf Monaten in jeder freien Minute sehen oder wenigstens Nachrichten austauschen. Da stimmt etwas nicht. Es muss ihr etwas zugestoßen sein!«

»Sie wirken extrem nervös, wenn ich das einmal bemerken darf«, warf Tobias ein. »Sagen Sie uns den Grund dafür? Außerdem interessiert mich brennend, in welcher Form der erwähnte Nachrichtenaustausch stattgefunden hat, und weshalb Sie nicht von sich aus nachgefragt haben, wenn Sie so lange nichts von ihr gehört haben.«

»Das hat sie mir strikt verboten, falls ihr Mann ihr Mobiltelefon kontrollieren sollte. Wir haben uns nur per SMS ausgetauscht, da man das ohne Einträge in den Kontakten machen kann. Den Chatverlauf hat sie immer sofort wieder gelöscht und darauf bestanden, dass ich das bei mir ebenfalls mache. Bitte, meine Eltern wissen nichts von dieser Verbindung, und das soll auch so bleiben. Sie kennen meinen Vater nicht, ich wäre auf der Stelle enterbt.«

»Mit anderen Worten haben wir nur Ihre Aussage, dass es eine Liebschaft zwischen Ihnen gab?«, hakte Denise ein. »Wie ich sehe, wurde kürzlich ein Porsche auf Sie zugelassen. Handelt es sich um ein Abiturgeschenk Ihrer Eltern, oder ist das als ›kleine Aufmerksamkeit‹ seitens Ihrer Geliebten zu betrachten? Vielleicht, um Sie bei Laune zu halten?« Jasmin hatte in der Zeit, die sie zur Rückkehr gebraucht hatten, ganze Arbeit geleistet und viel über ihren Besucher herausgefunden. So wussten sie bereits, dass die Eltern sehr vermögend waren. Und natürlich war Jasmin das mit dem Porsche ebenfalls nicht verborgen geblieben.

»Was sollen die ganzen Fragen?«, ereiferte er sich. »Wenn Sie etwas über Mirjam wissen, müssen Sie mir das jetzt sagen! Ist sie … ist Mirjam tot?«, hauchte er mit zitternder Stimme.

Tobias ließ die Worte im Gedächtnis nachklingen. Er hatte ein gutes Gehör für Stimmen, und der junge Mann eine ungewöhnlich hohe Stimmlage, die ihn an die Stimme des Erpressers erinnerte. Wenngleich sie nicht ganz identisch zu sein schien. Die Vernehmung wurde mit Lennards Einverständnis ohnehin aufgezeichnet, er würde Amara später um einen Stimmenvergleich bitten. Gemäß der allgemeinen Regel, dass die meisten Verbrechen im sozialen Umfeld der Opfer begangen wurden, war im Grunde jeder verdächtig. Allerdings dürfte Lennard zum Zeitpunkt des Anrufs bereits hier bei Jasmin gesessen haben.

»Das wissen wir nicht«, beschloss er, aufrichtig zu sein, jedoch natürlich nicht zu auskunftsfreudig. »Ich kann Ihnen jetzt so viel sagen, dass wir aus gewissen Gründen ebenfalls nach Ihrer Freundin suchen und dafür ist jeder noch so winzige Hinweis nützlich. Am besten berichten Sie uns zunächst alles, was Sie und Mirjam in der letzten Zeit unternommen haben, wie Sie sich kennengelernt haben und was Sie beide Ihrer Meinung nach verbindet. Fangen Sie aber mit Ihrem Porsche an. Woher haben Sie das Auto und wie haben Sie Mirjam Berghoff kennengelernt, eine verheiratete Frau von einundvierzig Jahren?«

»Muss das denn wirklich sein? Das ist mir nämlich etwas peinlich«, druckste der junge Mann herum und begann erneut, die Sitzfläche mit seinem Hintern zu polieren. »Ich weiß zwar nach wie vor nicht, was das mit meiner Vermisstenanzeige zu tun hat … aber gut, wenn Sie ausdrücklich Wert darauf legen, werde ich Ihnen alles sagen.« Anschließend begann er stockend zu berichten, wie das alles angefangen hatte.

* * *

Derweil stellte Rieke immer noch das Haus mit der Nummer 16 in der ›Alten Poststraße‹ auf den Kopf, was dem Hausherrn und derzeit einzigem Bewohner anscheinend voll gegen den Strich ging, seiner missmutigen Miene nach zu urteilen. Zudem rannte er der Forensikerin mit dem Spezialgebiet für menschliche Spuren auf Schritt und Tritt hinterher, was die stets gelassene Friesin jedoch nicht weiter störte. Amara hingegen ließ er weitgehend in Ruhe arbeiten. Die IT-Spezialistin war im Arbeitszimmer nach wie vor mit einem Notebook beschäftigt, von dem er behauptete, es gehöre seiner Ehefrau. Gefunden hatte sie jedoch bisher nichts, was sie Tobias auch bereits telefonisch mitgeteilt hatte. Sollten sich aber die Entführer heute noch melden, konnte sie so jedoch gleich reagieren.

Auf die Frage, ob er denn heute nicht in die Klinik müsse, hatte er unfreundlich geantwortet, dass seine Anwesenheit hier offenbar notwendig sei und er sich wegen der besonderen Umstände ein paar Tage freigenommen habe. Es könnten sich zudem jederzeit die Entführer melden, und dann wolle er zur Stelle sein. Das klang zumindest plausibel, weswegen die Forensikerinnen nicht weiter in ihn drangen und sie waren ja auch keine Kriminalisten.

Dennoch wurde Rieke sofort stutzig, als sie sich in der großen Doppelgarage umsah, wo beide Fahrzeuge in derselben Anordnung standen wie am Tag zuvor. Die Forensikerin verfügte über ein gutes Auge, daher fiel ihr der Unterschied sofort auf. Dass der Mercedes nicht mehr exakt so dort stand, war nachvollziehbar, denn der Besitzer war heute Morgen damit gefahren.

»Wurde der Nissan Ihrer Frau seit gestern bewegt?«, erkundigte sie sich bei Berghoff, der ihr praktischerweise in die Garage gefolgt war.

»Ich weiß zwar nicht, was Sie das angeht, aber ich habe ihn tatsächlich ein paar Zentimeter nach rechts gestellt«, brummte er. »Meine Frau parkt ihn immer viel zu weit links, sodass ich Probleme mit dem Ein- und Aussteigen habe. Ich wusste ja nicht, dass ich die Polizei um Erlaubnis fragen muss.«

Die Forensikerin nahm stumm den Schlüssel vom Haken an der Wand und stieg ein. Ein Blick auf den Kilometerstand zeigte ihr, dass dieser Wagen tatsächlich nicht bewegt wurde. Den Tacho hatte sie selbstverständlich beim ersten Mal fotografiert. Dann kam der Kofferraum an die Reihe. Den hatte sie zwar ebenfalls bereits zuvor untersucht, doch Tobias hatte eine *gründliche* Untersuchung angeordnet. Doch auch der Kofferraum war sauber. Und wenn eine Forensikerin von ›sauber‹ spricht, dann ist das durchaus wörtlich zu nehmen. Nicht ein Stäubchen war zu sehen, doch verdächtig was das natürlich nicht.

»Ich habe noch nie ein so sauberes Auto gesehen«, wandte sie sich an Berghoff. »Und wenn ich das sage, ist das absolut wörtlich zu nehmen.«

Der zuckte nur mit den Schultern. »Meine Frau hat mal ihre Einkäufe drin vergessen und nach ein paar Tagen war alles voller Maden. Das war vielleicht eine Sauerei. Ich habe das dann gründlich ausgewaschen. Die Einkäufe stellt sie seitdem auf die Rücksitzbank. Ich habe ihr wohl tausendmal erklärt, dass dies nicht der richtige Platz dafür ist, schon wegen der Sicherheit. Aber sie hört nicht auf mich.«

»Dann würde ich jetzt gerne Ihren Wagen untersuchen«, nahm Rieke seine Erklärung zur Kenntnis und hielt ihm fordernd die Hand entgegen, da der Mercedesschlüssel nicht am Haken hing. Ein sauberes Auto war schließlich kein Verbrechen, und der Einsatz von Luminol und UV-Licht hatte bereits gestern nichts ergeben. Natürlich würde sie es, der Order des SOKO-Chefs entsprechend, bei beiden Fahrzeugen wiederholen. Eine halbe Stunde später konnte sie das jedoch endgültig abhaken. Allem Anschein nach befand sich in diesem Haus keine Leiche, und es hatte offensichtlich auch niemals eine gegeben.

* * *

»Lennard lernte Mirjam über eine Kontaktanzeige kennen«, berichtete Tobias seinen Leuten eine halbe Stunde später. »Das war wohl eher eine dieser Seitensprungbörsen, in denen gelangweilte Ehefrauen nach Abwechslung suchen. Es ist kaum zu glauben, dass er noch nie eine Freundin hatte, obwohl er aussieht wie der junge Leonardo DiCaprio in ›Titanic‹.«

Neben ihm klatschte sich Denise gedanklich eine Hand an die Stirn. Natürlich! Warum war sie darauf nicht gekommen? Sie war damals achtzehn Jahre alt und mit einigen Freundinnen mindestens fünfmal in diesem Schmachtfetzen gewesen. Gemeinsam hatten sie eine ganze Familienpackung Tempos verbraucht.

»Diese Anzeige wurde mittlerweile gelöscht«, fuhr der SOKO-Chef fort. »Wir werden die neue Spur aber weiter verfolgen, denn es wäre möglich, dass es noch weitere ›Kontaktaufnahmen‹ seitens Mirjam Berghoff gegeben hat. Konzentrieren wir uns zunächst jedoch auf Lennard Schwick. Er wohnt noch bei den Eltern, die angeblich nichts von der Liaison mit einer verheirateten und doppelt so alten Frau wissen. Wichtig ist jedoch, was *wir* jetzt wissen. Zumindest, wenn er uns diesbezüglich nicht belogen hat: Wir wissen nämlich, dass Mirjam am vergangenen Freitag um 16:00 Uhr noch gesund und munter war. Das war nämlich der letzte SMS-Kontakt zwischen den beiden. Leider gibt es dafür nur sein Wort, da er die Nachricht weisungsgemäß gelöscht hat.«

»Aber das war uns doch ohnehin bereits bekannt«, wunderte sich Jonas über seine Bemerkung. »Weil ihr Ehemann nämlich am folgenden Abend mit ihr von der Klinik aus telefoniert hatte. Das wurde einwandfrei durch die Telefonverläufe bewiesen!«

»Das stimmt zwar insoweit, doch es gibt da sicher genügend Möglichkeiten, das irgendwie zu tricksen«, überlegte Erik laut. »Jetzt wissen wir zumindest, dass es im Bereich der Realität liegt. Außer, wenn die zwei sich abgesprochen hätten, was jedoch wohl kaum der Fall sein dürfte. Aber wie konnten seine Eltern davon nichts wissen? Haben sie sich nicht über den Porsche gewundert, mit dem der Sohn in der Gegend herumfuhr?«

»Den haben sie anscheinend gar nicht zu Gesicht bekommen. Und damit kommen wir zu der zweiten wertvollen Information, die uns dieser junge Mann beschert hat: Es existiert eine Zweitwohnung in der Nähe, die Mirjam Berghoff heimlich angemietet hat. Eine Art Liebesnest, wenn wir es so nennen wollen. Dort ist normalerweise der Sportwagen geparkt, den sie ihm wohl geschenkt hatte. Eigene Geldmittel hat sie anscheinend ohne Ende. Aber das ist uns spätestens bekannt, seit ihr Ehemann offenbar problemlos die nicht gerade kleine Summe für das Lösegeld von ihrem Vater ausgehändigt bekam. Anscheinend ist er bezüglich seiner Tochter recht großzügig. «

»Und wir sollen uns jetzt in diesem Liebesnest mal gründlich umschauen, habe ich recht?«, warf Jasmin vorlaut ein.

»Du liest wie immer meine Gedanken«, grinste er und klimperte mit einem Schlüsselbund, den ihm der junge Mann überlassen hatte. »Es war etwas Überredungskunst erforderlich, doch am Ende konnten wir ihn überzeugen, dass es besser für ihn wäre, wenn er uns die Erlaubnis zur Untersuchung dieser Wohnung gibt. Nachdem auf Mirjam Berghoffs Handy und auch auf dem Notebook in der ehelichen Behausung nichts Verdächtiges gefunden wurde, könnte es vielleicht in der Zweitwohnung etwas geben, das uns in der Sache weiterbringt. Ich denke, das ist eine Aufgabe für dich, Vanessa und Erik. Ihr drei habt eine gewisse Routine darin, Verborgenes zu enthüllen. «

»Ich habe mich ein wenig umgehört«, brachte sich Vanessa ein. »Die Familie wird öfter in der Regenbogenpresse erwähnt. Heinrich Schwick ist offenbar so eine Art Patriarch und soll extrem geizig sein. Wie es heißt, hält er sowohl den Sohn als auch seine Ehefrau finanziell an der kurzen Leine. Was, wenn der Junior mit den großzügigen Geschenken der Geliebten nicht mehr zufrieden war und mehr haben wollte? Findet ihr es nicht merkwürdig, dass er ausgerechnet heute hier erscheint? Nach vier Tagen und einem Tag nach der Lösegeldübergabe?«

»Du meinst, er steckt da mit drin?«, vergewisserte sich Denise. »Den Anruf kann er jedenfalls nicht getätigt haben. Wir haben uns die Aufnahmen der Überwachungskamera im Foyer angesehen. Als der Anruf bei Berghoff einging, kam er zum Eingang hereinspaziert. Ein besseres Alibi, als zur Tatzeit nachweislich bei der Polizei gewesen zu sein, kann es nicht geben. Die Erpresserbriefe kann er auch nicht erstellt haben. Der Daumenabdruck, den Rieke sichergestellt hat, ist zwar für einen Vergleich nicht zu gebrauchen, doch von ihm ist der Abdruck definitiv nicht, sagt Jürgen. Der Junge hat sehr schmale Finger und der Daumenabdruck ist wesentlich breiter. Das sieht ein Blinder. Seine Fingerabdrücke haben wir mit seinem Einverständnis genommen. Schon allein, um sie mit denen in der Wohnung vergleichen zu können.«

»Wir werden ein wachsames Auge auf ihn haben«, bestimmte der SOKO-Chef. »Es könnte ja sein, dass er mit Komplizen zusammengearbeitet hat. Außerdem vermag ich mir dieses Jüngelchen kaum vorzustellen, wie er einen kräftigen Kerl wie Berghoff umhaut und ihm den Geldkoffer aus der Hand reißt. Sucht in der Wohnung auch nach solchen Hinweisen. Ich kann es nicht genauer benennen, doch an dieser Sache stinkt einiges ganz gewaltig, das rieche ich. Und meine Nase hat mich selten getäuscht.«

»Wir könnten versuchen, über den Provider dieser Seitensprungbörse an ihre Daten heranzukommen«, schlug Jonas vor. »In der Regel bleiben die gelöschten Profile dort noch eine Weile in einer Art ›Papierkorb‹ geparkt, um sie wiederherstellen zu können, falls der Profilinhaber es sich doch anders überlegt. Wer sagt uns denn, dass Lennard Schwick ihr einziger Kontakt gewesen ist? Wenn wir Glück haben, finden wir darin auch die Namen der anderen Männer, mit denen sie womöglich in Kontakt getreten ist. Darunter könnten sich auch ihre Entführer befinden.«

»Jonas hat recht«, brummte sein Partner in selten erlebter Einigkeit. »Die Kidnapper wussten anscheinend viele Einzelheiten über sie und ihren Mann und wir wissen doch alle, dass Menschen in solchen Chats leichtsinnigerweise öfter zu viel von sich preisgeben, weil sie glauben, sich hinter einem anonymen Profil verstecken zu können. Was aber nicht stimmt. Es gibt immer Möglichkeiten, den realen Menschen dahinter zu ermitteln. Einen Versuch wäre es allemal wert.«

»Das ist ein ausgezeichneter Gedanke«, sprang der SOKO-Chef sofort auf diesen ›Zug‹ auf. »Glücklicherweise ist der Betreiber dieses Internetangebotes laut Impressum in Deutschland ansässig. Ich werde daher umgehend bei Staatsanwalt Stein einen richterlichen Beschluss besorgen. Darum könnt ihr zwei euch dann kümmern.«

Denise sah demonstrativ auf die Uhr. »Aber heute wird das nichts mehr«, verkündete sie. »Ich weiß ja nicht, ob es den Herrschaften bewusst ist, aber es ist spät geworden. Ich schlage deshalb vor, dass wir die Durchsuchung der Zweitwohnung auf morgen früh verschieben, dann ist auch Rieke wieder verfügbar. In die ›Alte Poststraße‹ werden wir beide diesmal allein fahren«, wandte sie sich an ihren Partner, »und ganz einfach durch die Vordertür hineingehen. Ich denke, dass es dieses Mal unverdächtig ist, wenn wir uns wie ganz normale Besucher benehmen. Martin und Jonas bleiben als Einsatzreserve hier im Kommissariat und kümmern sich um die Daten aus der Kontaktbörse. Amara wird wohl noch eine weitere Nacht im Gästezimmer verbringen müssen, fürchte ich.«

»Ihr habt eure Chefin gehört!«, klatschte Tobias in die Hände. »Wir machen dann jetzt Feierabend und sind morgen fit für das Finale. Zumindest hoffe ich, dass es dann vorbei sein wird. Alles hängt davon ab, was die Entführer wollen. Amara rufe ich persönlich an und bringe ihr behutsam bei, dass sie heute nicht nach Hause fahren kann. Und dann gehe ich hinüber zur Staatsanwaltschaft.«

Zwischenspiel

Manfred Kornelius

Verdammt, ich hatte den Kerl, der mir hinterrücks eins über den Schädel gezogen hatte, weder kommen gehört noch irgendetwas Verdächtiges gesehen. Aber ich war mit Herumschnüffeln beschäftigt und daher abgelenkt gewesen. Demnach war es also doch keine SEK-Übung gewesen, in die ich unversehens geplatzt war. Doch zu diesen Überlegungen sollte ich erst eine ganze Weile später in der Lage sein; zunächst wurden mir die Lichter ausgeknipst.

Als ich wieder zu mir kam, hatte ich Mühe, meine Augen aufzubekommen und betastete zunächst mit beiden Händen meinen Hinterkopf, wo ich eine Platzwunde ertastete, die nicht nur blutete, sondern auch heftig pochte, als wären sämtliche sieben Zwerge mit ihren Spitzhacken darin zugange. Warum musste es immer mein armer Kopf sein? Konnte man mir nicht stattdessen einfach einen Tritt in den Allerwertesten geben? Verdient hätte ich es jedenfalls.

Das dachte wohl auch der Kerl, in dessen zorniges Gesicht ich blickte, als es mir nach einigen Versuchen endlich gelang, dem Zug der Schwerkraft zu trotzen und meine Augenlider anzuheben. »Kornelius! Was tun Sie denn jetzt hier? Ist Ihnen eigentlich bewusst, dass Sie wahrscheinlich eine Polizeioperation sabotiert haben?«, fuhr er mich an. Heller hatte bestimmt allen Grund, wütend auf mich zu sein. Er war nicht allein, sondern in Gesellschaft seiner Ermittler, die um ihn herumstanden. Das deutete auf einen Einsatz hin, den ich ihnen offenbar gründlich versaut hatte. Wenn Blicke töten könnten, wäre ich jetzt mausetot. Er sprach kein einziges Wort mehr, sondern half mir nur auf die Beine und wandte sich dann brüsk ab. Ich hatte jedoch deutlich eine Zornesader auf seiner Stirn pulsieren sehen und auch etwas wie Enttäuschung in seinen Augen.

Ich folgte dem Leiter der SOKO Rhein-Sieg mit den Augen zu einem baumlangen Kerl, der sitzend an der alten Eiche lehnte und offenbar ebenfalls etwas abbekommen hatte, und einem offenen und anscheinend leeren Aluminiumkoffer. Sofort begannen sich, trotz meines Brummschädels, Rädchen im Kopf zu drehen. Das hier war eine Lösegeldübergabe gewesen und sie war anscheinend nicht so gelaufen, wie es sollte! War ich schuld daran?

Alles in mir schrie förmlich danach, hierzubleiben und zu lauschen, doch die Vernunft riet mir zu einer Flucht. Sicher waren auch Sanitäter in der Nähe oder unterwegs, doch darauf konnte und wollte ich nicht warten. Als ich sicher sein konnte, dass alles sich auf den anderen Kerl und den Geldkoffer konzentrierte, schlich ich auf leisen Sohlen davon. Natürlich würde es ein Nachspiel geben, aber für jetzt hatte ich genug.

Doch alles, was Tobias Heller später noch mit mir anstellen konnte, war nichts gegen das, was mich zu Hause erwartete. So leise ich mich auch in das Haus schlich – es war vergebens. Direkt hinter der Haustür stand meine Ricarda wie ein Racheengel und blitzte mich aus zornig funkelnden Glutaugen an, wie es nur eine Südländerin mit einem Temperament wie ihrem vermag. Ich duckte mich förmlich unter ihrem Blick, doch als sie meine blutende Kopfwunde sah, wurde sie sanft wie ein Lamm, holte schnell Nadel, Faden und Verbandszeug und nähte stumm meine Wunde. Ich konnte jedoch zwei kleine Tränen in ihren Augen glitzern sehen. Wieder mal hatte ich einen Menschen sehr enttäuscht, der mir etwas bedeutete. Eigentlich sogar zwei.

Ich sollte eigentlich Reue wegen meines unverantwortlichen Verhaltens zeigen, stattdessen kamen mir einige Zweifel wegen des Erlebten, während Ricarda mich verarztete. Wer hatte mir überhaupt den Schlag auf den Kopf verpasst, und wie war derjenige dorthin gekommen, wenn das Gelände von einem Trupp SEK-Beamten abgeriegelt gewesen war? Etwas stimmte da ganz und gar nicht, und ich überlegte ernsthaft, ob ich Tobias Heller davon unterrichten sollte. Andererseits konnte ich es durchaus abwarten, ihm unter die Augen zu treten. Morgen war auch noch ein Tag.

Kapitel 7

Das Finale

Amara Jones erwachte am Mittwochmorgen übergangslos aus einem tiefen und anscheinend traumlosen Schlaf, denn an Träume erinnerte sie sich nach dem Aufwachen eigentlich immer, und heute war da gar nichts. Das war ungewöhnlich für die geistig rege Wissenschaftlerin. Meist wälzte sie nämlich vor dem Einschlafen irgendwelche Probleme, die sie bis in den Schlaf hinein verfolgten und zwischendurch auch öfter kurz aufwachen ließen. Heute hatte sie offenbar durchgeschlafen, doch es war auch ein langer Tag für sie gewesen.

Sie reckte sich wohlig nach ihrer Lebenspartnerin, doch ihre Hand griff ins Leere, denn das andere Bett war leer! Wo war Jennifer? Doch nach einigen panischen Sekunden, in denen ihr Gehirn seinen Betrieb wieder aufnahm, dämmerte es ihr. Richtig, sie war ja gar nicht zu Hause in ihrem Schlafzimmer, sondern zu Gast bei diesem Dr. Berghoff, dessen Frau entführt worden war. Tobias hatte gestern Nachmittag angerufen und sie darüber informiert, dass sie für den Fall einer telefonischen Kontaktaufnahme der Kidnapper vor Ort bleiben müsse.

Recht war ihr die Entscheidung des SOKO-Leiters natürlich nicht gewesen. Nicht nur, dass sie jetzt eine weitere Nacht von Jenny getrennt war, fühlte sie sich außerdem ganz allein mit dem Hausherrn auch nicht sicher. Montag war wenigstens Jasmin Brandt bei ihr geblieben. Sie war als Polizistin bewaffnet und hatte ihr dadurch ein Gefühl der Sicherheit gegeben. Forensiker aber waren Wissenschaftler und normalerweise nicht bewaffnet. Es war ihr unverständlich, dass man sie allein zurückließ, wo Berghoff doch an der Sache beteiligt sein konnte. Sie hatten zwar sein Haus auf den Kopf gestellt und keinen Beweis dafür gefunden, aber das hieß ja nichts.

Zur Sicherheit hatte sie nicht nur ihre Zimmertür abgeschlossen, sondern auch eine ›Alarmanlage‹ aus gläsernen und metallischen Gegenständen gebastelt, die sie auf die Klinke gestellt hatte. Falls jemand sich des Nachts hereingeschlichen hätte, würde der Lärm sie sicher aufgeweckt haben. Da sie aber anscheinend tief und fest geschlafen hatte und sie wahrscheinlich nicht einmal durch ein Erdbeben aufgeweckt worden wäre, war auch das nicht sicher. Aber nein, das Glas mit den Löffeln stand aufrecht auf der Türklinke, wie Amara mit einem erleichterten Blick feststellte. Und sie lebte ja noch, wie ihr wissenschaftlich geschulter Verstand nüchtern registrierte.

Nachdem sie ihre Morgentoilette erledigt und sich mit ihren vorsorglich mitgenommenen Sachen frisch eingekleidet hatte, ging sie zum Frühstücken wieder in die Küche, wo ihr unfreiwilliger Gastgeber mit der üblichen mürrischen Miene auf demselben Stuhl und in exakt derselben Haltung vor einer Tasse Kaffee am Küchentisch saß. Hätte er heute nicht einen anderen Pullover getragen, hätte man denken können, er habe sich seit dem Abendbrot, das sie auch gemeinsam mit ihm hier eingenommen hatte, nicht fortbewegt. »Sie sind früh dran«, brummte er unfreundlich. »Gibt es einen besonderen Grund für die Eile?«

»Ich bin von der Situation ebenso wenig begeistert wie sie«, gab sie ruhig zurück, während sie sich eine Tasse und einen Teebeutel aus dem Küchenschrank nahm. Die Frühstückscerealien nebst Brot und Butter und einem hart gekochten Ei standen bereits auf dem Tisch. »Da wir jedoch den Zeitpunkt nicht kennen, zu dem die Entführer Ihrer Ehefrau sich heute bei Ihnen melden, muss ich jederzeit bereit sein. Frau Malowski und Herr Heller werden in Kürze ebenfalls eintreffen. Was ist mit einem Lösegeld? Es wird doch sicher eine erneute Forderung geben.«

»Davon war nicht die Rede, wie Sie ja selbst gehört oder auch nicht gehört haben. Ich wüsste auch nicht, wie ich so schnell an so viel Geld kommen sollte. Wir werden den Anruf abwarten. Ich habe übrigens einen Durchgang im Gartenzaun geschaffen. Rufen Sie bitte Heller an und richten ihm aus, dass ich nicht möchte, dass die Polizei das Haus durch die Vordertür betritt. Es wird womöglich beobachtet. Und sie sollen nicht wieder mit einer ganzen Armee anrücken, das hat die Entführer gestern womöglich von einem Austausch abgehalten!«

»Das glaube ich nicht«, widersprach sie, während sie den Wasserkocher für den Tee füllte. »Die Spurenlage sagte etwas ganz anderes dazu aus. Und danach war Ihre Ehefrau vor und während der Lösegeldübergabe zu keiner Zeit an der Eiche.« Dennoch nahm sie ihr Handy, um seine ›Wünsche‹ an die SOKO-Leitung zu übermitteln. Der Kunde ist schließlich König.

* * *

»In Ordnung, wir werden dann eben die Hintertür benutzen«, sagte der SOKO-Chef zwei Minuten später zu Amara. »Richte bitte Herrn Berghoff aus, dass wir in ungefähr einer halben Stunde bei ihm sind.« *Dass wir dieses Mal ganz ohne Kavallerie ausrücken, kann er jedoch vergessen,* dachte er, nachdem er sein Gespräch mit der IT-Spezialistin vor Ort beendet hatte. Natürlich mussten sie zunächst einmal wissen, ob Berghoff überhaupt irgendwohin beordert werden würde, und wohin es gehen sollte. Zur Sicherheit hatte er das SEK über einen bevorstehenden Einsatz informiert, und Ulf Meyer stand mit seiner Truppe schon bereit. Zur Not musste eben improvisiert werden.

»Ich glaube, das war es auch für den Augenblick«, nahm er das Briefing seiner Ermittler wieder auf, das durch den Anruf unterbrochen worden war. In Anbetracht der besonderen Lage hatten er und Denise die heutige Teamsitzung unmittelbar nach Dienstbeginn einberufen. »Ihr macht euch jetzt besser auf den Weg in das Liebesnest«, wandte er sich an Vanessa, Jasmin und Erik. »Rieke steht schon Gewehr bei Fuß, es kann also gleich losgehen. Ihr wisst, wonach ihr zu suchen habt. Martin und Jonas: Der Gerichtsbeschluss für die Herausgabe der Profildaten dieser Seitensprungbörse liegt in der Staatsanwaltschaft für euch bereit. Wenn wir gleich fort sind, habt ihr auch die nötige Ruhe für eure Recherchen. Wir benötigen vor allem die Namen und Adressen sämtlicher Kontakte, die Mirjam außer Lennard hatte. Ihr könnt euch dabei zunächst auf die Männer hier aus der Gegend beschränken, denke ich. Jedenfalls scheint man sich hier gut auszukennen.«

»Davon gehen wir auch aus«, nickte Martin. »Wer kennt schon die alte Eiche, wenn er nicht hier wohnt? Ich bin ja gespannt, wo man euch heute hinschickt.«

»Nicht nur du! Ich fürchte jedoch, es wird uns vielleicht wieder nicht gefallen, wo es auch sein mag. Die Entführer haben mit der gestrigen Aktion immerhin bewiesen, dass sie sich nicht nur gut in dieser Gegend auskennen, sondern ebenfalls zu strategischen Überlegungen fähig sind. Falls es denn mehr als einer ist. Es wird also wahrscheinlich nicht leicht sein, den uns noch unbekannten Ort rechtzeitig zu präparieren.«

»Wir sollten jetzt aufbrechen, Tobi!«, meldete sich Denise zu Wort und erhob sich zum Zeichen, dass sie darüber keine Diskussion führen wollte. Sie sah ihre Ermittler der Reihe nach an. »Wir wären dann unterwegs. Haltet uns sämtliche verfügbaren Daumen. Ich befürchte nämlich, dass man uns keine dritte Chance mehr geben wird!«

»Mit gedrückten Daumen können wir aber nicht arbeiten, Chefin!«, grinste Martin, wobei er die Fäuste mit eingezogenen Daumen vor sich hielt.

»Die brauchst du doch sowieso nur zum Futtern«, brummte Jonas. Er bezog sich darauf, dass Martin das Zehn-Finger-System nicht beherrschte und nur einen Finger auf der Tastatur benutzte. Den Zeigefinger der rechten Hand, um genau zu sein. Allerdings hatte er seine Geschwindigkeit nahezu verzehnfacht, seit er bei der SOKO war und erreichte jetzt beinahe fünfzig Anschläge pro Minute. Das lag daran, dass er herausgefunden hatte, dass die Tasten immer an derselben Stelle waren, wie Jonas öfter spottete. Ein bisschen Wahrheit mochte aber durchaus darin liegen.

»Ich bin mir sicher, ihr bekommt das hin«, versicherte Denise ihnen im Hinausgehen. Ob die zwei es jemals leid würden, einander dauernd aufzuziehen? Andererseits prallten Jonas' Sticheleien an Martin ab, als sei sein Ego mit einem Lotos-Effekt ausgestattet. Ihn konnte nichts erschüttern, und das war auch gut so. Jasmin, Vanessa und Erik folgten ihr eilig, da sie so rasch wie möglich anfangen wollten, wohingegen Martin und Jonas sich ein wenig Zeit lassen konnten. Zuerst war ohnehin der Gang zur Staatsanwaltschaft notwendig.

Ohne eine Stärkung ging das aber nun überhaupt nicht, weshalb Martin für sich beschlossen hatte, vor seinem Marsch zum Amtsgericht ein belegtes Brot zu vertilgen. Seine Träume von einem Schinkenbrot mit Ei und Mayonnaise zerplatzten aber wie eine Seifenblase, als Vanessa sich in der Tür zu ihm umdrehte: »Wir kommen auf dem Weg in die Stadt sowieso am Amtsgericht vorbei. Du kannst mit uns fahren, dann hast du einen Weg gespart!« Ergeben seufzend, erhob er sich von seinem Stuhl. Dann musste das Frühstück eben warten.

* * *

Jasmin setzte den Kollegen an der Ecke Leinpfad/ Neue Poststraße ab und fuhr sofort weiter Richtung Rathaus am Nogenter Platz. Dort lag ihr Ziel in einer kleinen Seitenstraße, etwas mehr als einen Kilometer von der Wohnadresse Mirjam Berghoffs entfernt und etwa genauso weit vom Polizeigebäude. Als geheimes Liebesnest war das Zwei-Parteienhaus jedenfalls eine ausgezeichnete Wahl, denn hier konnte man beinahe nach Belieben kommen und gehen, ohne von vielen Leuten gesehen und womöglich erkannt zu werden. Dass ihr Ehemann sich ausgerechnet hierher verirrte, war trotz der geringen Entfernung ebenfalls nahezu ausgeschlossen, obwohl die Klinik praktisch in Sichtweite lag. Es existierten genügend Schleichwege, um hierhin zu kommen. Dreist war diese Wahl dennoch.

Die Oberkommissarin setzte den Wagen hinter das Auto der Forensik, das Rieke direkt vor der Haustür abgestellt und ein Schild mit der Aufschrift ›Polizei‹ hinter dessen Frontscheibe gelegt hatte. Es war aber nicht der bekannte VW-Bus – denn der wurde nur für großangelegte Untersuchungen verwendet – sondern ein ihnen unbekannter Pkw. Die blonde Forensikerin stand abwartend daneben, wirkte jedoch wie immer entspannt. Geduld war eine ihrer größten Tugenden, und die Arbeit einer Tatortermittlerin erforderte ein Übermaß davon. Wie schnell hatte man etwas übersehen, was dann für immer verloren war?

Als die Ermittler ausgestiegen waren, überreichte sie ihnen stumm drei steril eingepackte Einwegmonturen, bestehend aus Overall, Kopfhaube mit Mundschutz und Plastiküberziehern für die Schuhe. Es war zwar kein Tatort, den sie inspizieren wollten, doch es galt auch hier, Spuren menschlicher Anwesenheit zu untersuchen, und dazu war es notwendig, eigene zu vermeiden. Latexhandschuhe hatte jeder polizeiliche Ermittler ohnehin ständig bei sich. Vanessa zog den Schlüssel aus der Tasche und schloss die Haustür auf. Vor der Wohnungstür im Obergeschoss war noch Zeit genug für ihre Verkleidung, wie polizeiliche Ermittler diese Prozedur gerne bezeichneten.

* * *

Währenddessen zwängten sich Denise und Tobias durch die neu geschaffene Öffnung im rückwärtigen Gartenzaun. Berghoff war nicht sonderlich großzügig dabei vorgegangen, sodass sie sich äußerst vorsichtig durch die kaum mehr als einen halben Meter breite Lücke bewegen mussten, wollten sie nicht ihre Kleidung erneut zerreißen. Tobias, der zuerst hindurchgeschlüpft war, hielt das ausgeschnittene Zaunstück höflich für seine Partnerin fest, bis Denise neben ihm stand und ihre Kleidung und Ausrüstung überprüfte. Einmal war sie mit ihrem Pistolenholster hängengeblieben, doch das war offenbar folgenlos geblieben.

Auf ihre privaten Fahrzeuge hatten sie allerdings dieses Mal nach kurzer Beratung verzichtet. Der Audi aus dem Fuhrpark stand unsichtbar hinter dem Haus in einer Stichstraße mit dem Namen ›An den Eichen‹, wo ihn die Kidnapper sicher nicht bemerken würden, sollten sie dieses Haus tatsächlich observieren. Über die Terrasse und die Lücke im Zaun konnten sie ihn zudem bei Bedarf in wenigen Sekunden erreichen. Es war alles durchgeplant, soweit es ohne Kenntnis der näheren Zukunft möglich gewesen war. Das SEK war bereits im angrenzenden Wald verborgen und würde umgehend ausrücken, sobald das Ziel bekannt war.

Tobias winkte Amara zu, die jetzt auf der Terrasse erschienen war, um sie dort in Empfang zu nehmen, und setzte sich hinter Denise in Bewegung. Ein Blick auf seine Armbanduhr sagte ihm, dass es jetzt kurz vor 10:00 Uhr war, also noch recht früh. Was würde dieser Tag ihnen am Ende bringen? Würde man am Abend eine glücklich befreite Geisel zu ihrem Mann zurückbringen, oder erneut vor dem Nichts stehen? Es kam alles darauf an, was die Entführer dieses Mal forderten. Bei Licht besehen war der heutige Einsatz eine Anhäufung von lauter Improvisationen, und das war etwas, was Tobias und Denise ganz und gar nicht mochten. Ohne detaillierte Einsatzplanung konnte es eigentlich nur schiefgehen!

Drinnen begrüßten sie kurz den heute wieder sehr nervös und brummig wirkenden Ehemann – was ihm jedoch nicht zu verdenken war – und machten es sich bei einer Tasse Kaffee, die Amara zubereitet hatte, in der Küche bequem. Sollten sich die Entführer wieder telefonisch melden, wären sie innerhalb von wenigen Sekunden im Arbeitszimmer. Das letzte Mal war der Anruf nachmittags erfolgt, sie waren daher auf eine längere Wartezeit gefasst. Doch heute war ihnen eine Verschnaufpause anscheinend nicht vergönnt, denn das Telefon klingelte, als sie sich gerade hingesetzt hatten. Amara und Berghoff sprangen sofort wie von einer Feder geschnellt auf. Denise und Tobias eilten sofort hinterher.

»Kommen Sie zum Brunnenkeller nahe dem Weiher«, ertönte es aus dem Telefon, das diesmal auf Lautsprecher gestellt worden war. *»Kommen Sie jedoch allein!«* Und schon war dieses einseitige ›Gespräch‹ beendet. Amara hob entschuldigend ihre Schultern. Natürlich war in diesen exakt achtzehn Sekunden wieder keine Ortung möglich gewesen. Denise und Tobias dagegen sahen sich ratlos an. *Keine Lösegeldforderung*, sagten ihre Blicke. Doch zum Rätselraten war jetzt keine Zeit. Tobias griff zu seinem Handy, um den Leiter des SEK darüber zu informieren, wo es hinzugehen hatte.

Der genannte Ort hingegen war erneut ein Beweis dafür, dass sich die Entführer in dieser Gegend offensichtlich bestens auskannten. Und ebenso wie bei der alten Eiche war auch hier rundherum nichts als Wald und die Wege größtenteils nur zu Fuß zu benutzen. Das SEK würde dennoch einen Weg finden, sich dort zu verstecken und im günstigsten Fall zuzugreifen, dessen waren sie sich sicher. »Es wurde keine Uhrzeit genannt«, stellte Denise fest. »Wir sollten daher jetzt besser aufbrechen.« Sie überprüfte ein weiteres Mal ihre Dienstpistole, bevor sie alle zu ihren Fahrzeugen eilten. Berghoff in seine Garage und die Ermittler in den Garten und durch den Zaun. Amara blieb zurück. Sie beneidete die Kollegen nicht um ihre Aufgabe.

* * *

Ausgerechnet der Brunnenkeller, ging Tobias durch den Sinn, während er ihren Wagen auf die Aulgasse lenkte, die nach wenigen hundert Metern in die B56 mündete und somit zu ihrem Zielgebiet führte. Das war nicht der kürzeste Weg, aber der schnellste. Der Nissan von Berghoff war nicht mehr zu sehen, er war gute zwei Minuten vorher losgefahren. Warum er den Wagen seiner Ehefrau genommen hatte, war Tobias allerdings schleierhaft. Vor ihm war aber bereits das SEK aufgebrochen und dürfte jetzt schon fast am Ziel angekommen sein. Es war natürlich keine Zeit mehr gewesen, sich abzusprechen, doch der Kommandant war ein fähiger Mann und würde das Richtige tun, davon waren alle überzeugt. Tobias war dort aufgewachsen und kannte sich aus. Er wusste daher, dass es nicht viele Optionen gab. Doch etwas ging immer.

Diese Lokalität zu erkunden, bevor es losging, war praktisch unmöglich, da sie rundherum von dichtem Baumbestand umgeben war. Man würde sich darauf beschränken müssen, das Gelände abzuriegeln. Doch auch das war nur zur Altenrather Straße hin möglich. Von dort waren es gute fünfhundert Meter durch den Wald, der den Kidnappern die Flucht erleichtern und den Polizeikräften die Verfolgung erschweren würde. Der Brunnenkeller war im neunzehnten Jahrhundert eine Anlage zum Kühlen von frisch gemolkener Milch gewesen und bestand aus einem gemauerten Kamin mit zwei Metern Kantenlänge, von dem jedoch ebenerdig nur noch einige Zentimeter sichtbar waren. Der Rest war mit der Zeit zugewachsen. Dahinter fiel das Gelände mehrere Meter senkrecht ab.

Drei Wege führten dorthin und trafen dort aufeinander: Einer kam vom Leyenweiher, den der Anrufer erwähnt hatte, ein weiterer vom Waldfriedhof an der Heerstraße, und einer von der Altenrather Straße, wo sich das SEK verschanzen würde. Für Pkw befahrbar war nur der vom Friedhof kommende Weg, doch der war mit einer Schranke versehen. Die Wege waren an den Wochenenden beliebte Ausflugsziele, doch unter der Woche und um diese Uhrzeit waren sie gewöhnlich verwaist.

Tobias' Sorge galt der Tatsache, dass sie in dieser Gegend bereits einige Leichen gefunden hatten; eine vor sechs Jahren sogar direkt am Fuße des Brunnenkellers. *Wollen wir hoffen, dass es kein schlechtes Omen ist*, dachte er, als er hinter der Aggerbrücke auf die B8 fuhr. Bis zum Ziel waren es nur noch fünf oder sechs Minuten. Was würde sie dort wohl erwarten? Auf jeden Fall war die Wahl dieser Lokalität ein Zeichen, dass der oder die Entführer sich in der Wahner Heide bestens auskannten. Das galt für Berghoff anscheinend ebenfalls, denn der Nissan seiner Frau verfügte nicht über ein Navi und er hatte nicht nach dem Weg gefragt.

Den Nissan fanden sie an besagter Schranke, dem Ort, den sie sich ebenfalls ausgesucht hatten. Das war im Grunde die logische Wahl und es waren nur fünfhundert Meter zu laufen, da der Brunnenkeller mittig in einem Dreieck aus Heerstraße, Altenrather Straße und Leyenweiher lag. Tobias stellte ihren Audi direkt dahinter und rief den Kommandanten des SEK an. Er hatte sich mit Denise während der Fahrt in Ermangelung eines Plans abgesprochen und eine brauchbare Lösung gefunden. »Wir stehen vor der Schranke zur Heerstraße«, informierte er Ulf Meyer. »Ich denke, es wird die günstigste Vorgehensweise sein, wenn Frau Malowski und ich uns wie Spaziergänger verhalten und uns zum Ziel begeben. Was ist Ihr Plan?«

»Das passt«, drang es aus dem Hörer. Tobias hatte die Mithörfunktion seines Telefons aktiviert und die Lautstärke so weit reduziert, dass Denise neben ihm gerade noch mithören konnte. »Ich habe meine Leute an der mit dem Zielort korrespondierenden Linie auf der Altenrather Straße im Unterholz postiert, sowie am Weiher. Wenn Sie den Weg abdecken, sind wir auf der sicheren Seite. Jedenfalls, soweit es in dieser Situation möglich ist. Gehen Sie jetzt los!«

»Wir sind unterwegs.« Tobias nickte seiner Partnerin zu, die bereits damit beschäftigt war, ihre Polizeiutensilien unter der Kleidung zu verstecken. Auch heute hatten beide wieder weite Pullover angezogen. Nach so vielen Jahren der Zusammenarbeit brauchte es zwischen ihnen nicht viele Worte. Wollten sie aber als harmlose Spaziergänger durchgehen, würden ihre Pistolen und Handschellen an den Gürteln sie bereits von Weitem verraten.

Als sie am Brunnenkeller ankamen, atmeten beide unwillkürlich auf, denn dort stand Berghoff inmitten des gemauerten Quadrats mit einer großen, blonden Frau, mit der er sich angeregt zu unterhalten schien. Aus einer Entfernung von fünfzig Metern konnten sie im Dämmerlicht des Waldes noch keine Einzelheiten erkennen, doch die Größe und Haarfarbe stimmten. War es wirklich so simpel? Hatten die Entführer ihre Geisel einfach hier abgeladen?

Tobias und Denise beschleunigten unwillkürlich ihre Schritte, doch sie wurden enttäuscht. Die blonde Frau war nicht Mirjam Berghoff und deren Mann sah sie mit ernster Miene an, als er ihnen ein Blatt Papier übergab, das in bereits bekannter Manier mit ausgeschnittenen Buchstaben beklebt war.

WIR HATTEN IHNEN UNTERSAGT, DIE POLIZEI EINZUSCHALTEN. LEBEN SIE JETZT MIT DEN FOLGEN!

»Das klemmte in dem Ständer, der für Touristeninformationen verwendet wird«, wies er hinter sich. Tobias folgte seinem Blick. Soweit er wusste, war der rostige Metallrahmen immer leer gewesen. Aber was hatte diese dritte Botschaft zu bedeuten, und warum wurde sie ausgerechnet hier und auf diese merkwürdige Weise übergeben? Er ahnte, dass die Antwort auf diese Fragen ihnen nicht gefallen würde.

Während er darüber nachdachte, was das alles zu bedeuten haben könnte, holte ihn die Stimme seiner Partnerin brutal in die Wirklichkeit: »Ich denke, wir sollten die Spurensicherung anrufen«, rief Denise. Sie war zum rückwärtigen Teil des alten Kulturdenkmals gegangen und sah nach unten zu dem an dieser Stelle mehrere Meter tiefer gelegenen Waldboden. »Und die Rechtsmedizinerin«, fügte sie mit brüchiger Stimme hinzu.

Kapitel 8

Der Schock

»Wir haben einen dummen Denkfehler begangen, Jonas«, konstatierte Martin Weber nach einem Biss in sein Schinkenbrot, während er seinen Computerbildschirm anstarrte, als wolle er ihn nur durch die Kraft seines Willens dazu bringen, ihnen die gewünschten Informationen zu offenbaren. Er war schon seit einer Stunde mit dem richterlichen Beschluss zur Herausgabe der Profildaten von Mirjam Berghoff zurück und hatte persönlich beim Betreiber der Webseite für die Kontaktbörse in Hamburg angerufen, wo man ihnen widerspruchslos umgehend einen Zugriff auf das als gelöscht markierte Benutzerprofil eingerichtet hatte. Darin lag also nicht das Problem.

Natürlich waren in ihrem unter einem Nickname eingerichteten Benutzerprofil alle für die Öffentlichkeit nicht sichtbaren persönlichen Daten einsehbar, doch das galt nicht für die Personen, die dieses Profil besucht hatten und selbstverständlich gleichfalls nur unter einem Pseudonym aufgetreten waren. »Ja, jetzt sehe ich es ebenfalls«, gab sein Partner unzufrieden zurück. »Wir müssten für sämtliche Kerle, die mit ihr in Kontakt getreten sind, ebenfalls Beschlüsse für die Herausgabe ihrer Realdaten haben. Und die erhalten wir nur bei einem begründeten Verdacht. Warum ist das dem Chef nicht aufgefallen?«

»Vielleicht ist es ihm ja aufgefallen, und er wollte nur unsere Fantasie auf die Probe stellen«, überlegte Martin. »Was würde unser Recherchegenie machen?«

»Jasmin? Mal überlegen ... Ich vermute, sie würde als Erstes überprüfen, ob von diesen Profilen mittlerweile eins oder mehrere gelöscht wurden. Wenn ich auf diese Weise mit meinem späteren Opfer Kontakt aufgenommen hätte, würde ich das so machen. Und diese Profile würde sie sich gesondert vornehmen.«

»Genau, das war auch mein erster Gedanke. Aber weißt du was? Wie wäre es, wenn wir uns als Mirjam ausgeben und diese Kerle anschreiben? Wir könnten versuchen, ihnen genügend Informationen über sich zu entlocken, um sie zu identifizieren. Und wer nicht darauf anspringt, landet ebenfalls auf unserer Liste der Verdächtigen! Ich erledige das mit den gelöschten Profilen und du übernimmst den Chat, darin bist du besser als ich. Denk aber daran, dich wie eine Frau zu benehmen und so auszudrücken!« Nicht ahnend, was sich wenige Kilometer entfernt in diesen Minuten für ein Drama abspielte, machten sie sich gut gelaunt ans Werk.

* * *

Ahnungslos waren die Kollegen in der als Liebesnest verwendeten Zweitwohnung ebenfalls, da noch niemand die Zeit gefunden hatte, sie über die dramatische Entwicklung zu informieren. Allerdings war ihre Anzahl jetzt auf insgesamt fünf Personen angewachsen, weil Amara zu ihrer Unterstützung hinzugezogen worden war. Jasmin hatte sie persönlich in der Alten Poststraße 16 abgeholt, weil weder Vanessa noch Erik einem in der Wohnung gefundenen Notebook irgendeine Information entlocken konnten. Sie waren nicht einmal auf den Desktop gekommen, weil es mit einem Passwort geschützt war.

Eine Stunde war das jetzt her und normalerweise hätte die IT-Spezialistin längst einen Erfolg gemeldet. Sagte man ihr doch nach, dass kein Computer länger als ein paar Minuten ihren Bemühungen widerstehen könne. Doch dieses Mal war es anscheinend nicht so leicht, in das System zu kommen, denn man hörte sie fortwährend leise vor sich hin schimpfen, während sie immer wieder neue Tricks aus ihrem unerschöpflichen Repertoire probierte. Allerdings war sie motiviert, denn der Rechner in der heimischen Wohnung war überhaupt kein Problem für sie gewesen. Da man unwichtige Daten nicht hochwertig schützen musste, bedeutete dieses störrische System wohl, dass darauf etwas zu finden sein musste.

Derweil wuselte Rieke herum und tat, was Forensikerinnen mit ihrem Spezialgebiet taten: Sie pinselte glatte Flächen mit einem weichen Pinsel und einem Spezialpulver ein, um so Fingerabdrücke sichtbar zu machen, nahm mit einer Pinzette Haare vom Teppich auf, die ihrem Auge nicht verborgen geblieben waren, saugte Partikel mit einem winzigen Staubsauger auf, um sie später im Labor auf Hautschuppen und somit auf DNA zu untersuchen und tütete alles ein, was ein Mensch jemals in den Händen gehabt haben könnte. Derweil verteilte sie überall kleine gelbe Nummerntafeln an deren Fundorten und machte Fotos davon. Natürlich versprach sie sich die besten Ergebnisse im Bad und im Schlafzimmer.

Jasmin, Vanessa und Erik wühlten sich durch die Schränke, Kommoden und Regale auf der Suche nach schriftlichen Unterlagen oder anderen, eventuell für ihre Recherche nützlichen Gegenständen. Man sollte nicht glauben, was man in einer Wohnung alles fand, auch wenn es – wie im vorliegenden Fall – vornehmlich keine Heimstatt für einen dauerhaften Aufenthalt oder gemütliche Fernsehabende darstellte. Aber gerade das machte es ja so besonders: Wo sonst sollte ›Frau‹ die Dinge verstecken, die ihr Ehemann nicht zu Gesicht bekommen durfte?

»Ich gebe auf«, meldete sich in diesem Augenblick Amara mit Worten, die man von ihr eigentlich nie zu hören bekam. »Das Hochfahren mit einem externen Datenträger hat ebenfalls nicht funktioniert, weil die Festplatte verschlüsselt ist und nur nach Eingabe des richtigen Passwortes lesbar ist. Ich muss das in aller Ruhe an meinem Arbeitsplatz machen.«

»Mit mir kannst du aber nicht zurückfahren«, rief Rieke, die gerade aus dem Bad kam. In der Hand hielt sie ihr Handy. »Unser Boss hat soeben angerufen. Ich soll umgehend zu einem Ort namens ›Brunnenkeller‹ kommen. Dort gibt es offenbar was für mich zu tun.«

»Der Brunnenkeller?«, wurde Amara aufmerksam. »Da sind doch Denise und Tobias mit Berghoff hingefahren. Ob da etwas passiert ist?«

»Wir kommen mit!«, entschied Vanessa spontan. »Dann können wir dir auch gleich den Weg zeigen. Erik, du nimmst unseren Audi und bringst Amara zu ihrem Arbeitsplatz. Wir fahren bei Rieke mit, zurückfahren können wir ja mit unseren Chefs. Hier können wir später weitermachen!«

Vanessa war als Kriminaloberkommissarin einen Dienstgrad über ihrem jungen Kollegen, besaß jedoch normalerweise Erik gegenüber keine Weisungsbefugnisse. Dennoch fügte er sich ihrer Anordnung widerspruchslos. Wer wusste denn schon, was ihn dort am Brunnenkeller erwartete? Im Kommissariat konnte er Amara helfen oder über ihre Schulter schauen, um etwas von ihr zu lernen. Rieke hingegen ließ einfach alles stehen und liegen und stürmte wortlos aus der Wohnung. Jasmin und Vanessa folgten ihr eilig; beide hatten ein mulmiges Gefühl bei der Sache.

* * *

Tobias hatte sich umgehend auf das Bodenniveau auf der Rückseite des gemauerten Kamins begeben, während Denise die notwendigen Telefongespräche führte. Es gab vom Weg aus gesehen gleich rechts neben dem Gemäuer einen steilen Pfad dorthin, den die üppig wuchernde Vegetation aus einem unerfindlichen Grund nicht erobert hatte, doch Tobias machte einen großen Bogen und näherte sich von der linken Seite, um keine Spuren zu vernichten. Auf gar keinen Fall wollte er sich Jürgen Vogels Zorn zuziehen, wenn dieser auch aufgrund eines extremen Phlegmas, das der Leiter der Forensik sorgsam pflegte, nicht besonders hart ausfallen dürfte.

Obwohl es auf den ersten Blick keine erkennbaren Spuren im direkten Umfeld gab, legte er größte Sorgfalt an den Tag, rutschte mehrfach auf dem lehmigen Boden aus und kam schmutzig und mit einem Riss in seiner neuen Jeans fluchend unten an. Das war dann wohl der zweite Fall innerhalb von drei Tagen für die

Betriebsversicherung! Vorsichtig näherte er sich der Stelle, wo Denise einen menschlichen Körper gesehen hatte, und bog mit der Hand behutsam die dornigen Äste des Gestrüpps beiseite, das dort wuchs.

Es war eine Frau und sie lag auf dem Bauch, sodass er ihr Gesicht nicht erkennen konnte, doch von ihrer Statur und der Haarfarbe her würde es hinkommen. Doch er musste sicher sein. Entgegen aller Vorschrift hob er ihren Kopf am Schopf kurz an und prägte sich ihre Gesichtszüge ein. Es gab nicht den Hauch eines Zweifels: Dort lag Mirjam Berghoff. Und sie war tot!

Direkt erkennbare Verletzungen gab es nicht, doch ihr Kopf stand in einem unnatürlichen Winkel ab. Er war natürlich kein Mediziner, es war jedoch mehr als wahrscheinlich, dass ihr Genick gebrochen war. Sie war entweder von oben heruntergefallen oder in die Tiefe gestoßen worden. Das musste die Spurensicherung in Verbindung mit einer Leichenschau klären. Auf jeden Fall hatten sie die ihnen gestellte Aufgabe, eine entführte Frau zu ihrem Mann zurückzubringen, nicht erfüllt!

Das war vor einer Stunde gewesen, die sie vorwiegend mit Warten auf die Forensik und Rechtsmedizin verbracht hatten. Die Frau, mit der sich Berghoff bei ihrer Ankunft unterhalten hatte, wusste nichts und hatte auch nichts Verdächtiges gesehen. Da sie nach eigenen Angaben bereits eine Stunde vorher dort ihre tägliche Joggingrunde absolviert hatte, musste diese Tat eine unbekannte Zeit zuvor stattgefunden haben. Nachdem Denise sich ihre Personalien notiert hatte, ließ man sie ziehen. Der Ehemann der Getöteten saß die ganze Zeit über bleich und nicht ansprechbar auf einem Mauerrest und murmelte ständig irgendetwas vor sich hin. Er hätte eine psychologische Betreuung gebraucht, doch damit konnte man ihm derzeit nicht dienen. Es musste bis später warten, wenn sie wieder im Kommissariat waren.

Momentan waren sie jedoch zur Untätigkeit verurteilt, weil Dr. Krystina Nowak vor sieben Minuten auf der Bildfläche erschienen war und sofort das Zepter in ihre bewährten Hände genommen hatte. Im Klartext hieß das: Sie war kurzerhand zur Leiche hinuntergestiegen und hatte sich Zuschauer ohne Medizinstudium streng verbeten. Jürgen Vogel, der mit zwei seiner Männer kurz nach ihr gekommen war, wartete auf seine Spezialistin Rieke, die er telefonisch hierher beordert hatte, ohne Tobias oder Denise zu fragen. Sie war schließlich *seine* Mitarbeiterin!

Tobias unterbrach seine leise mit Denise geführte Unterhaltung zur Sachlage, als sie die schwergewichtige Leiterin der Rechtsmedizin schnaufend die steile Böschung erklimmen hörten. Schnell sprang er hinzu und bot ihr hilfreich die Hand, was Nowak mit einem dankenden Kopfnicken zur Kenntnis nahm. »Runter war es wesentlich leichter«, bekundete sie mit einem befreiten Grinsen, als sie oben angekommen war und schweratmend ihre Instrumententasche absetzte.

»Können Sie schon etwas zur Leiche sagen?«, überfiel Denise Malowski die Rechtsmedizinerin, während diese noch um Luft rang. Es war sonst nicht ihre Art, direkt mit der Tür ins Haus zu fallen, doch sie hatten ihrer Ansicht nach schon mehr als genug Zeit vertrödelt. Zudem war sie ungehalten, weil die Frau, die sie und Tobias eigentlich retten wollten, jetzt tot war.

»Sie ist tot!«, brummte Nowak nach einem tiefen Atemzug. »Sorry, aber wesentlich mehr kann ich vor der Leichenschau nicht sagen«, fügte sie rasch hinzu, als sie die verwirrte Miene der Ermittlerin sah. »Eines kann ich Ihnen aber vielleicht schon sagen. Aufgrund der Körpertemperatur in Verbindung mit den hier im Wald herrschenden Bedingungen diagnostiziere ich einen Todeszeitpunkt, der längstens vor drei bis vier Stunden gewesen sein dürfte. Die Todesursache war ein Genickbruch, vielleicht durch einen Sturz. Äußere Verletzungen konnte ich auf Anhieb nicht erkennen, doch dazu sollten Sie die Autopsie abwarten.«

»Könnte sie von hier oben heruntergefallen sein?«, wollte Tobias wissen. Das herauszufinden, dürfte im Augenblick höchste Priorität haben.

»Zumindest ist es hoch genug, um sich das Genick zu brechen«, hob Nowak ihre breiten Schultern. »Die Forensik wird Ihnen vielleicht Näheres dazu sagen. Und nun entschuldigen Sie mich bitte, ich habe den Abtransport einer Leiche zu organisieren.« Mit diesen Worten wandte sie sich ab und zog ihr Handy aus der Tasche.

Vom Weg her drangen jetzt die Stimmen mehrerer Personen an ihre Ohren, und Tobias fiel siedend heiß ein, dass bislang noch niemand daran gedacht hatte, den Fundort zu sichern. Doch es waren keine Spaziergänger, die sich da näherten, sondern Rieke in Begleitung seiner Ermittlerinnen. Er hatte keinen blassen Schimmer, wie sie hiervon erfahren hatten, doch das traf sich gut, denn dann konnten Jasmin und Vanessa jetzt die Absperrung mit dem Flatterband aus seinem Kofferraum herrichten.

Und die Forensik war vollständig und konnte jetzt endlich mit ihrer Arbeit beginnen. Anschließend war dringend eine Teamsitzung im Kommissariat erforderlich, denn ihre Arbeit war mit dem Auffinden der vermissten Mirjam Berghoff ja nicht beendet. Sie fing im Gegenteil erst an. Es gab noch viel zu tun!

* * *

»Ich muss sicher nicht separat betonen, dass wir in der Sache ›Geiselrettung‹ kläglich versagt haben«, streute Tobias zum Beginn dieser Teamsitzung noch Salz in die Wunden seiner Ermittler. Sie waren gerade erst seit wenigen Minuten vom Brunnenkeller zurück und er hatte sie alle in den Besprechungsraum zitiert. Bei allen saß der Schock über den Tod der entführten Frau tief, das sah man ihnen an. Bis zuletzt hatten sie alles unternommen, ihre Entführer zu entlarven und sie vielleicht auf diese Weise zu finden, und nun das!

»Obwohl der Ablauf der Ereignisse letztlich nicht in unserer unmittelbaren Verantwortung lag, haben wir uns auch nicht eben mit Ruhm bekleckert«, fuhr er leidenschaftlich fort. »Mirjam Berghoff wurde am Fundort durch ihren Ehemann identifiziert. Sie starb laut Doktor Nowak wahrscheinlich an einem Genickbruch, doch es gibt keine Hinweise darauf, dass es am Brunnenkeller passiert ist. Sollte sie nach ihrem Tod dort abgelegt worden sein, wird es hoffentlich durch die Leichenschau bestätigt. In diesem Fall wurde sie anderswo getötet und wir werden in einer Mordsache ermitteln. Die Autopsie wird gleich morgen früh um 09:00 Uhr durchgeführt. Wer von euch möchte in die Rechtsmedizin fahren?«

Jasmin und Vanessa hoben synchron ihre Hände. »Ich glaube aber nicht, dass wir uns viel vorzuwerfen haben, Chef«, äußerte sich Jasmin dazu. »Diese Kerle gingen äußerst professionell vor. Wir waren ständig im Hintertreffen und die Lokalitäten wurden immer so ausgesucht, dass ein direkter Zugriff nicht möglich war. Drohnenüberwachungen waren auch wegen der Bäume unmöglich. Und verfolgen hätten wir sie aus demselben Grund damit auch nicht können. Es ist, wie es so schön heißt, unglaublich blöd gelaufen!«

»Wir dürfen jetzt nicht den Mut verlieren und der vergossenen Milch nachtrauern, sondern uns darauf konzentrieren, ihren Mörder zu finden«, meldete sich Denise zu Wort. »Ich bin immer noch überzeugt, dass wir ihn oder sie in ihrem privaten Umfeld finden. Das in ihrer Zweitwohnung gefundene Notebook könnte uns eventuell darüber Auskunft geben. Wie ist da der Sachstand?«, wandte sie sich an Amara, die ebenfalls mit am Tisch saß. Rieke war mit ihren Kollegen noch beim Brunnenkeller beschäftigt.

»Ich bin noch dabei, das Passwort zu knacken. Die Systempartition ist hochwertig verschlüsselt, daher versagen sämtliche mir bekannten Tricks, mit denen man die Eingabe eines Kennwortes umgehen kann. Derzeit lasse ich eine Art ›Bot‹ darüber laufen, der pro Minute mehrere hundert Eingaben simuliert. Es ist nur eine Frage von Stunden, bis ich drin bin. Ich habe aber etwas anderes für euch: Und zwar habe ich die beiden mitgeschnittenen Anrufe analysiert und eine Übereinstimmung erzielt. Die Stimme des Anrufers weist zumindest eine starke Ähnlichkeit mit der des jungen Mannes auf, den ihr vernommen hattet.«

»Das war mir bereits aufgefallen«, nickte Tobias. »Aber er kann es zumindest bei dem ersten Anruf ja nicht gewesen sein, denn zu dem Zeitpunkt befand er sich hier bei uns im Kommissariat und niemand hat ihn telefonieren sehen.«

»Das besagt überhaupt nichts«, warf Erik ein. »Er könnte dafür einen Telefoncomputer benutzt haben. Die sind zwar in Deutschland verboten, doch es gibt sie auch als App für das Handy. Dazu ist lediglich eine vorher aufgenommene Sprachnachricht erforderlich, die zu einem festgelegten Zeitpunkt übertragen wird. Währenddessen hätte er ganz entspannt mit Jasmin plaudern können.«

»Erik hat recht«, nickte die IT-Spezialistin. »Diese Anrufe werden im Hintergrund durchgeführt, sodass er sein Handy dabei sogar in der Hosentasche gehabt haben könnte und niemand hätte etwas bemerkt. Der Vergleich hat zumindest eine Übereinstimmung von über neunzig Prozent ergeben, wenngleich die Amplitude etwas ›verschoben‹ war. Doch das könnte an der Verbindung gelegen haben.«

»Dann werden wir uns diesen jungen Herrn noch einmal vorknöpfen«, bestimmte der SOKO-Chef. »Ein Erfolg ist allerdings fraglich, sofern er die App in der Zwischenzeit gelöscht hat. Was hat eure Auswertung des Benutzerprofils der Seitensprungbörse ergeben?«, wandte er sich an Jonas und Martin.

»Wir haben insgesamt fünf Kontakte ermittelt, die in den letzten zwei Wochen auf ihrem Profil gewesen sind«, übernahm es wie immer Martin, das Ergebnis ihrer Bemühungen vorzutragen. »Es waren auch zwei weibliche Anfragen darunter, die jedoch von ihr nicht beantwortet wurden. Ein männliches Profil mit dem Alias ›Gizmo99‹ wurde inzwischen gelöscht. Bleiben demnach zwei Kerle übrig, die auch mit ihr gechattet hatten. Ein Treffen wurde laut dem Chatverlauf nicht ausgemacht. Die Realnamen kennen wir nicht, denn dazu bräuchten wir einen Zugriff auf deren Profile.«

»Ich habe mich mit ihrem Profil angemeldet und unter ihrem Namen eine Kontaktanfrage an die zwei abgeschickt«, fügte Jonas hinzu. »Bisher ist aber noch keine Antwort eingegangen. Ich fürchte aber, es wird nicht leicht werden, durch einen Chat ihre Identität aufzudecken. Wir müssten ein Realtreffen mit ihnen arrangieren, doch dazu sind Martin und ich aus naheliegenden Gründen ungeeignet. Ihr Profilbild ist zwar ohne Gesicht, wie das in solchen Seitensprungbörsen üblich ist, doch keiner von uns ginge als Frau durch. Nicht mal von weitem.«

»Wir würden ebenfalls sofort entlarvt«, überlegte Vanessa. »Jasmin ist viel zu klein und ich bin zu flach, wenn ihr wisst, was ich meine. Aber die Chefin käme von Größe und Statur her durchaus infrage. Mit einer blonden Perücke wäre sie perfekt für diese Rolle!«

»Seid doch nicht fantasielos«, grinste Denise. »Ihr müsst diese Kerle ja nicht mit nach Hause nehmen! Vereinbart einen Ort in der Öffentlichkeit, an dem sie nicht gleich weglaufen können und ein weithin sichtbares Erkennungsmerkmal. Dann geht ihr ebenfalls dorthin und bittet sie zu einem kleinen Gespräch auf das Kommissariat. Das können unsere Herren doch hinbekommen, oder? Dies ist jetzt eine Mordermittlung; da dürfen wir jeden Beteiligten zur Feststellung der Personalien festhalten und befragen.«

»Aber heute nicht mehr«, bestimmte Tobias nach einem Blick zur Wanduhr. »Den Chat könnt ihr heute noch machen, falls ein Kontakt zustandekommt, aber die Treffen sollten erst im Laufe des morgigen Tages stattfinden. Wenn ihr den Herren genügend einheizt, werden sie sich bestimmt die nötige Zeit nehmen. Ich schlage den Marktplatz als Treffpunkt vor, weil er in der Nähe ist. Aber nicht beide auf einmal!«

»Ich denke, dass Jasmin und ich das mit den Chats übernehmen sollten«, schlug Vanessa vor. »Wir beide wissen genau, wie man mit solchen Kerlen umgehen muss!«

»Das ist ein guter Vorschlag. Ich werde mich dem anschließen und heute noch ein Gespräch mit einem gewissen Journalisten führen«, erklärte der SOKO-Chef grimmig. »Das Kerlchen soll wenigstens wissen, was er mit seiner gestrigen Aktion angerichtet hat!«

Zwischenspiel

Manfred Kornelius

Eigentlich hätte ich wissen müssen, dass ich dem Schicksal nicht lange entkommen konnte, und es lag auch nicht in meiner Hand, den Zeitpunkt der unvermeidlichen Begegnung zu bestimmen. Dass man sich zeitnah bei mir melden würde, war keine Frage, denn immerhin hatte man mich gerade erst am Schauplatz eines Verbrechens aufgegriffen und ich war somit im Grunde ein Zeuge. Wenn auch kein sonderlich zuverlässiger, weil ich die eigentliche Aktion ›verschlafen‹ hatte. Wenngleich nicht ganz freiwillig.

Dass also bald ein Vertreter der Kriminalpolizei bei mir aufschlagen würde, war abzusehen, und wie ich ihn einschätzte, würde es sich dabei um Tobias Heller höchstpersönlich handeln. Als ob die Standpauke von Ricarda nicht gereicht hätte, die sie mir nach meiner Rückkehr gehalten hatte. Sie war in ihrer Erregung in ihre Muttersprache verfallen, sodass sich ein wahrer Wortschwall über mich ergoss, wobei ich – vielleicht zu meinem Glück – das meiste gar nicht verstanden hatte, denn meine Spanischkenntnisse waren doch eher dürftig. Außerdem prasselten ihre Worte in dem für Spanierinnen üblichen Tempo auf mich herab. Das ist einer der Gründe, warum es so schwer ist, die Sprache im Urlaub zu erlernen. Man kommt einfach nicht mit.

Gestern hatten die Ermittler der SOKO sicher noch anderes zu tun gehabt, als sich um einen neugierigen Journalisten zu kümmern, heute jedoch rechnete ich ganz sicher mit einem Besuch und hatte mir den Tag über ein paar Argumente zurechtgelegt, die meinen Anteil an dieser Misere in einem etwas besseren Licht erscheinen lassen sollten. Viel zu beschönigen gab es jedoch nicht, wenn ich es recht bedachte, und Heller war niemand, den man ›einwickeln‹ konnte.

Doch auch dieser Tag verging und der Abend kam, und niemand hatte sich bei mir blicken lassen. Wie es schien, hatte ich eine weitere Galgenfrist erhalten und wollte bereits befreit aufatmen, als es an der Tür klingelte. Ricarda hatte gerade unser Haus verlassen, um ihren Nachtdienst im Krankenhaus anzutreten. Sicher hatte sie nur den Hausschlüssel vergessen und war umgekehrt, um ihn zu holen. Ich öffnete deshalb arglos die Haustür und blickte erschrocken in Hellers Gesicht. »Wir müssen reden«, sagte er nur und trat unaufgefordert ein.

Er war offen zu mir und berichtete von der Vorgeschichte zu der Aktion an der alten Eiche, die tatsächlich eine Lösegeldübergabe sein sollte. Man kann sich mein Erschrecken vorstellen, als ich erfuhr, dass die entführte Ehefrau des Kerls, den ich nach dem Erwachen gesehen hatte, an einem anderen Ort tot aufgefunden worden war. Hatte ich das zu verantworten? Ich warf alle Bedenken über Bord und berichtete ihm, was an diesem Tag aus meiner Sicht geschehen war.

»Dann sind Sie zeitgleich mit dem SEK dort angekommen?«, vergewisserte er sich. Über die Tatsache, dass ich indirekt über den Polizeifunk vom SEK-Einsatz erfahren hatte, zeigte er sich jedoch schockiert. Das hätte nicht passieren dürfen, meinte er. Dass ich den Funk abgehört hatte, nahm er hingegen gelassen auf. Natürlich wusste er selbst genau, dass so etwas in meinem Beruf üblich war. Das machten alle, auch wenn es verboten war. Wie sollte man sonst stets am Brennpunkt des Geschehens sein?

»Wir waren zunächst davon ausgegangen, dass die Entführer *vor* dem SEK an der alten Eiche waren und sich dort versteckt hielten«, gestand er mir. »Nachher war das ganze Gelände abgeriegelt, da wäre nicht mal eine Maus hineingelangt. Aber wenn Sie zu dem Zeitpunkt bereits vor Ort waren und niemanden gesehen haben, können wir diese Möglichkeit wohl abhaken. Es muss den Kidnappern irgendwie gelungen sein, an den Posten vorbeizukommen.«

»Es tut mir wirklich leid, dass ich keine große Hilfe bin«, versicherte ich ihm kleinlaut. »Und auch, dass ich Ihre Aktion gestört habe. Ich konnte das ja nicht wissen! Das gibt doch bestimmt eine Anzeige, oder?«

»Ich bin mir jetzt gar nicht mehr so sicher, dass es an Ihnen gelegen hat«, überlegte er. »Wir belassen es zunächst bei einer Verwarnung. Sollte sich allerdings herausstellen, dass der Tod dieser Frau eine unmittelbare Folge davon war, wird das Konsequenzen für Sie haben, das dürfte Ihnen klar sein. Dann wird sich die Staatsanwaltschaft damit befassen!«

Ich war über die Auskunft erleichtert und gestand ihm zum Abschluss, dass ich mich vielleicht infolge meiner Kopfverletzung nicht mehr an alles erinnern könne, was sich an der Eiche zugetragen hatte. Sollte mir jedoch noch etwas Wesentliches einfallen, würde er es als Erster erfahren. Im Gegenzug gestattete er mir großzügig, über den SEK-Einsatz in der Zeitung zu berichten, da jetzt kein Schaden mehr damit angerichtet werden könne. So war das erwartete Donnerwetter doch am Ende glimpflich für mich verlaufen und es war sogar was für mich bei der Sache herausgesprungen. Heller hingegen machte auf mich einen höchst nachdenklichen Eindruck, als er wenig später das Haus verließ. Mein journalistischer Instinkt war geweckt. An dieser Sache war offenbar mehr dran, als es den Anschein hatte. Ich würde am Ball bleiben. An der Sache stank etwas ganz gewaltig, und ich wollte herausfinden, was das für ein Misthaufen war.

Kapitel 9

Mordermittlung

»Ist der Ehemann jetzt vom Haken? Er hätte doch ebenfalls so eine App benutzen können, wie Erik und Amara sie uns beschrieben haben«, überlegte Jasmin, während Vanessa den Dienstwagen am Gebäude der Kreisverwaltung von der Frankfurter Straße auf die B56 in Richtung Bonn-Beuel lenkte. Das war immer noch die schnellste Verbindung und über die Kennedybrücke waren sie in zwei Minuten auf der anderen Rheinseite und an ihrem Ziel.

»Für den Anruf aus der Klinik? Wie hätte er das anstellen sollen? Nehmen wir einmal an, er hätte das Handy in der Klinik deponiert und so programmiert, dass es zu einer definierten Zeit das Handy seiner Frau anwählt. Der Wortlaut wäre völlig gleichgültig gewesen, da es ja nur um den Anruf gegangen wäre. Er hätte den Anruf zu Hause annehmen müssen, um die Anwesenheit und Unversehrtheit seiner Ehefrau zu simulieren, die dann bereits tot gewesen wäre.«

»Stimmt, das passt nicht zum Todeszeitpunkt, den Doktor Nowak angegeben hat«, musste Jasmin offen zugeben. »Eingesperrt und erst jetzt getötet kann er sie auch nicht haben. Wir waren ja fast permanent in seinem Haus und haben es sogar mehr oder weniger auf den Kopf gestellt; dabei hätten wir sie gefunden. Es sei denn, es gibt noch ein anderes Versteck.«

»Und es kommt noch besser. Wir haben sein Alibi doch überprüft. Berghoff wurde unmittelbar vor und nach diesem Anruf von mehreren Kollegen und einer Krankenschwester auf der Station gesehen. Wenn er nicht gerade der Bilokation fähig ist, kann er es nicht so gemacht haben. Und die Anrufe, die wir mitgeschnitten haben, waren nicht mit seiner Stimme. Ich kann mir auch nicht vorstellen, dass er ausgerechnet mit der Affäre seiner Frau zusammenarbeiten würde. Falls es sich überhaupt um die Stimme von Lennard Schwick handelt. Seine ist es aber schon mal nicht.«

»Trotzdem werde ich mich nach unserer Rückkehr beim Grundbuchamt erkundigen, ob es noch weitere Immobilien gibt, die auf ihn eingetragen sind. Sicher ist sicher. Wir sollten aber ebenfalls herauszufinden versuchen, ob er und Lennard sich kennen.«

»Das dürfte nicht leicht sein, wenn wir ihn nicht mit der Nase darauf stoßen wollen, dass wir gegen ihn ermitteln«, nickte Vanessa, während sie den Audi hinter der Kennedybrücke auf die Straße ›Sandkaule‹ lenkte. In wenigen Sekunden waren sie am Ziel. Die Zeit war während ihrer angeregten Unterhaltung wie im Fluge vergangen.

»Apropos leicht: Ich hoffe, dass unsere Männer die Treffen nachher nicht vergeigen, wo wir uns doch so viel Mühe gegeben haben, diese notgeilen Kerle heute noch zu einem ›Date‹ zu überreden!«

»Ja, wir haben ihnen ordentlich eingeheizt«, lachte Vanessa, während sie den Wagen vor dem Rechtsmedizinischen Institut einparkte. »Ich wette, die hatten heute Nacht ein paar feuchte Träume. Wie es scheint, haben wir nichts verlernt!«

»Mein Kerl war ja zuerst misstrauisch«, schwatzte Jasmin, während sie in aller Seelenruhe ihren Sicherheitsgurt löste. Die Borduhr zeigte 08:47 Uhr an, sie hatten also genügend Zeit. »Er hatte in der Zwischenzeit eine Kontaktaufnahme versucht, konnte aber das Profil nicht finden. Zum Glück hat er mir die Ausrede mit der ›versehentlichen‹ Löschung abgekauft.«

Dr. Krystina Nowak saß bei einem großen Becher dampfenden Kaffees an ihrem Schreibtisch und war sicher mit einem Autopsiebericht beschäftigt, denn sie haute in einem solchen Tempo in die Tasten, dass selbst Jonas als kommissariatsinterner Champion für Tastenanschläge vor Neid erblasst wäre. »Ah, da sind Sie ja schon!«, rief sie, ohne in ihrer Tätigkeit innezuhalten oder ihr Tempo zu reduzieren. »Ihre Leiche ist schon bereit für die Autopsie, wir können also sofort anfangen. Geben Sie mir nur eine Minute, um meinen Bericht fertigzustellen.«

* * *

Derweil saßen Denise und Tobias Lennard Schwick am Vernehmungstisch gegenüber, wo er ihnen einige Fragen beantworten sollte. Er war noch nervöser als beim letzten Mal und auch heute ›polierte‹ er die Sitzfläche mit seinem Hinterteil. Ihn einzubestellen, war nicht besonders schwer gewesen. Der nach eigenem Bekunden in einer ›Selbstfindungsphase‹ befindliche junge Mann hatte weder Schule noch Job und daher viel Zeit. Die beiläufige Bemerkung des SOKO-Chefs, man könne auch gerne zu ihm nach Hause kommen, wenn es ihm zu viel ›Umstände‹ mache, ins Kommissariat zu kommen, hatte ihn zusätzlich beflügelt.

Zeit hatten auch die beiden Leiter der SOKO, denn bis auf Erik waren sämtliche Ermittler derzeit unterwegs und würden frühestens in zwei Stunden zurück sein, weshalb ihre Teamsitzung ohnehin verschoben werden musste. Der Kommissar saß jedoch nicht an seinem Platz, sondern war in die Forensik gegangen, um Amara bei dem nach wie vor ›störrischen‹ Notebook aus der Zweitwohnung zur Hand zu gehen. Von seinem Inhalt versprach man sich ebenfalls sehr viel, weil niemand so viel Wert auf Sicherheit legte, wenn er nicht etwas zu verbergen hatte.

»Wie ich sehe, haben Sie die Einzelverbindungen für Ihr Handy mitgebracht, um die ich Sie am Telefon gebeten hatte«, eröffnete Tobias das Gespräch, indem er auf ein Dokument wies, das auf dem Tisch lag. Das war die sinnvollste Maßnahme gewesen. Die Provider drückten zwar schon mal ein Auge zu, wenn sie von den Behörden um Bewegungsprofile oder Handyortungen gebeten wurden, doch in solchen Angelegenheiten verlangten sie in der Regel einen richterlichen Beschluss. Der Inhaber der Nummer konnte dagegen jederzeit eine Liste herunterladen, was Lennard auch getan hatte. Überhaupt zeigte er sich ungewöhnlich kooperativ, was wohl seiner Verlegenheit geschuldet war.

»Doch dazu kommen wir später, zuerst möchte ich Ihnen etwas zu Gehör bringen«, fuhr Tobias fort und legte ein Diktiergerät auf den Tisch, welches er sofort einschaltete. *»Wir hatten ausdrücklich verlangt, dass keine Polizei eingeschaltet werden sollte«*, drang es aus dem Lautsprecher. *»Sie werden jetzt die Konsequenzen aus Ihrem Handeln tragen müssen. Sie erhalten jedoch* *eine zweite Chance. Wir melden uns morgen wieder bei Ihnen!«* Lennard zuckte zusammen und sah das Gerät ungläubig an, doch Tobias ließ ihm keine Zeit für eine Äußerung und startete stumm die zweite Aufnahme, wobei er ihn fest im Blick behielt. *»Kommen Sie zum Brunnenkeller nahe dem Weiher. Kommen Sie jedoch allein!«* Lennard war kreidebleich geworden, offenbar hatte er begriffen, worum es hier eigentlich ging.

»Ich … das bin ich nicht«, stammelte er verwirrt. »So etwas habe ich niemals gesagt! Das muss jemand mit einem dieser KI-Programme gefälscht haben, von denen man so hört. Ich war das jedenfalls nicht, das müssen Sie mir glauben.«

Tobias sah ihm lange in die Augen. Die Reaktion erschien ihm authentisch, aber dennoch … »Solche Programme benötigen aber eine Stimmprobe«, nickte er wissend. »Sie wissen nicht zufällig, wer von Ihren Freunden und Bekannten dafür infrage kommt?«

»Also gut«, übernahm Denise, als Lennard nur den Kopf schüttelte. Sie nahm das Diktiergerät und schaltete es auf ›Aufnahme‹. Dann reichte sie ihm ein Blatt Papier. »Ich habe Ihnen hier die Sätze aufgeschrieben. Bitte sprechen Sie sie für einen Stimmenvergleich ins Mikrofon. Versuchen Sie, den Sprecher zu imitieren.«

»Erfahre ich jetzt endlich, was hier eigentlich los ist?«, forderte er ungewohnt forsch, nachdem er ihrer ›Bitte‹ nachgekommen war. Er hatte die Worte zwar nicht ganz so flüssig wie im Original gesprochen und mit einer falschen Betonung, doch darauf kam es bei einer Stimmenanalyse auch nicht an. Dabei handelte es sich um eine reine Frequenzanalyse. »Was ist mit Mirjam? Wurde sie entführt?«

»Ich muss Ihnen eine traurige Mitteilung machen, Herr Schwick. Ihre Freundin Mirjam lebt leider nicht mehr.« Lennard sackte jetzt völlig in sich zusammen. Denise hasste es, solche Hiobsbotschaften auf diese Weise zu überbringen. Doch eine schonende Art gab es ohnehin nicht, und dieser Junge war immerhin ein Tatverdächtiger und seine Reaktion ein Indiz. Er war mehr als betroffen. Wenn er kein begnadeter Schauspieler war, dürfte er ahnungslos gewesen sein.

»Sie bleiben bei meiner Kollegin!«, ordnete Tobias im Aufstehen an, nahm das Aufzeichnungsgerät und eilte in die Forensik, wo Amara wie zuvor besprochen die Stimmenanalyse umgehend durchführen wollte. Denise machte derweil mit ihrer Vernehmung weiter. Das Handy hatten sie bereits eingangs untersucht; es war keine App, wie Erik sie beschrieben hatte, darauf zu finden. Natürlich könnte er sie gelöscht haben. In dem Fall waren sie machtlos, da laut Amara gelöschte Apps weder rekonstruierbar noch beweisbar waren.

Ähnliches galt für seinen Anrufverlauf. Er enthielt zwar eine recht lange Liste von gewählten und angenommenen Rufnummern, doch man konnte Einträge auch selektiv löschen, ohne dass man es jemals hätte beweisen können. Dafür war die Einzelverbindungsliste da, die Lennard ihnen mitgebracht hatte. Denise nahm sich die Zeit, sie gewissenhaft zu überprüfen.

* * *

»Falls es sich tatsächlich um ein *Deepfake* handelt, werde ich dir nicht helfen können«, lautete Amaras vernichtendes Urteil, als Tobias ihr den Chip mit den Sprachaufnahmen überreichte. »Die neueste Generation dieser Generatoren ist in der Lage, aus wenigen gesprochenen Worten beliebige Sätze zu generieren, die sich vom Original praktisch nicht unterscheiden. Ich hatte die Aufnahmen der Erpresseranrufe ja auch schon mit der Stimme dieses jungen Mannes aus der ersten Vernehmung verglichen und selbst mit einem Oszilloskop keinen Unterschied gesehen. Bei einem vorgelesenen Text wird es kaum anders sein.«

»Versuchst du es bitte dennoch? Es ist für unsere Ermittlungen wirklich dringend notwendig. Was ist eigentlich mit diesem Notebook? Bist du schon damit weitergekommen?«

»Ach, sagte ich das nicht? Ich habe das Passwort geknackt. Erik ist vor zwei Minuten damit losgezogen und müsste dir eigentlich begegnet sein. Es sei denn, er hat den Aufzug genommen und du wie immer die Treppe. Hoppla, was haben wir denn da?«, unterbrach sie sich selbst. Multitaskingfähig, wie sie war, hatte sie die Sequenzen nebenbei auf ihren Rechner überspielt und die Amplituden übereinandergelegt. Rot für die Telefonaufnahmen, und blau für die von Lennard Schwick nachgesprochenen Sätze. Es war in der blauen Amplitude an zwei Stellen deutlich eine steile Spitze zu erkennen, die in der roten Amplitude nicht vorhanden war. Sie zeichnete diese Spitzen auf dem Computerbildschirm mit dem Zeigefinger nach. »Siehst du das?«

»Das sieht ganz toll aus«, brummte Tobias. »Aber ich bin nicht Erik und kann mit diesem technischen Kram leider nichts anfangen. Erklärst du es mir so, dass ein in solchen Dingen völlig unbegabter Kriminalist es auch versteht?«

»Das, mein lieber Tobias«, grinste sie breit, »ist der ultimative Nachweis, den du von mir haben wolltest! Jetzt musst du dich jedoch noch ein wenig gedulden. Erklärungen folgen später, erst muss ich noch einige zusätzliche Tests durchführen.«

* * *

Erik Hagel hatte mittlerweile seinen Arbeitsplatz in der SOKO eingenommen und legte seine Beute vor sich auf den noch unberührten Schreibtisch. Obwohl er ebenfalls die Treppe benutzt hatte, war ihm Tobias auf dem Weg nach oben nicht begegnet, weil er noch kurz seiner Freundin einen Besuch abgestattet hatte, die sich ein Büro mit Chrissie Ohlsen teilte. Lara und er waren sich in den letzten Monaten sehr viel nähergekommen und jetzt fest zusammen. Sein Chef hatte währenddessen wohl die Forensik betreten und sie hatten sich verpasst.

Er war allein, weil alle Ermittler außer ihm derzeit außer Haus waren. Nur die Stimme der Chefin drang gedämpft aus der Vernehumgsecke herüber. Sie war offenbar mit diesem Lennard Schwick zugange, den sie für heute einbestellt hatten. Die Gelegenheit war günstig, und er hatte ohnehin nichts zu tun. Er hatte zwar keinen speziellen Auftrag dazu erhalten, untersagt hatte ihm die Untersuchung des Notebooks aber auch niemand. Er klappte es also auf und stöberte in den Dateien herum.

Es war auf den ersten Blick zu erkennen, dass das Notebook einer gut organisierten Person gehörte, die außerdem die meisten ihrer Dokumente in aussagekräftig benannten Ordnern abgelegt hatte, die zudem strukturiert waren. Was hatte Mirjam Berghoff noch beruflich gemacht und war sie überhaupt berufstätig gewesen? Das Benutzerkonto des Rechners war zwar nicht namentlich benannt, doch schnell hatte er aus gewissen Informationen die Gewissheit erlangt, dass er tatsächlich dem Opfer gehörte. Ein Ordner mit der Bezeichnung ›Andreas‹ erregte sofort seine Aufmerksamkeit, weshalb Erik sich diesen zuerst vornehmen wollte. Sein Inhalt war unter Umständen wichtig für ihre Recherchen, denn weshalb sonst sollte sie einen Ordner mit dem Vornamen des Ehemannes angelegt haben?

* * *

Martin Weber und Jonas Faber lungerten derweil in der Marktpassage herum und taten, als studierten sie mit großem Interesse die Auslagen der Geschäfte. Ihr Augenmerk richtete sich jedoch auf die Brasserie, die dort gelegen war und die man nur von einem der beiden Zugänge der Passage erreichen oder verlassen konnte. Wer sich auch immer an einem der Tische im Außenbereich niederließ, musste an einem von ihnen vorbei. Derzeit waren nur wenige der Tische besetzt, doch der Kerl mit dem Profilnamen ›Kuschelbär‹ war nicht darunter, denn Jasmin hatte als Erkennungszeichen eine langstielige rote Rose vereinbart, die er gut sichtbar auf dem Tisch ablegen sollte.

Kuschelbär war der zweite und letzte Kontakt, der einer Verabredung zugestimmt hatte und den sie an diesem Vormittag hier treffen wollten. Nummer eins war ein vornehm gekleideter Mann in den Fünfzigern gewesen, dem sie sich als Polizeibeamte zu erkennen gegeben hatten und der ihnen widerstrebend seine Personalien gegeben und einer eventuellen späteren Befragung zugestimmt hatte, wenn man ihm garantiere, dass seine Frau nichts davon erfuhr. Jonas hatte ihm das natürlich nicht versprechen können und ihn gebeten, sich zu ihrer Verfügung zu halten.

Sehr viel versprachen sich die Ermittler nicht von dieser Aktion. Sollte einer der Männer etwas mit der Entführung zu tun gehabt haben, würde er natürlich auch wissen, dass Mirjam nicht mehr lebte und heute kaum hier auftauchen. Doch in einer Mordermittlung musste man alle Möglichkeiten ausschöpfen. Es ging auch nicht bloß darum, Beweise zusammenzutragen. Ebenso hilfreich wäre es, unzutreffende Nebenschauplätze auszusortieren, die ihnen nur den Blick auf das Wesentliche verstellten. Vielleicht war es aber genau diese Einstellung, die letztendlich zu einem Scheitern dieser Aktion führen sollte.

Der Mann, der jetzt an Martin vorbeischlenderte, war deutlich jünger als Rudolf Schmitz, den sie vor einer Stunde abgefangen hatten, und er war nicht so geschäftsmäßig gekleidet wie dieser. Martin schätzte ihn auf Anfang dreißig. Er trug jedoch erkennbar eine Baccara-Rose in seiner rechten Hand und lenkte seine Schritte zielstrebig zu einem freien Tisch, wo der die Rose sorgfältig und weithin sichtbar platzierte.

Martin gab Jonas am anderen Ende der Passage ein Zeichen und setzte sich zeitgleich mit seinem Partner in Bewegung. Am Tisch des Rosenkavaliers trafen sie zusammen und zückten ihre Dienstausweise. »Sind Sie Kuschelbär?«, erkundigte sich Martin sicherheitshalber, womit er eine Kette von Ereignissen in Gang setzte. *Kuschelbär* riss erschrocken die Augen auf und warf im Aufspringen seinen Tisch um. Martin sprang geistesgegenwärtig zurück und rempelte dabei Jonas an, der wiederum den Kellner aus dem Weg katapultierte. Im Ergebnis lagen drei gestürzte Personen auf dem Boden, inmitten einer Pfütze aus kaltem Kaffee und zerbrochenen Tellern und Tassen. Als Jonas und Martin sich aufgerappelt hatten und der verdatterten Bedienung auf die Beine halfen, war der Rosenkavalier verschwunden.

Kapitel 10

Faktenanalyse

»Wir haben uns dann natürlich in allen Läden der Marktpassage nach etwaigen Überwachungskameras erkundigt«, berichtete Jonas später kleinlaut auf der Teamsitzung. Die Scham über sein Missgeschick war ihm noch deutlich anzusehen, vornehmlich aber aus einem Grund, den man derzeit nicht sehen konnte. »Doch die haben alle nur Kameras im Verkaufsraum, wo es von ihren Versicherungen in aller Regel vorgeschrieben wird.«

»Das ist aus einem doppelten Grund sehr schade«, grinste sein Chef. »Ich hätte nämlich eure Slapstick-Einlage wirklich gerne gesehen und für die Nachwelt erhalten.« Martins Bericht über ihre in jeder Hinsicht fehlgeschlagene Aktion hatte bei allen für eine große Erheiterung gesorgt. Vor allem, weil es diesmal Jonas war, der mit einem nicht eben kleinen Kaffeefleck am Hosenboden seines teuren Maßanzugs zurückkehrte. Er hatte sich direkt in eine Pfütze aus verschüttetem Kaffee gesetzt. Martin war verschont geblieben, da er auf seinen Partner gefallen war.

»Ich habe aber eine gute Nachricht für euch«, fuhr der SOKO-Chef jetzt wieder ernsthaft fort. »Ich habe im Rechenzentrum eine Auswertung aller Männer im Alter von dreißig bis fünfunddreißig Jahren angefordert. Aus dem Chat, den Jasmin mit *Kuschelbär* hatte, wissen wir das ungefähre Alter, wenngleich dabei oft geschummelt wird. Auch die grobe Region des Wohnsitzes konnte sie aus ihm herauskitzeln, sodass wir es nicht mit der gesamten männlichen Bevölkerung des Rhein-Sieg-Kreises zu tun haben. Ihr werdet euch die Passfotos dieser Herren anschauen.«

»Na toll!«, entfuhr es Jonas. »Dann haben wir es ja nicht mit dreihunderttausend Kerlen zu tun, sondern nur mit ungefähr zehn Prozent davon. Ziehen wir die aus den nicht infrage kommenden Regionen auch ab, bleiben wie viel?«

»Ein paar tausend werden es sicher sein«, meldete sich Amara Jones zu Wort. »Ihr müsst euch die Fotos jedoch nicht alle anschauen. Letztendlich wird es auf ein paar Dutzend Gesichter hinauslaufen, mit denen ihr euch näher befassen müsst. Das meiste wird eine KI erledigen, die ich euch dafür zur Verfügung stellen werde. Diese Software funktioniert im Grunde genau umgekehrt wie der ›Gesichtsbaukasten‹ unserer Polizeizeichnerin, mit dem sie nach Angaben von Zeugen ihre Phantombilder erstellt. Je mehr Einzelheiten ihr eingebt, desto treffender kann dieses Programm alle Gesichter ausfiltern, die dem nicht entsprechen. Ich werde euch die Bedienung nachher genau erklären.«

»Ihr seht, es ist auf den zweiten Blick gar nicht so wild«, nickte Tobias. »Andernfalls würde ich diesen Aufwand auch nicht treiben, da es nicht sehr wahrscheinlich ist, dass der Mann etwas mit unserem Fall zu tun hat. Warum hätte er zu dem Treffen kommen sollen, wenn er doch genau wusste, dass seine Chatbekanntschaft tot ist? Aber natürlich hat er sich mit der Flucht verdächtig gemacht, und deshalb müssen wir uns einfach mit ihm befassen. Was den anderen Verdächtigen angeht, wissen wir schon etwas mehr. Amara?«, forderte er die IT-Spezialistin auf, sich dazu zu äußern.

»Ich hatte ja gestern erwähnt, dass die Stimme aus den Erpresseranrufen laut einer Frequenzanalyse mit der von Lennard Schwick identisch zu sein scheint«, erwähnte Amara eine allgemein bekannte Tatsache, denn darüber hatte sie berichtet. »Es ist heutzutage nicht leicht, einen *Deepfake* als solchen zu entlarven, weil die KI-Systeme erstaunlich intelligent geworden sind und aus einigen Worten einer Sprechprobe beliebige Sätze generieren können, die in Aussprache und Betonung nicht vom Original zu unterscheiden sind. Doch das ist auch die Achillesferse dieser Vorgehensweise. Es gibt nämlich in der Aussprache Eigenarten, die selten und nur bei bestimmten Lauten auftreten. Eine KI, die das nie ›gehört‹ hat, weil es in der kurzen Stimmprobe nicht vorkam, kann das natürlich auch nicht nachbilden.«

»Das waren diese ›Spitzen‹ in den Amplituden, die du mir vorhin gezeigt hast«, ahnte Tobias, worauf sie hinauswollte. »Und was hat es nun damit auf sich?«

»Das war eine Art Pfeifen, das im Rachen entsteht, wenn Lennard eine bestimmte Lautfolge intoniert. In der vorherigen Stimmprobe war das nicht der Fall, in dem nachgesprochenen Text aber schon. Ich habe die Proben mit Frequenzfiltern nachbearbeitet und diese Eigenart bei keinem der Anrufe gefunden. Es ist zwar nicht gerichtsfest, da Stimmenvergleiche vor Gericht als alleiniger Beweis derzeit nicht anerkannt werden, doch für uns ist es ausreichend.«

»Demnach wurde Lennard hereingelegt«, konstatierte Denise. »Doch von wem? Wer hatte Zugriff auf seine Stimme? Mirjam natürlich, aber aus welchem Grund hätte sie das machen sollen? Sie ist das Opfer!«

»Und was ist mit dem Ehemann?«, wandte Martin ein.

»Ja, was ist mit ihrem Mann?«, wiederholte Jonas mit hochgezogenen Augenbrauen. »Vielleicht drückt sich der Herr ein wenig präziser aus? Und wie du am Tisch sitzt! Ist das Senf, da auf deinem Kragen?«

»Na, du hast es gerade nötig«, grinste sein Partner hämisch. »*Ich* bin nicht der mit einer halben Kanne Kaffee am Hintern!«

»Ich denke, ich weiß, was Martin uns damit sagen wollte«, half Jasmin aus, bevor es wieder zum Streit zwischen den beiden kam. »Der Ehemann könnte von der Affäre erfahren haben. Lange genug lief das ja. Er könnte sie belauscht und ihre Unterhaltungen aufgenommen haben. Spionagemikrofone sind heutzutage winzig und in jedem gut sortierten Versandhandel zu bekommen. Er könnte beschlossen haben, seine Frau zu töten und alles ihrem Geliebten in die Schuhe zu schieben. Sozusagen als Bonus ist nebenbei noch eine Million für ihn drin, weil es die Entführung gar nicht gegeben hat.«

»In der Wohnung, die von den beiden monatelang als Liebesnest benutzt wurde, habe ich keine Wanzen gefunden«, warf Rieke ein. »Fingerabdrücke und DNA gab es zudem nur von Mirjam Berghoff und Lennard Schwick. Aber etwas anderes ist mir aufgefallen. Als ich vorgestern in der Alten Poststraße noch mal alles gründlich untersucht habe, war ich natürlich auch in der Garage. Dort stand der Nissan nicht an derselben Stelle wie am Tag zuvor. Berghoff meinte, er habe ihn beim Ein- und Aussteigen behindert und er hätte den Wagen ein Stück zur Seite gestellt. Da der Kilometerstand sich nicht verändert hatte, habe ich dem keine Bedeutung beigemessen. Bis gestern.«

»Berghoff ist damit zum Brunnenkeller gefahren«, erinnerte sich Denise. »Angeblich hat er in der Hektik des Aufbruchs den Schlüssel für seinen Wagen nicht finden können. Am Haken in der Garage hat er jedenfalls nicht gehangen. Du hast dir den Kilometerstand angesehen, als der Nissan dort stand?«

»Das ist bei mir so eine Art Automatismus«, nickte die Forensikerin. »Ich kann gar nicht anders. Jedenfalls habe ich festgestellt, dass der Tacho jetzt einen wesentlich höheren Stand aufwies, als er nach dieser Strecke eigentlich sollte. Ich habe es über *Google Maps* überprüft: Die Strecke, die ihr gefahren seid, ist exakt 5,1 Kilometer lang, und er war sie an diesem Tag erst einmal gefahren, als ich mir dort den Kilometerstand angeschaut habe. Der Tachometer zeigte jedoch jetzt eine Differenz zum Vortag von 15 Kilometern!«

»Das Dreifache«, nickte Tobias. »Exakt passend für eine Fahrt mit der Leiche im Kofferraum und wieder zurück. Die Sache hat nur einen winzigen Haken: Er hätte die Fahrt nämlich nachts machen müssen, als sein unfreiwilliger Gast schlief«, nickte er Amara zu. »Doktor Nowak hat aber errechnet, dass der Todeszeitpunkt zwei bis drei Stunden vor ihrem Auffinden war. Und zu dieser Zeit war Berghoff zu Hause, wir waren ja bei ihm. Außerdem hättet ihr die Leiche in diesem Fall finden müssen. Das ist nichts, was man schnell unter einer losen Bodendiele verstecken kann und lebend wird er sie kaum transportiert haben.«

»Er könnte eine weitere Immobilie besitzen«, warf Jasmin ein. »Ein Ferienhaus vielleicht. Ich bin bisher nicht dazu gekommen, es beim Grundbuchamt nachzuprüfen, werde es aber umgehend nachholen. Jetzt sollten wir uns den Autopsiebericht anhören, denke ich. Doktor Nowak hat etwas Interessantes herausgefunden.«

»Das steht ohnehin als Nächstes auf der Agenda«, nickte Tobias. »Und es passt zudem zur Diskussion. Legt also los«, forderte er seine Oberkommissarinnen auf. Da sie erst kurz vor der Einberufung der Teamsitzung aus Bonn zurückgekehrt waren, war es für alle neu, was sie an Erkenntnissen mitgebracht hatten. In die Datenbank hatten sie es aufgrund der fehlenden Zeit ebenfalls nicht eingetragen.

»Zunächst einmal hat Doktor Nowak die schon am Fundort abgegebene Einschätzung zum errechneten Todeszeitpunkt bestätigt«, begann Vanessa mit ihrer wichtigsten Information, da sie die Theorie über den Ehemann als Täter weitgehend ausschloss. Sie las es von den Notizen ab, die sie angefertigt hatte, weil der Autopsiebericht frühestens morgen vorliegen würde.

»Das aber unter Vorbehalt«, schränkte sie es gleich darauf ein. »Das Körpergewebe zeigte zwar keinerlei Anzeichen einer tiefgekühlten Lagerung, welche die Zellen durch eine typische Eiskristallbildung geschädigt hätte. Doch eine Kühlung um den Gefrierpunkt wäre durchaus ausreichend, den Verwesungsprozess für einige Tage zu unterbinden oder diese zumindest stark zu verlangsamen, sagte Doktor Nowak. Nachweisen ließe sich das aber nicht. Doch etwas anderes konnte sie zweifelsfrei beweisen.«

»Nämlich, dass Mirjam Berghoff nicht dort getötet wurde, wo man sie fand«, sprang Jasmin ein. »Das ist aus zwei Indizien unzweifelhaft erkennbar, sagte sie. Erstens: Leichenflecken finden sich überwiegend auf dem rückwärtigen Teil ihres Körpers. Sie wurde aber auf dem Bauch liegend vorgefunden, also hätten die Totenflecken auch dort entstanden sein müssen. Das wiederum bedeutet, dass sie nach ihrem Tod mindestens einmal umgedreht worden sein muss.«

»Unsere Untersuchungen am Fundort haben zweifelsfrei ergeben, dass der Leichnam von oben heruntergeworfen worden sein muss«, warf Rieke an dieser Stelle ein. »Unten bei der Leiche gab es ausschließlich solche Spuren, die von Tobias und der Rechtsmedizinerin hinterlassen wurden.«

»Das zweite Indiz ist sogar noch eindeutiger«, fuhr Jasmin ungerührt fort. »Wie ihr wisst, hat sie ihren Doktor in Entomologie gemacht. In der Leiche konnte Doktor Nowak Larven einer *Musca domestica* finden«, las auch sie von einem Zettel ab. »Das ist die gemeine Stubenfliege, die es dort im Wald gar nicht gibt. Die Larven haben übrigens dasselbe Alter, sagte sie. Doch auch hier würde eine Kühlung das Ergebnis extrem verfälschen.«

»Okay, nehmen wir für einen Augenblick an – und ihr rennt damit weit offene Türen bei mir ein – dass es tatsächlich Berghoff war, der seine Ehefrau beseitigt hat«, übernahm Tobias wieder die Diskussionsleitung. »Wie hätte er das anstellen können? Zudem wäre das Zeitfenster nicht nur extrem knapp, es passt außerdem nicht zu unseren Fakten. Am Freitag hatte Mirjam noch telefonischen Kontakt zu Lennard, das steht fest. Am Samstagabend gab es ein zweiminütiges Telefonat zwischen den Eheleuten, wobei er als diensthabender Chirurg im Krankenhaus war und sie zu Hause. Auch das ist Fakt. Als er nach Mitternacht heimkam, war sie verschwunden, und der Erpresserbrief auf der Kommode verkündete ihre Entführung. Natürlich gibt es dafür nur sein Wort. Sollte er jedoch etwas mit ihrem Tod zu tun haben, bliebe dafür nur der Sonntag, denn ab dem Zeitpunkt am Montag, als er bei der Kriminaldirektorin auftauchte, war ständig mindestens einer von uns bei ihm.«

»Ihr dürft nicht vergessen, dass ich trotz zweimaliger intensiver Hausdurchsuchung keine Leiche dort entdeckt habe, und keine Hinweise auf eine solche«, nickte Rieke. »Und diese Hausdurchsuchungen beinhalteten beide Pkw und deren Kofferräume. Für den Fall, dass er die Leiche in einer hypothetischen Zweitwohnung deponiert hätte, müsste sich diese auf dem Weg zwischen seinem Haus und dem Ablageort der Leiche befinden, weil sonst der dokumentierte Kilometerstand nicht hinkommt. Ich müsste den Kofferraum von dem Nissan im Grunde jetzt ein drittes Mal untersuchen.«

»Dafür erhalten wir nach Lage der Dinge derzeit keinen Beschluss und Doktor Berghoff wird uns nicht die Erlaubnis dazu geben, fürchte ich. Wir können ihn natürlich nicht fragen, weil wir ihn damit nur unnötig aufscheuchen würden«, winkte Vanessa ab. »Falls wir in die Richtung ermitteln wollen, müssten wir das im Geheimen tun und zuschlagen, sobald wir genügend Beweise gegen ihn gesammelt haben. War eigentlich auf dem Notebook etwas Brauchbares für uns?«, erinnerte sie sich daran, dass Amara einen Tag mit dem Knacken des Zugangspasswortes verbracht hatte und es jetzt bei Erik auf dem Tisch lag.

Dieser nahm die Frage seiner Kollegin als Aufforderung, die von ihm daraus in der kurzen Zeit gewonnenen Erkenntnisse allgemein zu Gehör zu bringen. Dass ihn ausnahmslos alle ansahen, tat ein Übriges. »Es gibt auf dem Notebook haufenweise Dateien, die ich mir bislang nicht alle anschauen konnte«, begann er. »Ein Ordner, der mit dem Vornamen ihres Mannes beschriftet ist, kam mir jedoch genügend interessant vor, um ihn mir zuerst vorzunehmen. Er enthält eine ganze Reihe von Dokumenten, die ich bereits hochgeladen habe. Den dazugehörigen Bericht reiche ich so bald wie möglich nach.«

»Du wirst hoffentlich jetzt nicht ernsthaft von uns erwarten, dass wir uns alles in dieser Runde einzeln durchlesen«, tadelte der SOKO-Chef ihn milde. »Wie wäre es zunächst mit einer ›Readers-Digest-Version‹ der Schriftstücke? Eine gedrängte Zusammenfassung wäre für den Augenblick womöglich bereits hilfreich, sodass wir dann gemeinsam entscheiden könnten, ob wir dem nachgehen sollten oder eher nicht. Wir sind derzeit nicht in der Situation, Zeit zu vertrödeln. Wie ist deine eigene Einschätzung über eine Verwendbarkeit dieser Dokumente für unsere Ermittlungen? Du wirst dir dazu Gedanken gemacht haben, wenn du es hier ansprichst, nehme ich an.« Er sah auf seine Uhr: »Du hast zehn Minuten, uns zu überzeugen!«

Natürlich meinte er das nicht wirklich ernst, doch ihr jüngstes Teammitglied benötigte bisweilen einen Motivationsschub, um in die Gänge zu kommen. Und an seinem Selbstwertgefühl musste Erik auch noch arbeiten. Er musste sich nicht gerade ein leuchtendes Beispiel an Jasmin nehmen, die bekanntlich nie ihren vorlauten Mund halten konnte, doch ein wenig mehr Eigeninitiative verlangte er schon von seinen Ermittlern. Doch Erik war fraglos ein brillanter Logiker, der nur manchmal etwas unsicher wirkte. Das war einer der Gründe, warum er ihn nicht zu Martin und Jonas gesetzt hatte, sondern zu den beiden Frauen.

»Ähem, ich habe nicht alles ausführlich gelesen«, druckste der junge Ermittler herum. »Aber es scheint, dass Mirjam Berghoff vorhatte, demnächst die Scheidung einzureichen. Es gibt diesbezüglich eine Korrespondenz mit einem Scheidungsanwalt, und sie hatte laut Kalender letzte Woche einen Termin. Außerdem hat sie offenbar auch einen Privatdetektiv beauftragt, ihren Mann auszuspionieren. Dazu gibt es allerdings keine Korrespondenz.«

»Schade, es hätte mich schon interessiert, was der Detektiv über ihren Mann herausgefunden hat. Steht sein Name irgendwo? Dann könnten wir bei ihm mal vorsichtig anklopfen.«

»Vielleicht ist es unser ›spezieller Freund‹ Decker«, grinste Denise. »Da wüsste ich schon, wie er zu ›überzeugen‹ wäre, uns alles zu sagen, was er weiß!«

»Der ist abgetaucht, nachdem er sich mit der Mafia angelegt hat«, erinnerte Tobias sie. »Dein Gedanke ist aber nicht einmal verkehrt. Die Frage ist nämlich, ob der Ehemann etwas davon gewusst hat. Eine Scheidung wäre außerdem ein hervorragendes Mordmotiv, da er wahrscheinlich leer ausgehen würde. Das ganze Geld, mit dem er so gerne protzt, hat schließlich seine Frau in die Ehe eingebracht.«

Durch Erik ging ein sichtbarer Ruck und er wirkte mit einem Mal überhaupt nicht mehr eingeschüchtert. »Ich habe mir in der Tat ein paar Gedanken dazu gemacht«, verkündete er. »Es stimmt, dass wir in den letzten Tagen praktisch rund um die Uhr in der Nähe von Berghoff gewesen sind, oder zumindest einer von uns. Aber was haben wir tatsächlich mitbekommen? Amara hat zwar den Peilsender in seinem Geldkoffer installiert, aber nicht gesehen, dass er das Geld darin deponiert hat. Er könnte demnach mit einem leeren Koffer zur Eiche gefahren sein. Die Magnesiumfackel, die unsere Wärmebildkamera geblendet hat, kann er selbst gezündet haben. Das gilt auch für die Beule an seinem Hinterkopf, die übrigens nicht sehr groß war. Für das Paradoxon mit dem Anruf hätte ich auch eine Lösung. Es gibt nämlich bei vielen Handys eine Funktion, mit der man ankommende Anrufe automatisch entgegennehmen kann. Das ist bei Freisprecheinrichtungen im Auto besonders nützlich. Er brauchte auf dem Telefon seiner Frau nur eine App zu installieren, die den Anruf nach zwei Minuten beendet, aber auch dafür habe ich eine Lösung gefunden. Für die Leiche ist mir allerdings nichts eingefallen.«

»Du hast dir tatsächlich viele Gedanken gemacht«, nickte Tobias. »Und sie decken sich sogar weitgehend mit meinen eigenen Überlegungen dazu, wenngleich das mit einer App zur automatischen Rufbeendigung neu für mich ist. Aber sie haben einen großen Haken:

Wir können nichts davon wirklich beweisen! Was wir jetzt dringend benötigen würden, wäre ein Zeuge für ein von ihm begangenes Verbrechen. Da wir den aber bekanntlich nicht haben, konzentrieren wir uns auf das Naheliegende. Das bedeutet im Klartext, dass wir den wahren Schuldigen finden müssen, oder zumindest ausschließen, dass es einen solchen gibt.«

»Und einfach in aller Seelenruhe abwarten, dass er sich irgendwann verrät?«, wollte Jasmin wissen. »Das ist aber nicht sehr professionell!«

»Wir wissen ja nicht, ob es sich so verhält, wie Erik es skizziert hat«, beschied Tobias ihr. »Es kann auch alles so gewesen sein, wie es sich uns dargestellt hat, und Berghoff ist unschuldig. Aber ja, darauf wird es wohl hinauslaufen. Bis dahin machen wir, was polizeiliche Ermittler so tun: Wir suchen nach Beweisen! Sowohl für das eine als auch für das andere. Ich habe bei Staatsanwalt Stein vorhin bereits einen Beschluss beantragt. Es geht dieses Mal um die Herausgabe der Benutzerdaten des anderen gelöschten Profils. Dieser Kerl könnte ein heißer Kandidat für uns sein!«

»Wir gehen dann wie folgt vor«, übernahm Denise als Einsatzleiterin die Arbeitseinteilung. »Martin und Jonas: Ihr beide kümmert euch um die Identifikation von *Kuschelbär*, der euch schließlich entkommen ist. Jasmin und Vanessa: Ihr zwei seht euch noch einmal gründlich in Mirjams Zweitwohnung am Nogenter Platz um und fragt auch die anderen Hausbewohner, ob ihnen etwas aufgefallen ist. Tobias und ich statten diesem Privatschnüffler einen kleinen Besuch ab. Mit etwas Glück hat er sogar die richtigen Informationen für uns. Diese Kerle finden doch immer was!«

»Und was ist mit dem gelöschten Benutzerprofil?«, wollte Erik wissen, obwohl er die Antwort eigentlich schon kannte. »Wer soll sich damit befassen?«

»Sollten wir den Beschluss für die Herausgabe der Daten heute noch erhalten, kannst du das machen«, verfügte Tobias dann auch. »Bis dahin kannst du dich gerne weiter mit deinem Notebook beschäftigen und den fälligen Bericht schreiben. Ich bin sicher, dass dir nicht langweilig wird, während wir unterwegs sind. Und falls doch, kannst du die Grundbuchabfrage für Jasmin erledigen. Sie kommt im Augenblick selbst ja nicht dazu.«

Kapitel 11

Hinweise und Niederlagen

Tatsächlich war es nicht ihr alter Bekannter Josef ›Phil‹ Decker, den die ermordete Mirjam Berghoff für irgendwelche Ermittlungen – vermutlich gegen ihren eigenen Ehemann – in Anspruch genommen hatte. Was aus der Saufnase geworden war, hatte nicht mal Jasmin herausfinden können. Es war fast, als hätte er nie existiert. Decker hatte sich im letzten Jahr mit der Mafia einen Feind geschaffen, der doch eine Nummer zu groß für ihn war. Tobias wusste nur, dass sich das BKA mit dem Fall befasst und ihn wahrscheinlich in ein Zeugenschutzprogramm übernommen hatte, was auch eine andere Identität beinhaltete. Denises Zwillingsschwester Bettina hatte so etwas bei einem ihrer Besuche durchblicken lassen, jedoch ansonsten sogar Denise gegenüber dichtgehalten.

Jetzt waren sie auf dem Weg zu einer Detektei mit dem klingenden Namen *Detektivbüro Veritas* in Sankt Augustin. Die Adresse hatte Erik tatsächlich auf dem Notebook gefunden. Mit ›Phil‹ Decker, der ihren Weg schon in ihrem früheren Kommissariat gekreuzt und ihnen auch später Probleme bereitet hatte, hatten sie es zwar mit einem eher zwielichtigen Vertreter dieser Gattung zu tun gehabt, doch es gab eine ganze Reihe von Detektivbüros im Rhein-Sieg-Kreis und im Köln-Bonner Raum.

Begünstigt wurde diese spezielle Erwerbsmethode vor allem dadurch, dass es sich dabei nicht um einen anerkannten Beruf handelte. Im Grunde konnte jeder sich als Privatermittler bezeichnen und eine Detektei aufmachen. Eine besondere Befähigung musste man nicht nachweisen. Es gab eine zentrale Stelle, wo man eine Art Prüfung ablegen konnte, notwendig war das aber nicht. Ingo Willmers, der Chef von Veritas, warb auf seiner Homepage allerdings mit einer ›Zulassung‹ bei der *ZAD*, einer Zentralstelle für die Ausbildung im Detektivgewerbe. Denise und Tobias waren daher auf die Begegnung mit ihm sehr gespannt. Bis es so weit war, hatten sie etwa zehn Minuten Fahrt vor sich.

Es kam nicht oft vor, dass Denise mit Tobias nicht ganz auf einer Wellenlänge lag, doch dies war so eine Gelegenheit. »Ich wollte es vor unseren Leuten nicht ansprechen«, begann sie behutsam, denn ihr Partner konnte auf unverhohlene Kritik bisweilen ein wenig ungehalten reagieren. »Aber meinst du nicht, dass du dich mit deiner vermuteten Täterschaft von Berghoff in etwas verrennst? Seien wir doch ehrlich. Du konntest ihn von Anfang an nicht leiden. Könnte das eventuell deinen ansonsten meist untrüglichen Blick auf das Wesentliche getrübt haben?«

»Ich folge nur meinem Bauchgefühl«, brummte er missgestimmt, während er den Blinker setzte, um an der nächsten Kreuzung nach Niederpleis abzubiegen. Anscheinend hatte sie tatsächlich einen Nerv bei ihm getroffen. Oder war er selbst nicht so recht von seiner Theorie überzeugt? »Irgendwas stimmt mit diesem Kerl nicht, da kannst du sagen, was du willst. Und ich werde herausfinden, was das ist!«

»Er ist nicht nur Arzt, sondern auch Politiker. Die sind immer ein wenig seltsam«, grinste sie. »Aber wo bleibt hier deine kriminalistische Logik? Mit den uns bekannten Informationen ist beides möglich. Sowohl die vorhin von Erik skizzierte Variante, als auch die, welche wir im Fahrwasser von Berghoff selbst miterlebt haben. Es gibt weder konkrete Anzeichen für das eine, noch für das andere. Wer sagt denn immer, dass es in der Regel die einfachste Lösung ist, wenn es für ein Problem mehrere Erklärungen gibt?«, zitierte sie sein großes kriminalistisches Vorbild, das real nicht einmal existiert hatte.

»Sherlock Holmes«, nickte er. »Du hast ja recht. Es wäre in der momentanen Lage unklug, unsere Kräfte leichtfertig auf Berghoff zu verschwenden, zumal der Ermittlungsansatz keinerlei Erfolg verspricht. Es ist aber in der Vergangenheit oft vorgekommen, dass die manchmal verworrenen Wege, die wir eingeschlagen haben, am Ende auf wundersame Weise zusammenführten und die Lösung des Rätsels brachten. Mit den Ermittlungen im Umfeld des Opfers entlassen wir ja ihren Mann auch nicht wirklich aus unserem Fokus.«

»Dann können wir nur hoffen, dass es sich dieses Mal ebenso verhält«, seufzte seine Partnerin. »Vielleicht sind wir schon am Ende dieses Tages im Besitz von Informationen, die uns in eine bestimmte Richtung schubsen. Notwendig wäre es nämlich!« Tobias setzte in diesem Moment den Audi gekonnt in eine Parklücke vor der Detektei Veritas im Zeisigweg, die wie gemacht für die Ausmaße ihres Wagens war, und Denise legte den Sicherheitsgurt ab. Ob sie hier wohl Antworten auf ihre drängendsten Fragen erhielten?

»Ich habe dir gar nicht erzählt, wie mein Gespräch mit Kornelius gestern abgelaufen ist«, hielt Tobias sie noch zurück. »Es war nämlich im Grunde recht interessant!«

»Du hast ihn hoffentlich nicht zu hart angefasst?«, wandte sie sich ihm wieder zu. Sie wusste zwar, dass Tobias sich mit dem quirligen Reporter etwas angefreundet hatte, aber auch, dass ihr Partner mehr als ungehalten über dessen Einlage gewesen war. Zudem bestand immer noch die Möglichkeit, dass Kornelius mit seiner Aktion den Verlauf der Ereignisse maßgeblich verändert haben könnte.

»Keine Angst, er hat es überlebt. Außerdem glaube ich nicht, dass es ohne seine Anwesenheit am Übergabeort anders gekommen wäre. Es deutet im Gegenteil alles darauf hin, dass es genau so geplant war. Er hat mir nämlich etwas erzählt, das vielleicht ein ganz neues Licht auf die Begebenheit werfen könnte, und er hat mich auf einen gravierenden Fehler in der SEK-Einsatzplanung hingewiesen.« Anschließend berichtete er, was er von Kornelius erfahren hatte.

»Das ist in der Tat merkwürdig«, überlegte Denise. »Doch es hat andererseits vielleicht überhaupt nichts zu bedeuten. Die Sache mit dem indirekten Hinweis über Polizeifunk auf einen bevorstehenden SEK-Einsatz ist allerdings krass. Wir sollten ein ernstes Wort mit dem Dienststellenleiter unserer Wache reden. Es ist zwar nicht jeder in der Lage, die richtigen Schlüsse aus einer Durchsage dieser Art zu ziehen. Wir wissen jedoch alle, dass der Polizeifunk ein fast öffentlicher Sender ist. So was darf nie wieder passieren! Lass uns jetzt hineingehen.«

***

Währenddessen waren die Oberkommissarinnen in der gleich hinter dem Nogenter Platz verlaufenden Ringstraße angekommen, und Vanessa stellte ihren Wagen an der Ecke zum Friedensplatz ab. Die restlichen paar Meter würden sie zu Fuß gehen müssen, da direkt vor dem Haus momentan keine Parkplätze frei waren. Gemäß der Einteilung ihrer Co-Chefin wollten sie die durch den Leichenfund unterbrochene Durchsuchung von Mirjam Berghoffs ›Zweitwohnung‹ fortsetzen. Rieke würde sich dieses Mal nicht daran beteiligen. Sie war mit ihrer Untersuchung fertig gewesen, als ihr Boss sie zum Brunnenkeller zitiert hatte.

Gefunden hatte sie aber nichts, außer den Spuren der beiden Menschen, die man dort erwartet hatte. Es war deshalb mit ausreichend großer Sicherheit davon auszugehen, dass sich in den vergangenen Tagen und Wochen sonst niemand dort aufgehalten hatte, denn ganz ohne minimale Spuren zu hinterlassen, ging es nicht, und wenn man sich noch so sehr vorsah. Es sei denn, man trug dabei einen Ganzkörperschutzanzug, wie die Forensiker sie bei der Arbeit benutzten. Heute wollten die Ermittlerinnen daher nach handfesteren Hinweisen in der Wohnung suchen. Wie die Berichte der Detektei, die nicht auf ihrem Notebook abgespeichert waren. Doch zuerst war jetzt die Befragung der Leute im Erdgeschoss vorgesehen, die auch die Eigentümer des Hauses waren.

Roswitha Lambert öffnete wenige Sekunden nach dem Klingeln die Tür. Fast schien es, als habe sie nur auf sie gewartet, doch die erschrocken aufgerissenen Augen beim Anblick ihrer Dienstwaffen sagten etwas anderes. Sie war eine kleine, etwas rundliche Frau in den Fünfzigern, mit Lockenwicklern in den sicherlich gefärbten Haaren. Eine Schürze zeugte zudem davon, dass sie bei der Hausarbeit gestört worden war.

»Seien Sie unbesorgt, Frau Lambert. Wir sind von der Polizei«, beruhigte Vanessa sie und zeigte ihr den Dienstausweis. »Wir sind Vanessa Fuchs und Jasmin Brandt von der Kriminalpolizei und möchten Ihnen Fragen zu Ihrer Mieterin im Obergeschoss stellen.«

»Sie waren gestern schon einmal hier«, bewies die Frau, dass sie aufgepasst hatte. »Ist etwas mit Mirjam Klein? Ich habe sie bestimmt seit einer Woche nicht mehr gesehen. Aber kommen Sie doch bitte herein!«

»Klein?«, vergewisserte sich Jasmin zwei Minuten später bei ihr. »Ist das der Name, den sie Ihnen gegenüber angegeben hat?« Diese Information war neu für sie, denn es stand kein Name auf der Türklingel und einen Eintrag im Melderegister gab es ebenfalls nicht. Doch eigentlich war das bloß logisch, wenn man sich vor dem eigenen Ehemann verstecken wollte. Mirjam Berghoff hatte also einen falschen Namen angegeben, aber wichtig für ihre Ermittlungen war das nicht. Sie wurde nicht eines Verbrechens beschuldigt, sondern war im Gegenteil das Opfer.

»Wir haben uns nicht den Ausweis zeigen lassen«, hob Roswitha Lambert ihre Schultern. »Hätten wir das machen sollen? Sie machte doch einen so serösen Eindruck auf uns, und sie war sehr elegant gekleidet. Haben Sie deshalb gestern die Wohnung durchsucht? Ich kann mir einfach nicht vorstellen, dass die junge Frau etwas Schlimmes angestellt hat. Sie müssen sich irren, Frau Kommissarin!«

»Frau Berghoff, wie sie eigentlich heißt, wird von uns keines Verbrechens beschuldigt«, entschied sich Jasmin zu einer Teilwahrheit. Irgendwann würde sie das ohnehin erfahren müssen. »Sie wurde gestern tot aufgefunden und wir suchen jetzt nach Hinweisen zu ihrem Mörder. Deshalb haben wir auch die Wohnung durchsucht und werden es später wieder tun. Haben Sie in letzter Zeit irgendwas gesehen oder gehört, was Ihnen vielleicht bedeutungslos erschien, aber in dem Zusammenhang wichtig sein könnte?«

»Tot, sagten Sie?«, hauchte sie erschrocken. »Aber das kann doch gar nicht sein! Wer tut denn so etwas? Ob dieser Mann was damit zu tun hat, den wir einige Male vor dem Haus gesehen haben? Der kam meinem Mann und mir gleich nicht ganz geheuer vor! Er saß manchmal stundenlang im Auto gegenüber auf der anderen Straßenseite und machte Fotos, sobald Frau Klein ... äh, Frau Berghoff mit ihrem Sohn das Haus betrat oder es verließ. Jetzt, wo Sie das erwähnen, ist mir auch aufgefallen, dass er immer kurz nach ihnen dort auftauchte. Als wäre er ihnen gefolgt.«

»Sagte sie Ihnen, dass dieser junge Mann ihr Sohn wäre?«, erkundigte sich Vanessa neugierig, obwohl es eigentlich uninteressant war.

»Nein, das hatte ich bloß angenommen. Der junge Mann war ja mindestens zwanzig Jahre jünger als sie. Er sah aus, als ginge er noch in die Schule, obwohl er einen Sportwagen fuhr. Ich habe ihn mal aus einem Porsche steigen sehen. War er denn nicht ihr Sohn?«

Anscheinend verbrachte diese Frau sehr viel Zeit an ihrem Fenster. Das waren für Ermittler immer die liebsten Zeugen. »Wissen Sie, ob es jedes Mal derselbe

Mann war, der die Fotos gemacht hat?«, hakte Jasmin nach, ohne auf das Verwandtschaftsverhältnis näher einzugehen. Das tat hier nichts zur Sache und es ging die Frau im Grunde auch nichts an. Außerdem hatten polizeiliche Ermittler gewissermaßen die moralische Verantwortung, bei ihren Nachforschungen nicht die Ehre der Opfer zu beschmutzen. Die grundgesetzlich garantierten Persönlichkeitsrechte erloschen eigentlich mit dem Tod einer Person, waren aber den Angehörigen gegenüber nach wie vor zu wahren.

»Ich bin mir nicht sicher«, meinte sie nach einigen Sekunden des Nachdenkens. »Derselbe Wagen war es zumindest nicht immer. Die sehen zwar heutzutage alle gleich aus, aber es war einmal ein dunkles Fahrzeug und zweimal eins mit einer helleren Farbe. Der Mann mit der Kamera war aber derselbe, glaube ich. Ein kräftiger Kerl mit einer Glatze. Vielleicht würde ich ihn auf einem Foto oder bei einer Gegenüberstellung ja wiedererkennen, doch eine genaue Beschreibung kann ich Ihnen nicht geben. Das, oder besser *die* Kennzeichen habe ich mir nicht aufgeschrieben, falls Sie das als Nächstes fragen wollten.«

Jasmin wechselte einen Blick mit ihrer Partnerin, die nur stumm dazu nickte. Beide waren sich einig: Das sah sehr nach einer Observation aus und der von Mirjam Berghoff beauftragte Privatdetektiv dürfte es kaum gewesen sein. Diese Information war brandheiß und würde Tobias und Denise sicher brennend interessieren. Jasmin nahm ihr Handy zur Hand, um die fällige Nachricht an ihre beiden Vorgesetzten zu schreiben, die jetzt diesem Privatdetektiv gegenübersitzen sollten.

* * *

Genau genommen saßen Denise und Tobias noch auf zwei unbequemen Stühlen im Eingangsbereich der Detektei, wo auch die – dem allgemeinen Klischee entsprechende – vollbusige Assistentin hinter einem Tresen thronte und mit ihren lila lackierten Griffeln in die Tasten haute. »Unser flüchtiger Rosenkavalier kann es aber nicht gewesen sein«, mutmaßte Denise, nachdem auch sie die von Jasmin verfasste Nachricht gelesen hatte. »Der hatte volles Haar und so schnell wachsen Haare nicht«, fügte sie flüsternd hinzu, weil die ›Assistentin‹ mit Tippen aufgehört hatte und ihre Ohren spitzte. Als die Tür neben dem Tresen geöffnet wurde und eine Frau aus dem Büro ihres Chefs trat, nutzten sie diese Gelegenheit und traten gegen ihren Protest einfach ein. Eine weitere wartende Person gab es derzeit nicht, und Tobias hatte keine Lust, sich von einem Privatschnüffler hinhalten zu lassen.

Sie hatten es bisher mit wenigen Vertretern seines Gewerbes zu tun gehabt, die allesamt dem Klischee nachempfunden zu sein schienen, das man aus Fernsehkrimis kannte: verlottert, unrasiert und mit einer Schnapsfahne. Ingo Willmers war das genaue Gegenteil davon. Mit seinem sorgfältig frisierten Haar, dem maßgeschneiderten Dreiteiler, einem gebügelten und gestärkten Hemd mit goldenen Manschettenknöpfen und einer sicher nicht billigen Krawatte hätte er an der Börse oder im Management einer Bank eine gute Figur abgegeben. Aber das alles konnte eigentlich nur Blendwerk sein, fand Tobias. Wäre er ein so erfolgreicher Geschäftsmann, würde er sicher keine Privatdetektei leiten.

Während er die Besucher zu einem kleinen Besprechungstisch mit vier Sitzgelegenheiten geleitete, sah sich Tobias unauffällig um. Sein Büro war funktional eingerichtet, jedenfalls für jemanden, der selbst nicht ermittelte, sondern nur die Koordination der Einsatzkräfte übernahm. Die vier Stühle zeugten davon, dass es drei Detektive gab, wovon auch ein großes Whiteboard hinter seinem modernen Schreibtisch aus Glas und Chrom zeugte. Dort waren Zeitschienen mit den Fotos von drei Männern zu sehen, mit Datums- und Ortsangaben. Anscheinend handelte es sich dabei um einen Einsatzplan, den Tobias automatisch in seinem Gedächtnis abspeicherte.

»Sofern Sie gekommen sind, um Einblick in unsere Klientenunterlagen zu nehmen, muss ich Sie enttäuschen. Ohne richterlichen Beschluss geht überhaupt nichts«, eröffnete Willmers das Gespräch, kaum dass sie saßen. Sie hatten sich zwar nicht vorgestellt, doch dass sie Polizeibeamte waren, konnte man an ihren Dienstwaffen und den Handschellen an den Gürteln sehen. Zudem schien er im Umgang mit der Kriminalpolizei geübt zu sein, was jedoch nicht ungewöhnlich war. Man hatte es zwar nicht oft miteinander zu tun, weil Privatermittler sich normalerweise nicht um Straftaten kümmerten, doch gelegentlich kam es schon vor.

Denise und Tobias zeigten stumm ihre Dienstausweise vor. »Die Klientin, um die es uns geht, ist tot«, eröffnete Denise dem Inhaber von ›Veritas‹ geduldig. »Mirjam Berghoff wurde ermordet, und wir sind mit der Aufklärung des Falles betraut. Frau Berghoff war doch eine Klientin von Ihnen, nehme ich an?«

Falls er von ihren Dienstgraden beeindruckt war, zeigte er es nicht. »Dazu werde ich keinerlei Auskunft geben, Frau Malowski«, erwiderte er ungerührt. »Ich habe noch zu tun, wenn Sie mich jetzt bitte entschuldigen würden?« Zum Zeichen, dass die ›Unterredung‹ für ihn damit beendet war, erhob er sich von seinem Sitzplatz. Das war wohl ein klassischer Rausschmiss, den sie zunächst einmal hinzunehmen hatten, da der Firmeninhaber das Hausrecht hatte. Doch so schnell würden sie nicht aufgeben!

Draußen auf der Straße zog Tobias sein Handy und wählte eine Rufnummer aus den Kontakten, die weit oben gelistet war, gleich hinter den Nummern seiner Ermittler. »Herr Doktor Stein?«, grüßte er den Staatsanwalt, der sich wie immer nach dem ersten Rufton meldete. »Tobias Heller. Ich benötige dringend einen richterlichen Beschluss zur Herausgabe von Kundendaten einer Privatdetektei.«

* * *

Derweil saßen Jasmin und Vanessa entmutigt am Küchentisch zusammen und besprachen ihr weiteres Vorgehen. Gerne hätten sie dazu einen Kaffee gehabt, doch die Benutzung der modernen Maschine und ein Griff in die gut gefüllte Kaffeedose der verstorbenen Wohnungsinhaberin verbot sich von selbst. Ebenso die Benutzung der Toilette, die beide Ermittlerinnen dringend nötig hätten. Nicht nur, dass es gegen jede Vorschrift war, hatte die Forensik die Wohnung nicht freigegeben und bis es so weit war, mussten sie alles vermeiden, was eine erneute vielleicht noch notwendige Untersuchung verfälschen könnte.

»Wir sollten aufgeben«, schlug Vanessa mit einem Blick auf ihre Armbanduhr vor. »Wir haben jetzt alle Schränke und Schubladen durchsucht und nur wertlosen Plunder gefunden. Wir müssen uns wohl damit abfinden, dass es hier nichts für uns zu holen gibt. Ich muss auch ganz dringend, um ehrlich zu sein.«

»Glaubst du denn, mir ginge es anders?«, hob ihre Freundin die Schultern, wobei sie gedankenverloren mit einem Lippenstift spielte, den sie in einer Schublade gefunden hatte. Er hatte eine recht ungewöhnliche Farbe, eine Art Brombeere, und die Stifte im Bad waren alle in verschiedenen Rottönen, weshalb er ihr irgendwie aufgefallen war und ihn gedankenlos mit in die Küche genommen hatte. Sie wusste zwar nicht, ob Rieke ihn schon untersucht hatte, doch was sollte an einem Lippenstift besonders sein? Außerdem trug sie noch ihre Handschuhe.

»Wir waren oft genug auf Observationen, um uns diesbezüglich beherrschen zu können«, fuhr sie fort, während sie versuchte, die Kappe abzuziehen. »Eine Weile werden wir das noch aushalten, zumal unsereins ja nicht in eine Flasche pinkeln kann, wie das die Herren der Schöpfung tun. Aber ich denke ebenfalls, dass wir fahren sollten. Hoppla!«, unterbrach sie sich selbst, weil sie plötzlich zwei Hälften in den Händen hielt. Und in der unteren Hälfte steckte etwas, das sie ganz sicher nicht dort erwartet hätte: ein USB-Stick! »Was darauf wohl gespeichert sein mag?«

»Das können wir leicht herausfinden«, verkündete Vanessa mit wiedergefundenem Elan. »Dann mal los, packen wir unsere Sachen und dann nichts wie ab ins Kommissariat. Ich kann es kaum erwarten!«

»Und dann können wir auch gleich unsere Blasen erleichtern«, nickte Jasmin grinsend. Es war erstaunlich: Wieder einmal hatte ihnen bei ihrer Suche nach Hinweisen ein nahezu unglaublicher Zufall geholfen. Dieser ›Kollege‹ war unberechenbar und trat stets auf den Plan, wenn man ihn am wenigsten erwartete. Es war jedoch das glückliche Ende, das zählte. »Und was zum Futtern könnte ich auch vertragen.«

Kapitel 12

Winzige Fortschritte

Das Aussortieren der Gesichtsfotos durch Anweisungen an eine KI-Software hatte sich in der Durchführung letztlich doch nicht so einfach gestaltet, wie Amara es ihnen dargestellt hatte. Das lag aber nicht an dieser Software – die hervorragend funktionierte – sondern daran, dass das Leben sich nicht in Formeln pressen ließ. Haarfarbe, Gesichtsbehaarung, ja, sogar eine Brille waren keine unveränderlichen Merkmale und durften daher zur Unterscheidung nicht herangezogen werden. Es existierten zwar Programme, die zwei Fotos von Menschen auch dann vergleichen und die Person wiedererkennen konnten, doch Jonas und Martin hatten ja kein Vergleichsfoto, sondern nur das Bild in ihrem Gedächtnis. Und das konnte man Stand heute nicht in einen Computer einspeisen.

Bis ihnen dieser gravierende Irrtum jedoch aufgegangen war, hatten sie schon mehrere hundert Passfotos aussortiert, die Männer mit Glatze, Schnurrbart oder Brille zeigten, was auf ihren Kerl aber zumindest bei der Begegnung mit ihm ja nicht zugetroffen hatte. Also wurden all diese Merkmale nach stundenlanger Arbeit wieder rückgängig gemacht und sie begannen erneut, wobei sie sich jetzt zunächst auf eindeutigere Merkmale beschränkten, wie den Augenabstand, die Kinnpartie, die Gesichtsform und so weiter.

Diesen Tipp hatten sie sich bei ›Alexa‹ Stein geholt, die sich als Polizeizeichnerin bestens mit charakteristischen Gesichtsmerkmalen auskannte und sicher in dazu der Lage gewesen wäre, nach ihren Angaben ein zumindest ähnliches Phantombild zu erstellen. Doch sie hatten diesen Weg gewählt, weil er ihnen auf den zweiten Blick Erfolg versprechender erschienen war. Man hätte bei einem Phantombild ja immer noch das Problem der Identifikation gehabt. Denn wem, außer sich selbst, hätten sie das Phantombild zeigen sollen?

Natürlich war das eine Arbeit, die sie ganz auf sich allein gestellt erledigen mussten, denn außer ihnen hatte ja niemand den Rosenkavalier gesehen. Das Bild in seinem Profil war, wie das in Kontaktbörsen üblich war, mit einem Balken über seinem Gesicht versehen und daher für eine computerunterstützte Bildanalyse unbrauchbar. Zudem war derzeit außer Erik niemand im Kommissariat, und der hatte eigene Recherchen.

Am Ende blieben – im krassen Widerspruch zu der vielleicht doch etwas zu optimistischen Prognose der IT-Spezialistin – erheblich mehr als ein paar Dutzend Passfotos übrig, mit denen sie sich näher zu befassen hatten. Im Klartext bedeutete das, sich jedes Einzelne davon anzuschauen und gemeinsam zu entscheiden, ob es aussortiert werden konnte, oder in den Topf für eine engere Wahl kam. Bei insgesamt 356 Fotos war das eine Aufgabe, die sie garantiert bis in den Feierabend hinein beschäftigen würde, selbst wenn sie für jedes lediglich zehn Sekunden aufwenden würden. In Anbetracht des enormen zu bewältigenden Pensums beschlossen Jonas und Martin in seltener Harmonie, erst einmal eine Pause einzulegen.

* * *

Jenseits der Stellwand unterdrückte Erik in diesem Moment einen Jubelschrei. Wie von Tobias befohlen, hatte er zuerst den fälligen Bericht verfasst und sich anschließend eine Weile mit dem in der Zweitwohnung gefundenen Notebook beschäftigt, ohne jedoch wesentliche Informationen darauf finden zu können. Sein Anruf in der Staatsanwaltschaft wegen des von Tobias beantragten Beschlusses brachte ihm nichts außer einer Belehrung von Dr. René Stein ein, der ihn unfreundlich darauf hinwies, dass es nicht schneller ginge, wenn er dauernd nachfragte. Richter Bieber sei derzeit nicht im Hause, und damit basta.

Also hatte er sich darauf besonnen, dass er ja eine weitere Aufgabe übertragen bekommen hatte, die er sofort in Angriff nehmen konnte. Spätestens seit der Jahrtausendwende waren praktisch alle behördlichen Datenbestände digitalisiert und wurden seither über den Verbund zweier Rechenzentren in Gummersbach und Siegburg verwaltet. Die zeitraubenden schriftlichen Anfragen oder nervigen Telefonanrufe bei den jeweiligen Behörden waren endgültig Vergangenheit. So gut wie alle Anfragen, angefangen beim Personenstandsregister bis hin zur Einwohnermeldeauskunft, waren online über ein Auskunftssystem möglich, auf das die Polizei selbstverständlich einen Zugriff hatte. Dazu gehörte auch das Liegenschaftskataster.

Doch wie sollte er dabei vorgehen? Die Suchmaske erlaubte ihm wahlweise eine Eingabe von Flur und Parzelle, dem Namen des Eigentümers oder der Lagebezeichnung mit Straße und Hausnummer, falls das Grundstück bebaut war. Wovon in diesem Fall auszugehen war, sofern ihre Annahme zutraf. Er versuchte es daher zuerst mit dem Namen, doch der Familienname Berghoff war in der Gegend nicht gerade selten und unter den Ergebnissen waren weder eine Mirjam noch ein Andreas Berghoff zu finden.

Flur und Parzelle wusste er naturgemäß ebenfalls nicht, und die Adresse wollte er ja herausfinden. Also nahm er den in der Datenbank dokumentierten Weg, den Berghoff, Tobias und Denise am Tag des Leichenfundes zum Brunnenkeller genommen hatten, und suchte sich in *Google Maps* alle Straßen heraus, die bis zu hundert Metern links oder rechts davon lagen. So viele waren das auf Siegburger Grund und Boden gar nicht und schon nach weniger als einer Stunde hatte er ein Ergebnis! Zufrieden mit seiner Leistung lehnte er sich zurück und konnte sich an der Auskunft aus dem Liegenschaftskataster gar nicht sattsehen. Eine halbe Minute später hatte er eine digitale Kopie des Bildschirminhaltes in ihre Datenbank hochgeladen. Das bebaute Grundstück lag in der Uhlrather Straße nahe der B56 am Ortsausgang von Siegburg. Perfekt!

In dieser Phase der seiner Ansicht nach verdienten Selbstbelobigung stürzten seine Kolleginnen in ihre gemeinsame ›Zelle‹, und Jasmin drückte ihm wortlos einen Lippenstift in die Hand, den er ratlos zwischen den Fingern drehte. »Das ist ein getarnter USB-Stick«, sagte Vanessa hastig. »Wir haben ihn vorhin in der Wohnung gefunden. Du scheinst ja gerade nichts zu tun zu haben. Schau bitte mal, was darauf Schönes zu finden ist. Jasmin und ich sind jetzt erst mal auf der Toilette und danach gehen wir in die Cafeteria!« Und schon waren sie wieder verschwunden.

Erik schüttelte verwundert den Kopf, während er den davoneilenden Kolleginnen nachschaute. *Na, die müssen aber Druck auf der Leitung haben*, überlegte er. *Und warum soll ausgerechnet ich das machen?* Doch er hatte tatsächlich gerade nichts Besseres zu tun und konnte genauso gut nach dem angeblichen USB-Stick schauen. Zumal er sehr neugierig war. Den Trick, wie man ihn öffnete, hatte er schnell heraus und wenige Augenblicke später steckte der Datenträger in seinem Computer.

* * *

Derweil saßen Denise und Tobias in ihrem Dienstwagen und warteten seit zwei Stunden auf dem Parkplatz gegenüber der Detektei auf ihre Zielperson. Ihre Geduld wurde auf eine harte Probe gestellt, aber nach der Weigerung des Staatsanwalts, den gewünschten Beschluss auszustellen, war das ihre einzige Option. Natürlich wurden richterliche Beschlüsse – wie der schon Name sagte – letztlich von einem Amtsrichter unterschrieben, doch Vorbereitung und Prüfung der rechtlichen Grundlagen oblagen immer dem Staatsanwalt, und wenn dieser sich widersetzte, hatten sie keine Chance. Es sei denn, sie redeten persönlich mit dem Richter, doch dafür war jetzt keine Zeit.

»Ich kann nicht auf einen bloßen Verdacht hin in die Rechte unbeteiligter Personen eingreifen«, hatte René Stein am Telefon argumentiert. *»Ist die Detektei nicht überhaupt für das Opfer tätig gewesen? Was wollen sie dann von diesen Leuten, Heller? Wenn diese Firma nicht unter Verdacht steht, gegen Gesetze verstoßen zu haben, sind uns hier die Hände gebunden. Zumindest, was die*

Einsichtnahme in die Geschäftsunterlagen angeht. Aber es gibt eine andere Möglichkeit, und dazu benötigen Sie nicht einmal einen richterlichen Beschluss.«

Tobias hatte natürlich gleich zurückgefragt, worin diese andere Möglichkeit bestand. *»Seien Sie kreativ«*, hatte René Stein geantwortet. *»Privatdetektiv ist kein anerkannter Beruf und sie haben als Person kein Zeugnisverweigerungsrecht, wie dies bei Anwälten, Priestern oder Ärzten der Fall ist. Fragen Sie den Detektiv, der die Recherchen durchgeführt hat! Sie können ihn als Zeugen vernehmen – wie jeden anderen auch, der etwas gesehen oder gehört hat. Dann muss er Ihnen Rede und Antwort stehen!«*

Das war absolut logisch und nachvollziehbar, wie Tobias nach einer kurzen Diskussion mit Denise im Anschluss an das Gespräch zugeben musste. Dass er darauf nicht selbst gekommen war! Aber man musste wohl Staatsanwalt sein, um auf solche Winkelzüge zu kommen. Der von ›Veritas‹ eingesetzte Detektiv hatte im Rahmen seiner Tätigkeit für deren Auftraggeberin Mirjam Berghoff Informationen zusammengetragen und war somit ein Zeuge. Dabei war es vollkommen gleichgültig, ob er für die Arbeit bezahlt wurde oder nicht. Und er musste auch nichts über seine Auftraggeberin ausplaudern, sondern nur mit ihnen über die Ermittlungen sprechen, die er für diese durchgeführt hatte. Dr. Stein hatte als Volljurist das zweite Staatsexamen, er musste es also wissen.

Ihre Geduld wurde belohnt, als ein grüner Citroën auf den Parkplatz fuhr und ein bulliger Kerl mit einer Glatze ausstieg. Sicher hatte er seinen Schädel rasiert, wie es heutzutage viele Männer taten, denn für einen

Haarausfall war er mit geschätzten fünfundzwanzig bis dreißig Jahren zu jung. Tobias erkannte ihn sofort anhand seines Fotos wieder, das am Whiteboard bei Ingo Willmers im Büro angebracht war, und das er in seinem unfehlbaren Gedächtnis abgespeichert hatte. Daneben hatten außer einer Zeitlinie für Einsätze die Buchstaben M.B. gestanden – was wahrscheinlich für Mirjam Berghof stand. Auch der sündhaft teure Fotoapparat mit Teleobjektiv, den er von seinem Rücksitz nahm, zeugte davon, dass sie bei ihm richtig waren. Denise war bereits ausgestiegen und marschierte auf den Mann zu. Tobias schloss sich ihr unverzüglich an und holte aufgrund seiner langen Beine rasch auf.

»Veritas?«, vergewisserte er sich, als er ihn erreicht hatte, denn einen Namen hatten sie derzeit von ihm nicht. »Tobias Heller und Denise Malowski, Kriminalpolizei«, stellte er sich und seine Partnerin ordnungsgemäß vor, die ebenfalls ihren Dienstausweis hochhielt. »Und Sie heißen …?«, schob er provokativ und mit hochgezogenen Augenbrauen hinterher.

»Moritz Langer«, antwortete er bereitwillig. »Und ja, ich bin bei Veritas angestellt. Doch falls Sie etwas über meine Ermittlungen erfahren wollen, werde ich Sie wohl an meinen Boss verweisen müssen. Wir sind laut Vertrag zu strengem Stillschweigen verpflichtet, was unsere Ermittlungen angeht. Ich will meinen Job nicht riskieren, auch wenn dieser lausig bezahlt wird. Aber ich habe Familie und einen riesigen Schuldenberg abzutragen. Ich kann es mir nicht leisten, plötzlich ohne Arbeit dazustehen. Meine Firma ist gleich da vorn«, zeigte er auf die andere Straßenseite. »Ich komme gerne mit Ihnen.«

»Danke, das wird nicht nötig sein«, winkte Denise ab. »Sie hingegen, Herr Langer, haben jetzt die Wahl zwischen genau zwei Möglichkeiten: Sie beantworten entweder gleich hier an Ort und Stelle unsere Fragen, oder wir nehmen Sie mit in unser Kommissariat, wo wir drei uns in aller Ruhe unterhalten können. *Diese* Entscheidung liegt ganz bei Ihnen!«

Tobias klärte ihn darüber auf, dass Gesetze immer höherwertiger anzusehen waren als Arbeitsverträge, und man ihm daher gar nicht befehlen könnte, seine Pflicht als Staatsbürger zu verletzen und eine Zeugenaussage bei der Polizei zu verweigern. Erst recht dann nicht, wenn diese in einem Mordfall ermittelte und er darin involviert sein könnte. Moritz Langer erbleichte über seinen gesamten rasierten Schädel, wodurch die Haarstoppel unter seiner Kopfhaut sichtbar wurden. Er hatte dunkle Haare, stellte Tobias beiläufig fest.

Seine nächsten Worte zeigten, dass er durchaus in der Lage war, Fakten zu kombinieren, was in seinem Beruf zumindest früher einmal Grundvoraussetzung gewesen war. Zu einer Zeit, als es noch keine Kriminalpolizei gab und Detektive Verbrechensaufklärung betrieben, statt in fremde Schlafzimmer zu schauen. »Mord?«, hauchte Langer erschrocken. »Dann stimmt es also, was heute Morgen in der Zeitung stand? Die Frau am Brunnenkeller ... das war Mirjam Berghoff?«

Tobias war beeindruckt. Sofern Manfred Kornelius für diesen Zeitungsbericht verantwortlich zeichnete, hatte er sich ganz schön ins Zeug gelegt, den Artikel noch am selben Abend zu schreiben und ihn noch vor Redaktionsschluss in den Druck zu bekommen. Dann hatte sich der Besuch bei ›Manni‹ wenigstens in einer

Hinsicht gelohnt. Er hatte zwar noch keine Gelegenheit zum Lesen gehabt, war sich aber sicher, dass der Familienname dort wie üblich abgekürzt wurde. Der junge Detektiv schien jedoch ein heller Kopf zu sein, und *Mirjam* war zumindest in dieser Schreibweise ein ungewöhnlicher Name. Moritz Langer würde bereitwillig alles erzählen, was sie von ihm wissen wollten, dessen war sich ebenfalls sicher.

»Okay, ich sage ihnen alles, was ich weiß«, hörten sie diesen dann auch sagen. »Mein Boss darf es jedoch nicht erfahren!« Er warf einen nervösen Blick auf das oberste Geschoss des gegenüberliegenden Gebäudes. »Wir gehen aber dazu vielleicht besser woanders hin. Er kann uns von seinem Bürofenster aus sehen, wenn er hinausschaut und das macht er oft.«

Denise nickte und suchte anschließend die Straße nach einer Alternative ab. »Wie wäre es mit dem Café in dem Gebäude daneben?«, schlug sie dann vor. »Das kann man von oben nicht einsehen. Sie sind zu einer Tasse Kaffee eingeladen und erzählen uns dabei alles. Ihr Arbeitgeber muss es ja nicht erfahren, solange das nicht unsere Ermittlungen behindert.«

* * *

Etwas später

»Da habt ihr ja während unserer Abwesenheit eine Menge herausgefunden«, freute sich der SOKO-Chef. Er hatte sie umgehend nach seiner und Denises Rückkehr einberufen, obwohl es reichlich spät geworden war. Tatsächlich hatten seine Ermittler bis auf eine Sache *alles* erledigt, was ihnen aufgetragen worden war. Das wurde auch Zeit, denn der Tag neigte sich dem Ende zu und nach dieser Besprechung würde er seine Leute in den Feierabend schicken. Denn morgen war schon Freitag, und das Wochenende würde ihren Bemühungen, den kniffligen Fall schnell aufzuklären, eine Zwangspause verordnen. Nach ihren unermüdlichen und zu nichts führenden oder zumindest wenig erfolgreichen Ermittlungen der letzten Tage hatten sie diese aber auch bitter nötig. Jetzt war es zunächst wichtig, die jeweiligen Erkenntnisse unter einen Hut zu bringen, solange die Eindrücke noch frisch waren. Morgen würde man weitersehen.

Zunächst berichteten Jasmin und Vanessa, was sie von der Vermieterin gehört hatten. »Wie es scheint, wurde Mirjam Berghoff tagelang observiert«, schloss Vanessa den Bericht ab. »In dem Haus wohnt ja sonst niemand, und die Eheleute Lambert führen doch ein eher langweiliges Leben. Wozu sollte jemand auf den Gedanken kommen, sie auszuspionieren? Leider hat Frau Lambert sich nicht das Kennzeichen gemerkt. Es war immer derselbe Mann, sagte sie uns. Außer, dass er kräftig war und eine Glatze hatte, konnte sie keine hilfreiche Beschreibung abgeben. Mirjams Ehemann kommt wohl nicht infrage. Er rasiert sich zwar den Schädel, ist jedoch über 1,80 Meter groß und eigentlich ziemlich normal gebaut. Als ›kräftig‹ würde ich ihn jedenfalls nicht gerade bezeichnen.«

»Es würde aber auf den Privatdetektiv passen, den Mirjam Berghoff beauftragt hatte«, merkte Denise an. »Doch der würde wohl kaum bei ihr zu Hause herumschnüffeln, oder? Außerdem passt diese äußerst vage Beschreibung auf die Hälfte aller Kerle in dem Alter.

Die jungen Männer rasieren sich doch heutzutage alle den Kopf. Die Beobachtung der Vermieterin scheint mir aber schon wichtig zu sein. Wir brauchen mehr Details! Mit diesen Angaben finden wir nicht heraus, um wen es sich gehandelt hat.«

»Das wäre ein Treppenwitz, wenn sie im Gegenzug von ihrem eigenen Mann ausspioniert worden wäre«, überlegte Erik. »Vielleicht hat er ebenfalls jemanden damit betraut, wenn er es aufgrund seines Aussehens schon nicht selbst gewesen sein kann.«

»Jedenfalls wissen wir von Moritz Langer, dass das Ermittlerbüro Veritas, für das er arbeitet, von Mirjam Berghoff vor zwei Wochen mit der Beschattung ihres Ehemannes betraut wurde«, übernahm Tobias den Bericht über ihre ›Unterredung‹ mit dem Detektiv. »Leider konnte er nur berichten, was er gesehen hat. Die kompletten Ermittlungsberichte und Fotos, die er angefertigt hat, sind in der Akte, die Mirjam Berghoff nach Abschluss der Ermittlungen übergeben wurde. Das war am vergangenen Freitag, einen Tag vor ihrer Entführung, wenn ich das einmal anmerken darf. Es ging darum, ihrem Mann eheliche Untreue nachzuweisen, für die es jedoch keine Belege gab.«

»Dieser ›ausführliche‹ Bericht könnte auf dem als Lippenstift getarnten USB-Stick sein, den wir in ihrer Wohnung gefunden haben«, nickte Vanessa. »Das ist aber ein sogenannter ›Crypto Stick‹, meint Erik. Man braucht ein spezielles Kennwort, um ihn auszulesen. Wir haben ihn Amara übergeben; sie versucht, ihn zu entschlüsseln, aber das kann eine Weile dauern, sagte sie. Vielleicht finden wir darauf Hinweise, die uns bei den Ermittlungen helfen.«

»Das ist jetzt wohl nicht mehr so wichtig für uns«, wiegelte Tobias ab. »Wesentlich interessanter dürfte dieser Kerl für uns sein, der vor der geheimen Zweitwohnung herumgelungert ist und Fotos von ihr und ihrem Liebhaber angefertigt hat. Und natürlich das Haus, das Erik gefunden hat, und das wundersamerweise fast genau auf dem Weg von dem Haus in der ›Alten Poststraße‹ und dem Fundort der Leiche liegt. Ich denke, da werden wir uns morgen mal gründlich umsehen!«

»Wie willst du das denn anstellen?«, hob Jonas die Augenbrauen. »Einen Durchsuchungsbeschluss wird uns dafür niemand ausstellen, weil es kein Tatort ist, und Berghoff wird uns freiwillig nicht die Erlaubnis erteilen, dort herumzuschnüffeln.«

»Wir benötigen dazu diesmal weder das eine noch das andere«, grinste Erik. »Weil ihm das Grundstück nämlich nicht gehört, sondern den Schwiegereltern. Und die werden es uns sicher erlauben.«

»Das denke ich auch«, beendete der SOKO-Chef die Diskussion. »Die Eltern des Opfers haben ein großes Interesse an der Aufklärung. Ich werde sie umgehend um die Erlaubnis bitten. Was ist mit dem gelöschten Benutzerprofil? Habt ihr da bereits etwas erreicht?«, wandte er sich an Martin.

»Als wir endlich den richterlichen Beschluss dafür auf dem Tisch hatten, war dort nur der Anrufbeantworter am Apparat«, musste Martin zugeben. »Dafür haben wir den Rosenkavalier ausfindig gemacht. Das war nicht leicht, wir mussten uns über dreihundertfünfzig Passfotos anschauen. Zum Glück war der Kerl einer aus der Mitte!«

»Mit ihm beschäftigen wir uns ebenfalls morgen«, verfügte Tobias nach einem Blick zur Wanduhr. »Wir werden ihn einbestellen, das werde ich übernehmen. Ich mache ihm ein Angebot, das er nicht abschlagen sollte. Im Zweifel werde ich das über den Chat dieser Kontaktbörse erledigen, falls er nicht im Telefonbuch steht. Ihr macht jetzt besser Feierabend, und morgen früh möchte ich nichts als ausgeruhte Gesichter hier sehen. Zum Abschluss möchte ich euch noch sagen, dass ihr heute herausragende Arbeit geleistet habt!«, entließ er seine Leute mit einem längst überfälligen Lob. Ein langer Ermittlungstag war zu Ende.

Kapitel 13

Wie passt das alles zusammen?

Als Jasmin und Vanessa am nächsten Morgen in Begleitung zweier Forensiker in der Uhlrather Straße ankamen, erwartete sie dort eine Überraschung. Das Haus – laut Lageplan in einem Stichweg gelegen – gab es nämlich nicht. Zumindest nicht in der erwarteten Form. Stattdessen stand auf dem mit einem Bauzaun eingefassten Grundstück nur ein Rohbau, der sie aus leeren Fensteröffnungen zu verhöhnen schien. Türen gab es ebenfalls keine. Nur der Dachstuhl war fertig, aber nicht eingedeckt. Ein Baugerüst fehlte ebenfalls, was darauf schließen ließ, dass an der Fassade keine Arbeiten mehr durchzuführen waren.

Vanessa sah zur Sicherheit noch mal auf den Lageplan, den Erik aus dem Liegenschaftskataster ausgedruckt hatte. Nein, das musste das gesuchte Objekt sein, wenngleich natürlich noch keine Hausnummer angebracht war. Ein Anruf bei Thorsten Alsleben, der als Eigentümer eingetragen war, brachte die Erleuchtung: Die Eltern von Mirjam Berghoff hatten dieses Anwesen vor etwa einem Jahr gekauft, das baufällige Gemäuer, das noch darauf stand, abreißen lassen und einen Neubau errichtet. Jetzt wurde auch die Bemerkung des Eigentümers dem Chef gegenüber verständlich, dass man keinen Schlüssel benötige. Natürlich war eine Erlaubnis dennoch erforderlich gewesen.

Laut dem Eigentümer stand der Bau kurz vor der Fertigstellung und sollte Anfang des nächsten Jahres bezugsfertig sein. Dass derzeit keine Arbeiten durchgeführt wurden, lag an einem ungeplanten Baustopp, den sie aufgrund von verschiedenen Lieferengpässen zwangsweise einlegen mussten. Mit anderen Worten wurde dort seit genau drei Wochen kein Handschlag gemacht und das Grundstück war seitdem verwaist. Rieke Martinen meinte dazu nur lapidar, dass dies die Spurensuche vereinfache, weil man so frische Spuren besser erkennen könnte. Man musste eben immer das Positive sehen, und die Forensikerin sah ein Glas stets als halb voll an.

Die Ermittlerinnen sahen die Sache hingegen eher skeptisch. Ein Rohbau bedeutete in erster Linie, dass dieses Gemäuer praktisch nur aus Steinen, Stahl und Holz bestand. Vor allem gab es keine Möbel, in denen man etwas versteckt haben könnte, und auch keinen Strom. Sollte Berghoff jedoch seine tote Frau mehrere Tage lang gekühlt aufbewahrt haben, um den Todeszeitpunkt zu verschleiern, wäre das die Grundvoraussetzung gewesen.

Doch natürlich hatte Rieke völlig recht: Wer nicht suchte, fand auch nichts. Das Erste, was ihnen auffiel, als sie nach einer bequemen Möglichkeit suchten, die Baustelle ohne Klettern zu betreten, war das fehlende Vorhängeschloss an einer dicken Stahlkette, die den einzigen Zugang zierte. War das einfach nur Nachlässigkeit, oder eventuell ein Hinweis darauf, dass sich jemand Zutritt verschafft hatte? Vanessa wies Rieke an, die Kette nach Fingerabdrücken zu untersuchen, und betrat mit Jasmin das Baugrundstück.

»Findest du es nicht auch eigenartig, dass Alsleben Tobias gegenüber nicht mit einem Wort erwähnt hat, dass es sich hierbei bloß um eine Baustelle handelt?«, wunderte sich Jasmin, als sie neben Vanessa herlief. Sie war etwas außer Atem. Vanessa hatte viel längere Beine als sie und schritt außerdem forsch aus, sodass sie für einen ihrer Schritte zwei machen musste. »Das wäre doch wichtig gewesen!«

»Er wird sich wohl nichts dabei gedacht haben. So ist das nämlich mit der Kommunikation: Dinge, von denen man denkt, dass der jeweils andere diese weiß, werden allgemein nicht angesprochen. So entstehen Missverständnisse. Tobias hatte nicht explizit danach gefragt, weil das Haus laut Liegenschaftskataster fast hundert Jahre alt, und der Neubau nicht eingetragen ist. Alsleben hingegen wird sich gedacht haben, dass wir das wussten. Es ist aber auch irrelevant, denn als Täter kommt er kaum infrage. Es ist nicht mal gesagt, dass wir hier was finden, doch nachschauen müssen wir dennoch!«

»Das ist nur für die Theorie des Chefs interessant, dass Berghoff hinter allem stecken könnte«, keuchte Jasmin. »Kannst du mal etwas langsamer gehen? Man könnte fast glauben, du trainierst heimlich für einen Marathon! Schon besser. Aber für die Annahme gibt es nicht den geringsten Beweis«, nahm sie den Faden wieder auf. »Was erhoffen wir uns überhaupt, hier zu finden?«

»Das wissen wir, sobald wir es sehen. Und nun hör mit der Meckerei auf, wir sind ja schon da«, wies ihre Freundin sie zurecht, als sie den Bau erreicht hatten. Manchmal konnte Jasmin schon ziemlich nervig sein, wenn sie mal ein paar Schritte laufen musste. Als sie durch die Türöffnung ins Innere traten, fiel Vanessa mit einem mulmigen Gefühl in der Magengegend ein, dass sie keine Bauhelme trugen. Doch woher hätten sie wissen sollen, dass sie welche benötigen würden? In diesem Augenblick holte Riekes Kollege sie ein und drückte ihnen zwei gelbe Bauhelme in die Hände. Das hätten sie eigentlich wissen müssen: Ihre Forensiker waren auch auf solche Gelegenheiten vorbereitet!

* * *

Im Kommissariat beendete Martin soeben das mit der Geschäftsleitung der Kontaktbörse geführte Telefonat. Wie nach der bereits zuvor bei Mirjam Berghoff gezeigten Bereitschaft zur Kooperation zu erwarten gewesen war, hatte man ihm dort das gelöschte Profil widerspruchslos zur Verfügung gestellt, nachdem er eine Kopie des Beschlusses per Fax übersandt hatte.

Gunther Reichelt hieß der Mann, war gemäß Profil zweiunddreißig Jahre alt, selbstständiger Werbedesigner und wohnte in Lohmar. Natürlich musste nichts davon stimmen, da in Profilen dieser Art in der Regel gelogen wurde, dass sich die Balken bogen, und eine Überprüfung der Daten durch den Betreiber normalerweise ja nicht vorgenommen wurde. Dort war nur die Bankverbindung für die Teilnehmergebühren von Interesse, welche die Polizei jedoch im Zweifel ebenfalls zur realen Person führen würde. Allerdings wäre dazu ein weiterer Beschluss notwendig. Doch das war eigentlich gar nicht nötig, denn dass die Angaben im Benutzerprofil tatsächlich der Wahrheit entsprachen, wussten sie bereits, weil sie den Mann kannten.

Dass er – wie alle anderen, die mit Mirjam Berghoff in Kontakt getreten waren – im Umkreis oder zumindest im Rhein-Sieg-Kreis wohnte, war hingegen nicht ungewöhnlich, obwohl die Kontaktbörse bundesweit operierte und sogar in Österreich und in der Schweiz ihre Mitglieder hatte. Letztendlich lief es aber darauf hinaus, dass man sich persönlich treffen musste, und dazu war eine gewisse geografische Nähe zwar nicht unabdingbar, aber hilfreich. Als Selbstständiger war er jetzt zu Hause anzutreffen, der nächste Schritt war also logisch. Auch, dass Tobias sich die Arbeit sparen konnte, den geflohenen Rosenkavalier von der Marktpassage vorzuladen, denn es handelte sich bei beiden um ein und dieselbe Person!

Aufgefallen war ihnen das vorher natürlich nicht, weil sie für ihn keinen Beschluss gehabt hatten, nur seinen Profilnamen kannten und sein Profilbild kein Gesicht zeigte. Sie hätten sich die mühevolle Durchsicht hunderter Passfotos sparen können, wenn der Beschluss zur Herausgabe des gelöschten Benutzerprofils nur einen Tag früher auf ihrem Tisch gelegen hätte, doch so war nun mal das Leben. Martin gab im Chefbüro Bescheid und folgte dann seinem Partner, der bereits vorausgeeilt war, um den Dienstwagen zu reservieren. Auf die Erklärungen über den Grund für zwei unterschiedliche Profile und für die überstürzte Flucht bei der ersten Begegnung waren sie gespannt.

* * *

»Ach, gut, ihr seid hier!«, rief Amara Jones erleichtert aus, als sie das Büro der Kommissariatsleitung betrat. »Jonas und Martin hätten mich eben beinahe umgerannt, als sie aus der Tür gestürmt sind, Jasmin und Vanessa sind mit Rieke hinausgefahren und Erik ist ebenfalls nicht an seinem Arbeitsplatz!« Sie hatte einen Lippenstift in der Hand, den sie Denise reichte. »Ich habe nämlich soeben das Zugangskennwort für diesen USB-Stick geknackt. Es wird euch sicher brennend interessieren, was für Daten darauf gespeichert sind, deshalb bringe ich ihn persönlich vorbei.«

»Das trifft sich eigentlich gut«, nickte Denise. »Wir haben gerade erfahren, dass eine Vernehmung nicht mehr nötig ist, die wir für heute eingeplant hatten. Hast du eine Zusammenfassung für uns?«

»Nur so viel, dass es sich um Ermittlungsberichte dieser Detektei handelt«, winkte die Forensikerin ab. »Es steht mir aber nicht zu, das auf irgendeine Weise zu interpretieren, denn das ist eure Arbeit. Viel Spaß damit.« Und schon war sie wieder verschwunden.

»Darum kümmern wir uns später«, meinte Tobias, weil Denise den USB-Stick gerade in ihren Computer einstöpseln wollte. »Moritz Langer hat uns ja bereits im Wesentlichen gesagt, worum es bei den Ermittlungen gegangen ist, und dass es keine Anzeichen für eine Untreue seitens des Ehemannes gab. Witzig ist nur, dass ausgerechnet Mirjam Berghoff als Auftraggeberin Mitglied in einer Kontaktbörse war und sich einen jungen Liebhaber hielt!«

»Ich werde es mir trotzdem mal anschauen«, blieb sie standhaft. »Wer weiß, ob er uns nicht belogen hat. Außerdem hat er ihren Ehemann tagelang observiert. Es wäre vielleicht von Interesse, was er in dieser Zeit so getrieben hat, wo du ihm schon nicht vertraust! In diesem Sinne wäre es eigentlich deine Aufgabe, es zu lesen, aber ich will mal nicht so sein.« Sie führte ihre begonnene Handbewegung zu Ende und steckte den Stick in den Slot ihres Rechners. Amara hatte recht, es handelte sich um Ermittlungsberichte und sie waren mit Fotos versehen, wie es in diesem Gewerbe üblich war. Kompromittierende Aufnahmen waren auf den ersten Blick tatsächlich nicht dabei. Denise widmete sich daher den Texten und begann zu lesen.

* * *

Freitag, 4. Oktober

Meine Zielperson verlässt um 16:02 Uhr die Klinik, vor der ich den ganzen Tag Posten bezogen hatte, und fährt auf die Augustastraße, die in Richtung Ortsausgang führt und als Luisenstraße hinter der Grenze zu Troisdorf auf die B8 mündet. Mein Interesse ist sofort geweckt, da sein Haus in der entgegengesetzten Richtung liegt. Ob er wohl zu seiner Geliebten fährt? Ich folge ihm mit einem gebotenen Mindestabstand und lasse immer ein Fahrzeug zwischen uns, obwohl er als Chirurg sicher nicht im Umgang mit Observationen geübt ist. Am Kreisel fährt er geradeaus weiter und folgt der Luisenstraße. Hier gibt es nur Wohnbebauung, also kann er wohl nicht geschäftlich unterwegs sein. Kurz vor der Ortsgrenze gibt es zwar einen Autohändler, doch er setzt den Blinker und biegt vor dem Autohaus rechts ab. Plötzlich macht der Wagen vor mir eine Vollbremsung und ich kann gerade noch eine Kollision verhindern. Ich war abgelenkt gewesen und hatte das Kind nicht gesehen, das auf die Straße gelaufen war. Als der Weg dann endlich frei ist, kann ich den Mercedes nicht mehr sehen, und das Viertel, in das er eingebogen ist, hat zu viele mögliche Ziele. Ich suche eine Weile die Nebenstraßen ab, kann den Wagen aber nicht entdecken. Meine Zielperson habe ich für heute verloren.

* * *

»Wir hätten die Taschenlampen einpacken sollen, man kann ja kaum etwas erkennen«, beschwerte sich Jasmin über das Dämmerlicht im Inneren. Offenbar war sie heute mit dem ›falschen Bein‹ aus ihrem Bett gestiegen, denn es war sonst nicht ihre Art, über alles zu meckern. Im Gegenteil war sie normalerweise der Sonnenschein der Truppe. »Wer von uns beiden geht zum Auto, um sie zu holen?«

»Ich werde umgehend für ausreichende Lichtverhältnisse sorgen«, versprach ihr der junge Forensiker dienstbeflissen, der die Bauhelme gebracht hatte. Ein Oliver Soundso. Den Nachnamen wussten die Ermittlerinnen nicht, da er erst seit ein paar Wochen in der Forensik Dienst tat. »Mit den leistungsstarken Akkulampen aus dem Bus wird es hier gleich taghell.« Mit diesen Worten drehte er sich auf dem Absatz um und lief davon. Jasmin und Vanessa sahen sich grinsend an. Der Junge war kaum trocken hinter den Ohren. Er würde auch noch lernen, dass übertriebene Eile nicht immer gut war.

Oliver hatte nicht zu viel versprochen. Schon eine Viertelstunde nach seiner Ansage waren alle Räume im Erdgeschoss mit starken Halogenlampen ausgeleuchtet, die aber nichts als unverputzte Wände und mehligem Staub auf dem blanken Estrich des Fußbodens zeigten. Und in diesem Staub, der wahrscheinlich aus Kalk bestand, waren einige leicht verwischte Sohlenabdrücke zu erkennen, die zu einer Zinkwanne an der Wand und wieder zur Tür führten. Diese sollte sicher zum Anrühren eines Wandputzes dienen, war jetzt jedoch bis auf eine Handbreit Wasser am Boden leer. Rieke, die mit der Kette am Eingang mittlerweile fertig war, machte von den Sohlenabdrücken ein paar Dutzend Fotos mit einer Kamera, die einen Maßstab in die Fotos einblendete. Anschließend nahm sie sich die Wanne vor, welche die einzige ›Einrichtung‹ hier im Erdgeschoss bildete.

* * *

»Anscheinend war der erste Tag nicht sonderlich erfolgreich«, informierte Denise ihren Partner nach ihrer Lektüre des ersten von insgesamt sechs Ermittlungsberichten, der diese Bezeichnung eigentlich gar nicht verdient hatte. »Berghoff hat ihn abgehängt, als er auf der Luisenstraße abgebogen ist. Er kam wohl von der Klinik, aber wohin er gefahren ist, wissen wir jetzt nicht.«

»Merkwürdig ist das schon«, brummte Tobias, der irgendetwas recherchierte und nur mit einem halben Ohr zugehört hatte. »Die Luisenstraße liegt von der Klinik aus genau entgegengesetzt zu seiner Wohnung in Wolsdorf. Was könnte er in dieser Gegend gewollt haben?«

»Vielleicht erfahren wir es in einem der nächsten Berichte. Moritz Langer kann ja nicht jedes Mal Pech mit der Verfolgung gehabt haben. Mal sehen, was die Observation vom nächsten Tag hergibt.« Mit diesen Worten vertiefte sie sich erneut in die Berichte.

* * *

Samstag, 5. Oktober

Es ist 14:16 Uhr, als das Garagentor hochfährt. Ich stehe in der ›Alten Poststraße‹, einige Dutzend Meter von der Hausnummer 16 entfernt. Von hier habe ich das Haus gut im Blick, werde selbst aber nicht gleich gesehen. Außerdem ist mein Citroën ein eher unauffälliges Auto. Im Gegensatz zu dem roten Nissan, der jetzt aus der Garage fährt. Am Steuer sitzt aber nicht meine Zielperson, sondern dessen Ehefrau. Es würde mich brennend interessieren, wohin sie immer fährt, wenn sie so aufgebrezelt das Haus verlässt. Doch das herauszufinden, ist ja nicht meine Aufgabe. Ich warte auf ihren Mann, der gemäß ihrer Information heute angeblich Dienst in der Klinik hat, und zwar bis zum Abend. Ich muss aber nicht lange warten. Schon zwei Minuten später schiebt sein cremefarbener Mercedes die Kühlerhaube auf die Straße. Ich starte den Motor und folge ihm unauffällig.

Er biegt aber nicht in die Aulgasse ein, was für den Weg zur Klinik sicher die erste Wahl gewesen wäre, sondern folgt der Straße ›Steinbahn‹, die an den Ortsrand in ein eher verrufenes Viertel führt. Was mag er dort wohl vorhaben? Da gibt es außer verkommenen Wohnhäusern nur ein paar ›Spelunken‹ der übelsten Sorte. Und wenn ich ›übel‹ sage, dann meine ich das auch. Glücksspiel, Drogengeschäfte und Prostitution sind dort die übliche ›Handelsware‹. Vielleicht hat er aber auch ein anderes Ziel, doch zu seiner Klinik ist er definitiv nicht unterwegs, so viel ist klar. Die Fahrt ist jedoch nur kurz und endet in einem schmuddeligen

Hinterhof mit einer Holztür, an die meine Zielperson jetzt in einem merkwürdigen Rhythmus klopft: kurz-kurz-lang-kurz-kurz. Offenbar handelt es sich um ein Erkennungszeichen. Ich mache Fotos davon.

Was tun? Ich weiß, dass auf der anderen Seite der Eingang zu einer Kneipe ist, in der sich nur zwielichtiges Gesindel herumtreibt. Der Hintereingang wird eher für krumme Geschäfte verwendet. Blieb ich hier, könnte er mir durch den Vorderausgang entwischen, was aber umgekehrt ebenfalls gilt. Die Entscheidung wird mir abgenommen, als die Hintertür nach kaum fünf Minuten erneut geöffnet wird und zwei Gorillas heraustreten. Sie schleppen meine Zielperson, die wie ein nasser Sack in ihren muskulösen Armen hängt. Sie werfen ihn auch wie einen solchen zu Boden und verabschieden sich von ihm mit den Worten *»Beim nächsten Mal hast du besser die Kohle!«* und lassen ihn liegen. Natürlich habe ich von der ganzen Sache Fotos gemacht.

* * *

»Es sieht ganz so aus, als wäre unser Herr Stadtrat in dem Hinterhof ziemlich übel verprügelt worden«, meinte Tobias nachdenklich, nachdem er den Bericht ebenfalls quergelesen und sich die beigefügten Fotos angesehen hatte. »Ich erkenne hier zwar noch keinen Zusammenhang mit unserem Mordfall, aber ich kann Melanie nach dem erwähnten ›Etablissement‹ fragen. Wenn da illegales Glücksspiel betrieben wird, hat sie ganz sicher schon gegen die Inhaber ermittelt. Solche Läden riecht sie zehn Kilometer gegen den Wind. Ich weiß jedoch nicht, was uns das bringen soll.«

»Vielleicht geht es ja auch um Drogen«, überlegte Denise. »Berghoff wäre ja nicht der erste Chirurg, der sich mit Kokain oder anderen Mittelchen eine ruhige Hand zu verschaffen sucht. Oder es geht um Prostitution, dann sollten wir auch die Kollegen der Kommissariate 3 und 4 mit ins Boot nehmen. Fest steht aber, dass er diesen Leuten offenbar Geld schuldet, und das wiederum wäre ein ausreichendes Mordmotiv. In den Kreisen ist man bekanntlich nicht zimperlich. Sofern er seine Schulden nicht begleicht, kann er sich wahrscheinlich noch freuen, wenn man ihm nur die Beine bricht. Das war vor genau zwei Wochen, er benötigte also dringend Geld! Zum nächsten Bericht klafft aber eine Lücke von zwei Tagen, wenn man den Sonntag nicht mitrechnet und danach kommen eigentlich nur noch belanglose und im Grunde auch nichtssagende Aussagen dieses Detektivs zu den Bewegungen seines Zielobjekts. Dass der aber offenbar in Geldnot ist und auf seine Frau angewiesen sein dürfte, scheint klar.«

»Du hast recht«, musste er erneut zugeben. »Seine Frau schwimmt ja bekanntlich darin. Aber das nutzt uns leider nichts, solange wir ihm eine Tat nicht auch nachweisen können, und davon sind wir momentan Lichtjahre entfernt. Sofern es denn nicht tatsächlich eine Entführung war und diese Ereignisse gar nichts miteinander zu tun haben. Dann stünden wir Stand heute nämlich ohne jede Spur da!«

»Warum bist du auf einmal so negativ eingestellt? So kenne ich dich ja überhaupt nicht. Wir haben noch zwei Ermittlerduos draußen. Warten wir erst mal ab, ob nicht wenigstens eins davon mit einer kleinen bis mittleren Sensation zurückkehrt!«

Als wollte das Schicksal sie verhöhnen, klopften in diesem Augenblick Vanessa und Jasmin an ihre offen stehende Bürotür und traten ein. Eigentlich mussten die Oberkommissarinnen gar nichts sagen, denn ihre enttäuschten Gesichter sprachen Bände. »Das war ein einziger Reinfall«, meldete Jasmin. »Wusstet ihr, dass das eine Baustelle ist?« Der anschließende Bericht der Ermittlerinnen über ihren Einsatz war kurz, denn sie hatten ja im Grunde so gut wie nichts gefunden. Das war nicht die erhoffte Sensation, fand Denise, deren Hoffnung jetzt auf Jonas und Martin ruhte. Doch die hätten sich bestimmt gemeldet, wenn sie etwas von Bedeutung erfahren hätten. Tobias hingegen wirkte mit einem Mal ein wenig abwesend und sah sinnend aus dem Fenster. Sie kannte diesen Blick: Er brütete etwas aus, worüber er erst sprechen würde, wenn er zu einem Ergebnis gekommen war. Wenn die Zeit reif war, würde er schon damit herausrücken.

Zwischenspiel

Manfred Kornelius

Die Kneipe war eine einzige Räuberhöhle, und das war noch untertrieben. Fast fühlte ich mich an eine Szene aus der Schatzinsel von Stevenson erinnert, die ich als Kind geradezu verschlungen hatte. Das ist die Szene in dieser Hafenkneipe, die ein Treffpunkt von Flints alter Piratenbande ist. Der schmuddelige Wirt hinter dem Tresen, der bei meinem Eintreten gerade ein Bierglas mit einem schmierigen Lappen polierte, war seinem Pendant aus dem Buch sogar ein wenig ähnlich. Allerdings gab es weder einen Papagei noch einen hakennasigen Pirat mit Holzbein. Zumindest, soweit ich es in der schummrigen Beleuchtung sehen konnte, die aus ein paar trüben Funzeln bestand.

Ich hatte mich für meinen Ausflug in die ältesten und gammligsten Klamotten geschmissen, die ich im Kleiderschrank hatte finden können: löchrige Jeans, die ich vor Ricarda retten konnte, und ein dicker Rollkragenpullover mit Norwegermuster, der vornehmlich der Tarnung des sorgfältig darunter verborgenen Equipments diente. Offenbar war ich dennoch ›overdressed‹, denn sofort richteten sich die Augen sämtlicher Anwesender auf mich und folgten mir mit misstrauischen Blicken zum Tresen, wo ich den Hintern mit betont gleichgültiger Miene auf einen Barhocker pflanzte. Innerlich schwitzte ich jedoch.

Wie war ich überhaupt in diese Situation geraten? Das war wohl meinem selbstzerstörerischen Hang zu verdanken, für eine Story stets an vorderster Front zu agieren. Und natürlich der ›Überredungskunst‹ eines Kerls, den ich zu meinen Freunden zählte und dessen Ehefrau, die ich bis heute gar nicht gekannt hatte. An meine Lebensgefährtin mochte ich dabei überhaupt nicht denken. Ricarda würde mir wahrscheinlich den Kopf abreißen, doch meine Liebste hatte Nachtdienst und würde nichts davon mitbekommen, sofern mir nicht wieder jemand eins auf den Schädel gab.

Tobias Heller war es, der mir bei seinem heutigen Besuch von dieser Spelunke erzählte, die womöglich in seinem derzeitigen Fall eine gewisse Rolle spielen könnte. Dass ich selbst eine eher unrühmliche Rolle gespielt hatte, musste er mir nicht sagen, ließ es aber gelegentlich durchblicken. Seine Frau, selbst Leiterin eines Kommissariats, war mitgekommen. Als ich sie sah, blieb mir die Luft weg. Was für eine Frau! Schon von Natur aus recht groß gewachsen, trug sie auch noch Stiefel mit hohen Absätzen, wodurch sie so groß wie ihr Mann erschien. Dazu diese feuerrote Löwenmähne und ihre dunkle, rauchige Stimme, die einem Kerl eine Gänsehaut verpassen konnte.

Sie war es auch, die mich zu dieser Aktion überredete. Es könne überhaupt nichts passieren, flötete sie in den höchsten Tönen. Ich müsse mich nur in diese Kneipe setzen und Augen und Ohren offenhalten. Zu meiner Sicherheit würde ich ›verkabelt‹, wodurch sie und Tobias draußen vor der Tür alles live miterleben und bei Anzeichen von Gefahr einschreiten würden. Sie selbst könne das nicht machen, da sie dort bereits mehrfach erfolglos ermittelt habe und daher bekannt sei. Ihren Mann würde man auch sofort erkennen, da er schon öfter mit Foto in Zeitungsberichten erwähnt worden war. Einige hatte ich sogar selbst verfasst. Es war vielleicht meinem schlechten Gewissen und der Aussicht auf eine Story zu verdanken, dass ich sofort einwilligte. Ein wenig übereilt, wie sich herausstellen sollte. Aber der Reihe nach.

Der Laden bezeichnete sich auf dem Leuchtschild über der Eingangstür – dessen Lampen anscheinend den Geist aufgegeben hatten – als Irish Pub, wogegen es drinnen eher nach Schweinestall aussah. Dennoch wagte ich es, beim Wirt ein Guinness zu ordern, was er mir wortlos auf den Tresen stellte. Nur die Flasche, wohlgemerkt, doch dies war für mich in Anbetracht dieses schmierigen Lappens, mit dem er seine Gläser polierte, ohnehin die bessere Option. Ich legte meine Hände um die Flasche: Wenigstens war das Bier kalt.

Während ich lustlos daran nuckelte, sah ich mich auftragsgemäß verstohlen in dem Laden um, wobei ich die Flasche jeweils in die Richtung hielt, wohin ich schauen wollte. So fiel es nicht auf, wie ich hoffte. Ich war schließlich Zeitungsmensch und nicht James Bond. Gerade schob der Wirt einem bulligen Kerl am anderen Ende des Bartresens unter der hohlen Hand etwas zu, was ich nicht genau erkennen konnte. Es könnte ein Briefchen gewesen sein, wie es für Kokain oder Heroin verwendet wird. Den Geldschein, den er offenbar im Gegenzug bekommen hatte, steckte er beiläufig in die Hemdtasche. Es war ein ›Hunderter‹, *das* konnte ich genau erkennen. Schade, dass ich nur ein Mikrofon hatte und keine Kamera.

Für solche Fälle hatten wir eine Anzahl von Codes ausgemacht, mit denen ich meine Auftraggeber über die Vorkommnisse informieren konnte. Tobias Heller und seine Frau saßen in ihrem Auto und hörten alles mit. Auf einen Ohrhörer zur gegenseitigen Kommunikation hatten sie verzichtet. Heller hätte ihn unter seinen langen Haaren verstecken können, bei meiner Glatze wäre das nicht möglich. Ich war also weitestgehend auf mich allein gestellt. Aber ich sollte ja auch nur ›Mäuschen‹ spielen. Ich tat, als hätte ich mich an dem Bier verschluckt und hustete dreimal in einem bestimmten Rhythmus: Lang – kurz – kurz. Das war das Signal für eine Drogenübergabe.

Entweder war ich dabei zu auffällig gewesen, oder die Kerle verfügten über ein extrem hohes Misstrauenslevel. Jedenfalls war ich plötzlich von zwei Kerlen der Marke Kleiderschrank umgeben, die mich finster anschauten. »Was glotzt du hier herum?«, wollte der Wirt von mir wissen. Er konnte also doch sprechen. »Wir haben dich noch nie zuvor gesehen. Ein komischer Vogel bist du auf jeden Fall. Ich denke aber, du bist nichts als ein verdammter Spitzel!« Er gab seinen Schlägern einen Wink, worauf diese mich links und rechts packten und zu einer Tür direkt neben dem Tresen schleiften. Dort ging es sicher in den Hof. Das sah überhaupt nicht gut für mich aus! Ich wollte den Code für den Zugriff sagen, brachte aber keinen Ton hervor.

Das war es dann wohl für mich gewesen. Dass die beiden mich nicht zu einem Plausch in den Hinterhof einladen wollten, war klar, und morgen würde man meine Leiche in einer Mülltonne finden. Diesmal war ich zu weit gegangen und würde bestimmt nicht mit einem Schlag auf meinen Hinterkopf davonkommen. Mein letzter Gedanke galt meiner schönen Ricarda. *Es tut mir unendlich leid, meine Süße!*

Plötzlich hörte ich, wie hinter mir die Kneipentür krachend aufgestoßen wurde, und Melanie Heller, die mit lauter Stimme und für eine Polizeibeamtin recht derben Worten alle Anwesenden anwies, ihre Hände über die Köpfe zu heben. Das ist jedoch die beschönigte Version. Was sie tatsächlich sagte, kann ich hier nicht wiedergeben, weil es nicht ganz jugendfrei war. Ich war noch mal mit einem blauen Auge davongekommen, wie es aussah. Was dann geschah, weiß ich nicht, da auch meine ›Kleiderschränke‹ ihrer Aufforderung, die Hände zu heben, nachgekommen waren und mich einfach fallen ließen. Ich schlug natürlich mit dem Kopf auf die harten Fliesen und verlor auf der Stelle das Bewusstsein.

Kapitel 14

Der Maulkorb

»Diesmal ist unser Reporter zum Glück noch mal mit einem Brummschädel davongekommen«, beendete der SOKO-Chef seinen Bericht über die am Samstagabend gemeinsam mit seiner Frau und zwei ihrer Ermittler durchgeführten Razzia. Kornelius war eine Art kalkuliertes Bauernopfer gewesen, was er jedoch nicht gewusst hatte. Melanie Heller hatte nach einem Vorwand gesucht, die Kneipe auch ohne einen Durchsuchungsbeschluss durchsuchen zu dürfen, und der tätliche Angriff auf ihren ›V-Mann‹ hatte ihr dazu die Rechtfertigung gegeben. Unmittelbare Lebensgefahr hatte für Kornelius nie bestanden. Dass er sich schon wieder den Kopf angestoßen hatte, war als Kollateralschaden zu werten, wie sie sagte.

»Als Melanie und ich die Kneipe stürmten, beging der Wirt einen folgenschweren Fehler«, fuhr Tobias fort. »Er drückte einen Knopf unter dem Tresen, der anscheinend mit einer Warneinrichtung im Hinterzimmer verbunden war. Die illustren Teilnehmer der illegalen Pokerrunde liefen Melanies Leuten direkt in die Arme, als sie in den Hinterhof flüchten wollten. In der Kneipe fanden wir genügend Drogen, um die Betreiber des Etablissements für längere Zeit hinter Gitter zu bringen. Auf die vorläufig festgenommenen Teilnehmer der Pokerrunde kommt sicher strafrechtlich ebenfalls noch etwas zu. Da werden Köpfe rollen, es waren nämlich einige prominente Bürger der Stadt darunter, auch aus der Kommunalpolitik. Meine Frau kann jedenfalls zufrieden sein; sie kann diesen Laden endlich schließen. Auf dem Pokertisch lagen beinahe hunderttausend Euro, was eine unlimitierte Runde vermuten lässt.«

»Und was hatte das alles mit unserm Mordfall zu tun?«, rief Jasmin dazwischen. Verhaltenes Gelächter ertönte. Es gab niemanden im Raum, der nicht damit gerechnet hatte.

»Vordergründig nichts«, schmunzelte Tobias. »Für unseren Fall scheint das auf den ersten Blick tatsächlich nicht sonderlich relevant zu sein, zumal Berghoff nicht unter den festgenommenen Spielern war. Aber wir haben die Gewissheit, dass dort illegales Glücksspiel betrieben wurde, und durch den Ermittlungsbericht des Detektivs wissen wir auch, dass Berghoff dort ein und aus ging und sehr wahrscheinlich Spielschulden in beträchtlicher Höhe hatte. Weshalb hätte man ihn sonst verprügeln sollen?«

»Was ihm ein Motiv für eine unorthodoxe Art und Weise der Bargeldbeschaffung geben würde«, nickte Denise nachdenklich. »Hatten wir vor ein paar Jahren nicht einen ähnlich gelagerten Fall aufzuklären? Wie hieß die angeblich entführte Frau noch?« Eigentlich war sie nicht so angetan von seiner Theorie, doch die Ähnlichkeit war in der Tat verblüffend.

»Du meinst die Entführung der Alma Braun«, erinnerte er sich. »Ihr Mann hatte sie im ehelichen Haus getötet und eine höchst abenteuerliche Entführungsgeschichte erfunden, die ihm für die Tatzeit ein Alibi verschaffte. Anschließend hat er uns von einer Lösegeldübergabe zur nächsten gejagt, bis sie schließlich tot aufgefunden wurde. Ihre Leiche hatte er luftdicht in Folie eingewickelt und in einer extra angemieteten Garage versteckt, wo er sie in Blockeis gepackt hatte, um den Todeszeitpunkt zu verschleiern. Das ist sogar fast identisch! Wir konnten den Täter aber durch eine Überwachungskamera am Nachbarhaus überführen. Die Aufnahme zeigte, wie er mit der Leiche wegfuhr. So etwas haben wir hier nicht, Denise. Selbst, wenn es hier ähnlich wäre, könnten wir das nur beweisen, wenn wir seine Spuren fänden, wo sie seiner Darstellung nach nicht sein dürften und die mit dieser Tat in Verbindung gebracht werden können.«

»Womit wir bei der Baustelle angelangt wären, die mein Kollege und ich am Freitag untersucht haben«, nahm Rieke Martinen diese Bemerkung zum Anlass, ihren Bericht dazu abzugeben. »Geografisch liegt sie günstigerweise auf dem direkten Weg vom Haus der Eheleute Berghoff zum Brunnenkeller, wie ich bereits postuliert hatte. Leider habe ich dort keine gerichtsfesten Beweise für seine Anwesenheit gefunden. Zwei Sachen sind jedoch dabei herausgekommen: Die an einigen Stellen gut erhaltenen Sohlenabdrücke, die in Baustaub hinterlassen wurden, haben Schuhgröße 44, was der von Doktor Berghoff entspricht. Bei dem Wasser in der Wanne – etwas mehr als zehn Liter – handelt es sich um normales, gechlortes Leitungswasser, allerdings mit einigen organischen Beimengungen, die ich an dieser Stelle nicht erwartet hätte. Für eine Überführung wird das nicht reichen, fürchte ich.«

»Seine Schuhsohlen haben wir bei den beiden von ihm selbst genehmigten Hausdurchsuchungen nicht fotografisch festgehalten«, hob Tobias die Schultern. »Für einen erneuten Beschluss wird diese Spur nicht reichen. Schuhgröße 44 haben viele Männer; ich zum Beispiel auch. Die chemische Zusammensetzung des Trinkwassers ist überall dieselbe, das nutzt uns also auch nichts, sofern es überhaupt relevant ist. Was ist mit den erwähnten Beimengungen?«, wandte er sich an die Forensikerin. »Hast du das analysiert? Woraus bestehen sie?«

»Ich habe geringe Spuren von Natriumsulfat darin nachweisen können, sowie Harnsäure«, las Rieke aus ihren Unterlagen. »Diese aber in einer sehr geringen Menge, sodass mir eine DNA-Bestimmung unmöglich war. Harnsäure kommt unter anderem im menschlichen Schweiß vor, und das Natriumsulfat könnte von einer Seifenlotion oder einem Duschgel stammen. All das ist jedoch wenig aussagekräftig und daher nicht verwertbar.«

»Es könnte von einem menschlichen Körper sein, der darin gelegen hat«, überlegte Erik laut. »Und das Wasser blieb vielleicht von dem Blockeis zurück, mit dessen Hilfe die Leiche mindestens drei Tage gekühlt wurde.«

»Könnte, hätte, würde!«, wetterte der SOKO-Chef, dem langsam die Geduld ausging. »Selbst, wenn wir *beweisen* könnten, dass Mirjam in der Wanne gelegen hat – was wir aber nicht können – müssten wir ihrem Mann immer noch unwiderlegbar nachweisen, dass er sie dort deponiert hat. Und das ist ebenso unmöglich wie die Quadratur des Kreises!«

»Wir haben uns noch gar nicht angehört, was die Vernehmung des Chatpartners ergeben hat«, wandte Denise ein. Vornehmlich tat sie das, um ihn zu beruhigen und auf den Boden zurückzuholen. Tobias war ein fähiger Kriminalist, doch ohne einen klaren Kopf war er auch nicht zu gebrauchen. »Was hat die Unterhaltung mit Gunther Reichelt ergeben?«, wandte sie sich an Martin, der in der Regel die Berichterstattung übernahm, wenn er mit Jonas draußen gewesen war. »Ihr hattet es am Freitag wohl eilig, in den Feierabend zu gehen«, schob sie nach, da der Bericht nämlich wie üblich nicht in der Falldatenbank erfasst worden war. Anscheinend hatten die Herren wieder mal geglaubt, es sei für ihre Ermittlungen nicht von Bedeutung.

»Das ist schnell erzählt«, brummte Martin lustlos und atmete tief ein, bevor er berichtete, was die Fahrt nach Lohmar am vergangenen Freitag ergeben hatte. Nämlich gar nichts, seiner Meinung nach. Der Hauptkommissar sollte aber auf *dieser* Sitzung nicht mehr zu Wort kommen, denn in diesem Moment meldete das Handy seines Chefs einen eingehenden Anruf.

»Warte einen mal Augenblick. Das ist das Büro der Kriminaldirektorin, das kann ich nicht einfach ignorieren«, gebot Tobias seinem Ermittler mit erhobener Hand Einhalt, während er das Gespräch annahm. Das Gespräch war indes recht einseitig und endete von seiner Seite aus mit den Worten: »Geht in Ordnung, wir sind in zwei Minuten bei Ihnen.« Es klang wie das Knurren eines Hundes, der kurz vor dem Sprung war. »Wir sollen *umgehend* bei Doktor Winter erscheinen«, informierte er Denise und seine Ermittler, denen sich jetzt auch der Grund für seine plötzliche Gereiztheit offenbarte. Wenn die Kriminaldirektorin die Leitung ohne vorherige Terminabsprache zu sich zitierte, war das selten etwas Gutes. »Ich denke, wir unterbrechen die Teambesprechung und machen später weiter. Das gibt euch zudem die Gelegenheit, in der gewonnenen Zeit euren längst überfälligen Bericht zu schreiben«, wandte er sich an Martin und Jonas, bevor er hinter Denise hinauseilte.

* * *

Karin Brunner wirkte wie immer irgendwie zeitlos auf die Besucher, und niemand wusste genau, wie alt der ›Vorzimmerdrachen‹ ihrer obersten Chefin überhaupt war. Nachdem sie vor Dr. Ursula Winter bereits zwei Direktoren ›verschlissen‹ hatte, schätzte Tobias sie auf mindestens Mitte fünfzig. Sie winkte ihn und Denise – wie üblich, ohne sie anzuschauen – mit dem Standardsatz »Die Frau Kriminaldirektorin erwartet sie« durch zu der Verbindungstür gleich neben ihrem voluminösen Schreibtisch, der jedoch auch heute bis auf ihren Computer und den Telefonapparat leer war. Niemand im Haus wusste im Grunde, was die eigentliche Aufgabe der Sekretärin war, doch *diese* Funktion hatte sie auf jeden Fall perfekt drauf. Wie oft hatten sie diesen Satz von ihr schon gehört?

Entgegen ihren Erwartungen war Dr. Winter nicht in einer Besprechung, wie vor einer Woche, sondern saß an ihrem Schreibtisch, von wo sie ihnen mit einer extrem finsteren Miene entgegensah. Das war schon mal ein schlechtes Zeichen. Und sie bot ihnen keine Sitzplätze an, was ein noch schlechteres Zeichen war.

»Sie können sich denken, aus welchem Grund ich Sie sehen wollte?«, stellte sie statt einer Begrüßung eine kryptische Frage. Woher sollten sie das denn wissen?

»Wenn es wegen der Lösegeldübergabe ist«, stellte Tobias eine Vermutung an, »sind wir für deren tragische Folgen und den Tod der Frau nicht verantwortlich. Wir haben in der Sache getan, was uns möglich war. Die Entführer hielten von Anfang an das Heft in der Hand, und wir hinkten ständig hinterher. Meine Ermittler arbeiten derzeit mit Hochdruck daran, den abscheulichen Mord an Mirjam Berghoff aufzuklären, sind aber nicht einen Schritt weitergekommen.« *Und wenn wir hier sinnlos herumstehen und über vergossene Milch diskutieren, wird daraus auch nichts*, fügte er in Gedanken hinzu. Denise zeigte ihre berüchtigte senkrechte Stirnfalte, die in der Regel Unheil verkündete, sagte aber nichts. Dass sie sauer darüber war, von der Kriminaldirektorin auf diese Art behandelt und hier wie ein Schulmädchen vorgeführt zu werden, war ihr anzusehen.

»Niemand macht Ihnen oder Ihrer Sondereinheit irgendeinen Vorwurf deswegen«, winkte Dr. Winter barsch ab. »Nicht mal der Ehemann, obwohl Doktor Berghoff bekanntlich sehr hohe Erwartungen in Ihre Fähigkeiten gesetzt hatte und moralisch jedes Recht dazu hätte. Umso mehr verwehrt er sich jetzt, dass Sie sich offenbar aus lauter Frust über Ihren Misserfolg auf ihn eingeschossen haben! Oder entspricht es etwa nicht den Tatsachen, dass die SOKO jetzt gegen den Ehemann ermittelt? Herr Doktor Berghoff ist ein angesehener Bürger unserer Stadt und persönlich an vielen sozialen Projekten beteiligt!«

Daher wehte also der Wind! Tobias begriff sofort, worum es hier ging: ›Mister Showbiz‹ hatte irgendwie herausgefunden, dass die SOKO Rhein-Sieg in seinem privaten Umfeld herumschnüffelte und hatte sich an höchster Stelle darüber beschwert. So etwas tat aber seiner Erfahrung nach nur, wer über entsprechenden Einfluss verfügte und zudem irgendwas zu verbergen hatte. Zumal seine Leute diskret vorgegangen waren. So hatte niemand seine Nachbarn und/oder Bekannte über ihn ausgefragt, sondern nur – mit seiner Einwilligung sogar – das Krankenhauspersonal, um die von ihm gemachten Angaben zu überprüfen. Deshalb war völlig unklar, wie er von ihren Ermittlungen gegen ihn erfahren hatte, aber wahrscheinlich hatten seine Schwiegereltern bezüglich ihrer Baustelle geplaudert. Mit seiner Beschwerde hatte er jetzt aber das Gegenteil von dem erreicht, was er beabsichtigt hatte. Es ist niemals gut, Aufmerksamkeit auf sich zu ziehen.

»Ich versichere Ihnen, dass wir das nicht aus Frust machen«, rechtfertigte er sich. »Unsere Ermittlungen sind absolut logisch aufgebaut und beruhen auf Indizien und Spuren, denen wir nachgehen. Sie wissen selbst, dass man in sämtlichen Richtungen ermitteln muss, wenn keine klare Sachlage erkennbar ist.«

»Wir werden uns nicht an die Leine legen lassen!«, meldete sich auch Denise zu Wort. »Bisher waren vor dem Gesetz stets alle Menschen gleichzubehandeln. Falls sich das jetzt geändert haben sollte, sind meine Dienste nicht mehr notwendig und ich würde sie in diesem Fall zur Verfügung stellen!« Das war starker Tobak, das fand sogar Tobias. Denise riskierte einiges. Natürlich war sie finanziell autark, weil sie in einem schuldenfreien Haus lebte und die Steuerberatungspraxis ihres Mannes genügend abwarf. Doch Tobias wusste auch, wie sehr sie an ihrer Arbeit hing, die für sie wesentlich mehr war als ein Job. Deshalb hatte er im Grunde auch offene Türen bei ihr eingerannt, als er sie in seine SOKO holte. Auch wenn sie sich zuerst geziert hatte. Lange Sekunden sprach niemand, und eine bleierne Stille lastete auf der kleinen Gruppe. Dr. Winter machte ein betroffenes Gesicht und war für eine Weile sprachlos, was für die wortgewandte Frau extrem ungewöhnlich war.

»Niemand in diesem Raum zweifelt Ihre Integrität an, Frau Malowski!«, stieß Winter schließlich hervor. »Tun wir also, als seien diese Worte niemals gefallen, und Sie beide gehen bei Ihren weiteren Ermittlungen bitte so diskret wie möglich vor. Wenn Sie unbedingt im Umfeld dieses Herrn ermitteln müssen, tun Sie es so, dass niemand etwas davon erfährt. Meine Wenigkeit eingeschlossen. Sie dürfen gehen!«

* * *

Derweil waren die im Besprechungsraum verbliebenen Ermittler aber nicht dem Vorbild ihrer beiden Chefs gefolgt und hatten die Versammlung aufgelöst, sondern waren in eine angeregte Diskussion vertieft. Zu ermitteln gab es derzeit nichts, und so konnten sie sich wenigstens mit dem befassen, was sie wussten. Und das ging hier eben am besten. Nur Rieke hatte sich zurück an ihren Arbeitsplatz begeben. Ihr Chef Jürgen Vogel würde ihr etwas erzählen, wenn sie ihre wertvolle Zeit mit den ›Kriminalen‹ vertrödelte, wie er sie nannte.

»Warum machst du nicht *Transkript*?«, schlug Erik gerade vor, weil Martin sich über die Order des Chefs mokierte, einen seiner Meinung nach eher überflüssigen Bericht zu verfassen. Bei seinen Schreibkünsten sei er ja Stunden beschäftigt, hatte er sich beschwert. Erik zog ein Diktiergerät aus der Tasche, wie auch der Chef es seit Neuestem für unterwegs verwendete, um die Fakten und Sinneseindrücke für später zu konservieren. Vornehmlich für seine Ermittler, weil Tobias über ein nahezu perfektes Gedächtnis verfügte und solche Krücken normalerweise ablehnte. Aber natürlich musste er mit leuchtendem Beispiel vorangehen, denn alle anderen hatten auch eines erhalten. Bisher mit mäßiger Begeisterung, was deren Einsatz anging. Man hatte mit der Zeit eben Gewohnheiten ›gepflegt‹, die man nicht so schnell abzulegen bereit war.

»Du holst jetzt deinen Bericht nach, den du vorhin abgeben wolltest, und nimmst mit deinem Diktiergerät alles auf«, präzisierte Erik, weil Martin ihn nur verständnislos anstarrte. »Das hat den Vorteil, dass wir ihn schon gehört haben und ihn nicht mehr lesen müssen. Später schiebst du den Sprachchip in deinen Computer und kannst mit einer speziellen Software die Sprache in Text umwandeln lassen. Du brauchst nur noch die Übertragungsfehler zu korrigieren.«

»Und das soll funktionieren?«, zweifelte Martin. Er kramte in seiner Tasche nach dem Gerät, ohne es aber zu finden. Wahrscheinlich lag es auf seinem Schreibtisch oder – was noch wahrscheinlicher war – in der Schublade unter tonnenweise Kram verborgen. Jonas reichte ihm wortlos sein eigenes. Martin schaltete es ein und begann mit seinem Bericht.

* * *

Drei Tage zuvor

Als Martin auf den Hausflur hinausstürmte, hätte er um ein Haar Amara Jones umgerannt, die gerade aus dem Aufzug kam. Er hatte es eilig, denn er wollte Jonas einholen, bevor dieser den Parkplatz erreichte. Sein Partner war vorausgegangen, um einen Dienstwagen zu besorgen, und würde sich hinter das Steuer setzen, wenn er ihn zuerst erreichte. Und das musste unter allen Umständen verhindert werden, wenn sie heute noch an ihrem Ziel ankommen wollten. Einen tieferen Sinn sah er ohnehin nicht in der Fahrt. Doch auslassen konnte man diese natürlich nicht, solange die Zusammenhänge nicht bekannt waren. Gunther Reichelt war zweimal mit unterschiedlichen Profilen mit Mirjam Berghoff in Verbindung getreten und bei ihrem Zusammentreffen geflohen. Dieses Verhalten schrie förmlich nach einer Erklärung.

Den Wettlauf um den Fahrersitz hatte Martin aber haushoch verloren. Als er atemlos auf dem Parkplatz ankam, saß Jonas hinter dem Steuer eines Dienstwagens und signalisierte ihm mit der Lichthupe seinen Standort. Vielleicht wollte er ihn auch bloß zur Eile antreiben, was jedoch bei diesem Kerl unwahrscheinlich war, so langsam wie er immer fuhr. So zuckelten sie mit exakt 69,5 km/h über die B56, anstatt der hier erlaubten 70. Zum Glück lag ihr Ziel in Lohmar-Heide nur wenig mehr als sechs Kilometer entfernt, sodass sie schon nach zwanzig Minuten dort waren, statt der über das Navigationssystem ausgeworfenen Viertelstunde.

Gunther Reichelt war ihr Mann. Wenn nicht schon die Daten einschließlich seines Personalausweisfotos aus dem Einwohnerregister dies belegt hätten, tat es sein erschrockenes Gesicht, als er die Tür öffnete und die beiden Polizisten in Zivil vor sich stehen sah, vor denen er am Donnerstag geflohen war. Das war ihm jetzt natürlich verwehrt, was er offenbar auch sofort einsah. Mit schuldbewusster Miene trat er seufzend zurück, um sie eintreten zu lassen.

»Wie haben Sie mich gefunden?«, wollte er zuerst wissen, als sie in seinem geräumigen Arbeitszimmer zusammensaßen. Es diente wohl auch der Kundenberatung, da es einen Besprechungstisch und mehrere Stühle gab. Reichelt wirkte hypernervös und knetete ständig seine Hände. »Es ist mir zwar klar, dass Sie es offenbar gewesen sind, die mich in die Marktpassage gelockt hatten, doch in meinem Profil ist weder mein richtiger Name hinterlegt noch habe ich ein Gesichtsfoto hochgeladen.«

»Das hätten Sie bei Ihrem ersten, gelöschten Profil ebenfalls tun sollen«, schmunzelte Martin. »Sagen Sie uns lieber, warum Sie in der Marktpassage abgehauen sind? Wir wollten nur mit Ihnen reden!«

»Diese Mirjam, als die Sie sich im Chat ausgegeben hatten, hat mich doch bestimmt angezeigt, habe ich recht?«, stellte er zunächst eine Gegenfrage. »Das war alles völlig harmlos, ehrlich! Ich habe ihr doch nichts antun wollen!«

»Es wird wohl besser sein, wenn Sie uns zunächst die vollständige Geschichte dazu erzählen«, ermunterte Jonas den aufgelösten Mann. »Danach werden Sie sich wie befreit fühlen, glauben Sie mir!«

Reichelt schien förmlich mit sich zu ringen. Nach etlichen Sekunden des Nachdenkens nickte er jedoch und begann, zögernd zu erzählen. Jonas hatte bereits sein neues elektronisches Diktiergerät aus der Hosentasche gezogen und nach einem fragenden Blick, den Reichelt mit einem Nicken beantwortet hatte, eingeschaltet. Dieser sprach zunächst stockend und wurde dann immer flüssiger in seiner Rede. Vielleicht hatte er nur auf eine solche Gelegenheit gewartet.

Die Beichte, die sie in den nächsten zehn Minuten zu hören bekamen, war aber weder spektakulär noch hatte seine Verfehlung anscheinend irgendetwas mit ihrem Fall zu tun. Er hatte sich mit seinem Verhalten zwar zweifellos strafbar gemacht, doch das war eine andere ›Baustelle‹. Jonas steckte sein Aufnahmegerät wieder ein und nickte Martin auffordernd zu, der sich von seinem Stuhl erhob und von Reichelt verabschiedete. Natürlich nicht, ohne ihn darauf hinzuweisen, dass sein Fehlverhalten Konsequenzen haben würde. Diesen Weg hätten sie sich sparen können!

Kapitel 15

Konkrete Verdachtsmomente

»Euer Rosenkavalier hatte also mit seinem ersten Profil Kontakt zu Mirjam aufgenommen, sich mit ihr getroffen und war abgeblitzt«, fasste Vanessa Martins Bericht zusammen. »Er folgte ihr bis zu ihrem Haus und stellte ihr auch später nach, sodass er von ihrer Zweitwohnung erfuhr, wo er sich auf die Lauer legte. Das erfüllt den Straftatbestand des Stalkings, deshalb löschte er das Profil, als sein Opfer ihn beim Spannen erwischte, und legte ein neues an. Aber mit dem Kerl, den Mirjams Vermieterin vor dem Haus gesehen hat, kann er nicht identisch sein. Dieser war von kräftiger Statur und hatte eine Glatze.«

»Sagte er nicht, dass er so einen Kerl vor dem Haus herumlungern sah?«, erinnerte sich Jasmin an einen Nebensatz in Martins Vortrag. »Also Leute, ich kann mir nicht helfen, aber irgendwie denke ich, dass diese Beobachtung von zwei Zeugen etwas zu bedeutet hat! Hatte Tobias nicht den Privatdetektiv so beschrieben, den er und Denise befragt haben? Der arbeitete zwar für *Mirjam* Berghoff, aber vielleicht diente er ja zwei Herren. Das soll ja gelegentlich vorkommen!«

»Wer dient zwei Herren?«, erkundigte sich Tobias, der soeben vor Denise den Besprechungsraum betrat und sich an seinen angestammten Platz setzte. »Gut, ihr seid alle noch hier. Dann können wir euch gleich die große Neuigkeit unterbreiten, die wir von Doktor Winter erfahren haben: Unser Stadtratsabgeordneter hat sich nämlich heute beschwert, weil wir angeblich gegen ihn ermitteln. Er muss irgendwie Wind davon bekommen haben, dass wir ebenfalls in seinen Angelegenheiten herumschnüffeln. Wir sollen uns diesbezüglich etwas zurücknehmen, sagte die Chefin. Doch da werden wir ihr etwas husten. Jetzt erst recht! Und was war das bei euch für eine angeregte Diskussion?«

»Wir könnten uns ein Passfoto von diesem Moritz Langer besorgen und es Frau Lambert zeigen«, schlug Denise vor, nachdem Vanessa beide auf den neuesten Stand gebracht hatte. »Hat sie euch nicht gesagt, dass sie ihn wiedererkennen würde? Wenn er das tatsächlich gewesen ist, werden wir ihn uns ein weiteres Mal vornehmen. Irgendwas stinkt hier gewaltig, das sehe ich genauso. Wir haben zudem mit Gunther Reichelt unverhofft einen weiteren Zeugen, den wir ebenfalls befragen sollten. Martin und Jonas werden ihn daher heute noch mit einem Besuch beehren, während ihr dasselbe mit Roswitha Lambert macht«, wandte sie sich an die Oberkommissarinnen.

* * *

»Ich hätte ja wirklich gern mal das Gesicht unserer Kriminaldirektorin gesehen, als Denise ihr den Rücktritt anbot«, schwatzte Jasmin, während sie den Audi am Straßenrand parkte. Bis zum Haus der Eheleute Lambert war es nicht sehr weit, sodass sie schon eine halbe Stunde nach der Besprechung dort ankamen. Die meiste Zeit hatte die Suche nach dem Passbild des Detektivs in der Einwohnerdatenbank gedauert. Man hätte aufgrund der geringen Distanz auch etwas für die Gesundheit tun und den Weg zu Fuß zurücklegen können, doch so weit ging ihre Liebe zur Umwelt nun auch wieder nicht und zudem hatten sie keine Zeit zu verschenken. Ihre beiden Chefs hatten sie im Gegenteil sogar zur Eile angetrieben.

»Sie war wohl ziemlich verdattert über den stillen Vorwurf unserer Chefin, das Recht beugen zu wollen, indem sie uns einen Maulkorb verpasst, was Berghoff angeht«, nickte Vanessa. »Diese Leute vergessen gelegentlich, dass sie im Grunde Polizeibeamte und somit dem Gesetz verpflichtet sind. Ihr Vorgänger Albrecht war noch schlimmer; der hätte uns einen ellenlangen Vortrag gehalten. *Wir sind auch verpflichtet, die Ehre unbescholtener Bürger unserer Stadt nicht grundlos zu beschmutzen. Denken Sie stets daran, wenn Sie im Dreck herumwühlen!*«, äffte sie perfekt die leiernde Sprechweise ihres ehemaligen Kriminaldirektors nach, was ihrer Freundin ein Kichern entlockte.

Roswitha Lambert schien überrascht, die Ermittlerinnen zu sehen, war jedoch gleich dazu bereit, sich das Foto einmal anzuschauen. »Also, ich weiß nicht so recht«, schüttelte sie nach einer Weile ratlos ihren Kopf, wobei sie das Gesichtsfoto beinahe hypnotisiert hatte. »Auf diesen Passbildern sieht man doch nie so aus wie im richtigen Leben, nicht wahr? Ich kann das nicht mit Bestimmtheit sagen. Das könnte schon der Mann sein, aber beschwören kann ich es nicht. Es tut mir leid. Wenn ich ihm vielleicht direkt gegenüberstehen könnte? Man sieht das doch immer in Krimis, wo man aus mehreren Verdächtigen einen aussuchen muss.«

Jasmin verzichtete darauf, dieser Frau zu erklären, dass eine solche Vorgehensweise wirklich nur in den Fernsehkrimis üblich war, vorzugsweise natürlich in amerikanischen Filmen. Im wirklichen Leben wurde das anders geregelt, vor allem ohne diese Nummerntafeln. »Haben Sie trotzdem vielen Dank«, versicherte sie ihr, während Vanessa mit enttäuschter Miene das Foto einsteckte. Ein Vielleicht war besser als ein Nein, und eventuell hatten Martin und Jonas mehr Glück.

* * *

Im Kommissariat hatte Tobias derweil die Zeit der Abwesenheit der Ermittler genutzt, einem Gedanken nachzugehen, der ihm vorhin während des ›Vortrags‹ der Kriminaldirektorin gekommen war. Dazu musste er sich in die Forensik begeben, wo er Rieke Martinen zum Glück an ihrem Arbeitsplatz vorfand.

»Natürlich kann ich den Vergleich auf diese Weise durchführen«, nickte sie, nachdem er seinen Wunsch vorgetragen hatte. »Wie bereits erwähnt, wäre er vor Gericht jedoch nicht genügend beweiskräftig. Es wird zudem eine Weile dauern, bis ich dazu komme, weil ich gerade eine dringendere Arbeit zu erledigen habe. Reicht es, wenn du das Ergebnis in einer Stunde hast? Bis dahin werde ich es bestimmt schaffen. Du musst dann nicht wieder zu mir zu kommen; ich bringe dir das Resultat persönlich vorbei.«

»Eine Stunde reicht vollkommen«, versicherte der SOKO-Chef eilig. »Bevor meine Leute nicht von ihrer Tour zurück sind, können wir ohnehin nichts damit anfangen. Danke erst mal, ich erwarte die Expertise dann in einer Stunde.«

Tobias ging mit zwiespältigen Gefühlen zurück in sein Büro. Wie so oft nahmen die Ermittlungen auch jetzt zwar nicht gerade Fahrt auf – so konnte man das nun wirklich nicht nennen – zogen aber erkennbar in eine ganz bestimmte Richtung. Eine Richtung, die er schon eine ganze Weile im Auge hatte, ohne konkrete Beweise für seine Theorie zu haben.

Auch wenn Riekes Auswertung vor Gericht keinen Bestand haben würde, wäre sie unter Umständen ein Indiz, das ihnen Dr. Winter gegenüber eine Rechtfertigung für weitere Ermittlungen geben könnte. Wenn jemand wie Berghoff seinen Einfluss geltend machte, um die Untersuchungen gegen ihn zu stoppen, hatte er womöglich etwas zu verbergen. Das musste nichts mit dem Tod seiner Ehefrau zu tun haben, war jedoch verdächtig.

* * *

Heute hatte Martin den Fahrersitz für sich erobern können und stellte den Audi exakt auf die Minute zu der vom Navigationssystem für die Strecke ausgewiesenen Zeit vor dem Haus Nummer 16 im Hüttenweg ab, wie er nicht müde wurde, seinem Partner unter die Nase zu reiben. Jonas hingegen schob es auf den Verkehr, der am Freitag ungünstiger für ihn gewesen sei. Martin nahm diese lahme Ausrede gelassen zur Kenntnis, da heute wie am Freitag die ganze Strecke wie leergefegt gewesen war. Sollte dieser Langweiler nur an sein eigenes Märchen glauben, und ein Streit über ›des Kaisers Bart‹ war ohnehin sinnlos. Jenseits der Haustür waren Klopfgeräusche zu vernehmen, es war also jemand zu Hause.

»Sie schon wieder«, wurden sie empfangen, als die Tür nach mehrmaligem Klingeln geöffnet wurde und Gunther Reichelt sie fragend ansah. Eine Ehefrau gab es ihrer Kenntnis nach nicht. Er war geschieden. In seinem Gesicht spiegelte sich außerdem Besorgnis. Er nahm wahrscheinlich an, dass die Polizisten ihn mit weiteren Vorwürfen behelligen wollten. In der linken Hand hielt er einen Hammer, was man durchaus als Bedrohung ansehen konnte. Allerdings hatte er wohl Nägel in die Wand geschlagen und er trug das Werkzeug lässig am langen Arm nach unten. Martin nahm beiläufig zur Kenntnis, dass Reichelt offenbar Linkshänder war.

»Legen Sie bitte den Hammer weg!«, fordert er ihn sicherheitshalber auf. Polizisten waren immer etwas empfindlich, wenn ein Verdächtiger mit einer Waffe vor ihnen stand. Oder einem Werkzeug, das als Waffe verwendet werden konnte. »Keine Sorge, wir wollen Sie heute lediglich als Zeuge vernehmen«, beruhigte er ihn, nachdem Reichelt den Hammer an Jonas übergeben hatte. »Wir könnten sogar ein gutes Wort beim Staatsanwalt für Sie einlegen, wenn Ihre Aussage uns helfen sollte. Dann kämen Sie unter Umständen mit einer Verwarnung davon.«

Keine zwei Minuten später legte Jonas drei Passfotos von drei verschiedenen Männern auf den Tisch. Sie waren alle im selben Alter und waren sich mit der Glatze in gewisser Weise ähnlich. Nach einer eingehenden Beratung hatten sie sich für diese Vorgehensweise entschieden, anstatt bloß ein Foto von Moritz Langer auf die Handys zu laden, wie ihre Kolleginnen es gemacht hatten. Sollte der Zeuge auf das ›richtige‹

Foto zeigen, wäre das viel glaubwürdiger, als wenn er keine Auswahl gehabt hätte. Die Ermittler sahen ihn mit dementsprechend gespannter Erwartung an, als er die Fotos studierte. »Das hier ist der Mann, den ich vor dem Haus gesehen habe!«, tippte Reichelt jedoch schon nach wenigen Sekunden auf das mittlere Foto. »Definitiv. Kein Irrtum möglich!«

* * *

Zehn Minuten später waren Denise und Tobias in ihrem Audi unterwegs und jagten mit der hier zulässigen Höchstgeschwindigkeit die B56 Richtung Bonn hinunter. Das ›könnte sein‹ der Vermieterin und das ›definitiv‹ des Stalkers – von ihren Ermittlern vor Ort per SMS übermittelt – reichten aus, um *ihren* Detektiv einer erneuten und dieses Mal ein wenig ›detaillierteren‹ Befragung zu unterziehen. Natürlich hätte das jemand anderes machen können, doch einerseits war außer Erik derzeit niemand verfügbar und andererseits war es stets eine gute Idee, einen Verdächtigen mit Beamten zu konfrontieren, die er bereits kannte. Weil sie aber seinen derzeitigen Aufenthaltsort nicht wussten, fuhren sie auch heute zu seiner Detektei in Sankt Augustin-Niederpleis.

Der grüne Citroën C3, den Moritz Langer bei ihrem ersten Zusammentreffen gefahren hatte, stand nicht auf dem Firmenparkplatz, als sie dort ankamen, doch das wollte ja nichts heißen. Veritas verfügte über eine Reihe von Fahrzeugen unterschiedlicher Farben und Marken. Und dass der Detektiv wahrscheinlich nicht immer dasselbe Auto für seine Observationen nahm, ging aus den Beobachtungen von Roswitha Lambert hervor, die ihn – oder zumindest einen ihm ähnlich sehenden Mann – in Fahrzeugen unterschiedlicher Farbgebung beobachtet hatte. Zwei Autos, von denen sie mittlerweile durch Recherchen wussten, dass sie Veritas gehörten, standen jedenfalls vor dem Haus.

Die ›Assistentin‹ mit der enormen Oberweite hatte ihre Haare heute lila gefärbt, oder es war eine andere Empfangsdame mit ähnlich üppigen Rundungen. So genau war das nämlich unter ihrer Schicht Schminke nicht zu erkennen. Aber nein, es war dieselbe piepsige Stimme, mit der sie protestierte, als Tobias mit den Worten »Wir kennen den Weg« einfach an ihrem Tresen vorbeimarschierte und das Büro ihres Arbeitgebers betrat. Denise folgte ihm auf dem Fuß.

»Sie sind das schon wieder!«, wurden sie von Ingo Willmers unfreundlich empfangen. »Hatte ich Ihnen bei Ihrem letzten Überfall nicht gesagt, dass wir ohne eine richterliche Anordnung keine Informationen zu unseren Klienten herausgeben? Ich kann nicht sehen, dass Sie eine in der Hand halten!« Willmers war nicht allein, sondern saß mit einem Kerl in den Dreißigern an seinem Besprechungstisch. Einer seiner Detektive, wie Tobias anhand eines Fotos am Whiteboard an der Wand erkannte. Leider war es nicht Moritz Langer.

»Deswegen sind wir nicht hier«, winkte Denise ab. »Wir müssen uns mit einem Ihrer Mitarbeiter unterhalten. Es ist dringend. Moritz Langer ist vermutlich im Besitz von Informationen, die wir in einem Mordfall benötigen. Er wird in dieser Sache zunächst als Zeuge vernommen. Ich weise Sie außerdem vorsorglich darauf hin, dass er in diesem speziellen Fall kein Aussageverweigerungsrecht hat und Sie sich mindestens der Behinderung unserer Ermittlungen schuldig machen, wenn nicht sogar der Strafvereitelung, falls Sie ihn nicht auf der Stelle herbeischaffen!« Willmers starrte sie entgeistert an und griff dann kreidebleich zum Telefon.

* * *

»Nachdem Denise dem Chef von *Veritas* die rechtlichen Konsequenzen so drastisch vor Augen geführt hatte, wurde er so klein. Mit Hut«, zeigte Tobias eine Stunde später seinen Leuten mit Daumen und Zeigefinger lachend einen Spalt. Mittlerweile waren seine vier Ermittler von ihren Ausflügen zurück und saßen vollzählig und in gewohnter Sitzordnung am Besprechungstisch. Rieke, die während der Abwesenheit des SOKO-Chefs das Ergebnis der von diesem geforderten Analyse hatte vorbeibringen wollen und lediglich ein leeres Büro vorgefunden hatte, saß ebenfalls mit am Tisch. »Sorry, wenn du dich meinetwegen umsonst überschlagen hast, aber das war notwendig«, wandte er sich an die flachsblonde Forensikerin, die es jedoch mit einer lässigen Handbewegung abtat.

»Unter dem Druck der Aussagen von zwei Zeugen, die ihn vor dem Haus gesehen hatten, in dem Mirjam Berghoff ihr Liebesnest hatte, gab Moritz Langer nach einigem Herumeiern schließlich zu, dieser nachspioniert zu haben, und zwar im Auftrag des Ehemannes und gegen ein opulentes ›Honorar‹ von 10.000 Euro. Und natürlich in die eigene Tasche. Da sein Chef bei der Vernehmung anwesend war, wird das wohl noch Konsequenzen nach sich ziehen. Für uns bedeutet es jedoch, dass wir die Berichte haben, die auf dem USB-

Stick von Mirjam Berghoff fehlten. Und noch einige mehr! Es bedurfte nur ein wenig ›gutes Zureden‹ von Denise und mir, sie uns zu überlassen.« Er zog einen Datenstick aus der Tasche, stöpselte ihn ein und rief das erste Dokument auf. »Seht selbst.«

* * *

Montag, 7. Oktober

Meine Zielperson verlässt heute um 16:21 Uhr die Klinik, vor der ich diesmal aber nicht den ganzen Tag Posten bezogen hatte, sondern erst vor einer Stunde dort angekommen bin. Er fährt denselben Weg wie am Freitag und diesmal wird er mich ganz bestimmt nicht abhängen! Ich folge ihm daher ohne ein Auto dazwischen und schaffe es bei dem Autohändler, mit ihm in die Seydlitzstraße abzubiegen. Jetzt lasse ich mich etwas zurückfallen, denn entkommen kann er mir in der wenig befahrenen Siedlung nicht. Er biegt noch zweimal ab und stellt den Mercedes vor einem Bauzaun ab. Davor steht ein etwa kühlschrankgroßes Paket, welches er auf eine Sackkarre aus dem Kofferraum hebt und auf das Grundstück schiebt, nachdem er das Vorhängeschloss vorn am Eingang mit einem mitgebrachten Schlüssel geöffnet hatte. Ich kann mir das alles nicht erklären, mache aber natürlich Fotos davon. Ihm nachzugehen, traue ich mich nicht, weil ich mich damit auf unbekanntes Terrain begeben und wahrscheinlich von ihm gesehen würde. Nach einer Viertelstunde kommt er ohne das Paket wieder zum Vorschein, verstaut die Sackkarre im Kofferraum und fährt auf dem direkten Weg nach Hause, wo er auch bleibt. Das war eine kurze Observation.

* * *

»Ich habe mir während eurer Abwesenheit mal ein paar Gedanken über das Wasser in dieser Zinkwanne gemacht«, meldete sich Erik jetzt zu Wort, als er den Bericht gelesen hatte und sah, dass auch die anderen damit fertig waren. »Es könnte sich dabei womöglich um Schmelzwasser handeln und die von Rieke vorhin erwähnten organischen Beimengungen wären dann von der Leiche, die darin gelegen hat. Es könnte also Blockeis verwendet worden sein, um Mirjams Leiche mehrere Tage zu kühlen, aber das hätte eine tägliche Anlieferung bedeutet, die sicher aufgefallen wäre. In dem großen Paket, das in dem Bericht des Detektivs erwähnt wird, könnte sich eine Eiswürfelmaschine befunden haben. Ich habe das recherchiert: Es gibt sie für gewerbliche Zwecke in diesen Größen, und sie sind in der Lage, bis zu achtzig Kilogramm Eiswürfel innerhalb von vierundzwanzig Stunden herzustellen. Nach meinen Berechnungen müsste das ausreichen, einen Körper dieser Größe tagelang auf ein paar Grad über dem Gefrierpunkt zu halten. Er hätte allerdings mehrmals täglich dorthin fahren müssen, um sie zu leeren, da diese Maschinen die Menge an Eiswürfeln natürlich nicht auf einmal produzieren.«

»Die Sache hat nur einen kleinen Haken«, wies ihn Tobias auf einen Denkfehler hin. »Wir haben auf dem Grundstück keine Einwürfelmaschine gefunden und irgendwo muss sie abgeblieben sein. Ein Gerät dieser Größe kann man nicht einfach verschwinden lassen. Doch das Wesentlichste ist, dass es dort keinen Strom gibt, und ohne Elektrizität funktionieren diese Geräte nun einmal nicht!«

»Es gibt nur im Haus keinen Strom«, warf Rieke an dieser Stelle ein. »Auf dem Grundstück gibt es schon einen provisorischen Anschluss, der einen Bauwagen mit Strom versorgt. Wir konnten ihn uns nicht von innen ansehen, weil die Erlaubnis des Eigentümers nur für sein Haus und das Grundstück galt und der Bauwagen einer Fremdfirma gehört. Zudem war er abgeschlossen. Wir haben jedoch durch das Fenster hineingesehen; er war mit den üblichen Werkzeugen und Geräten vollgepackt. Etwas Verdächtiges haben wir nicht sehen können.«

»Na gut, dann hatte er theoretisch Strom«, räumte der SOKO-Chef schulterzuckend ein. »Und wie geht deine Geschichte weiter?«, wandte er sich erneut an den Kommissar.

»Aus dem Bericht des Detektivs wissen wir, dass es ein Paket dieser Größe gab, welches vor dem Bauzaun abgestellt wurde«, fuhr Erik fort. »Lieferdienste sind heutzutage gerne bereit, die Pakete einfach irgendwo abzustellen, wenn man die Genehmigung erteilt. Das war also kein Problem. Zudem liefert Amazon solche Geräte innerhalb von einem Tag nach Bestellung, wie ich recherchiert habe. Auch das ist also kein Problem. Der Täter hat dann vermutlich die mit der Maschine produzierten Eiswürfel in Plastikbeutel gepackt, um auf diese Weise zu verhindern, dass sich das unvermeidliche Schmelzwasser in der Wanne ansammelte. So konnte er es auch für neue Eiswürfel verwenden, während er die Wanne mit einer frischen Lieferung füllte. Einer der Beutel könnte ihm ausgelaufen sein, wodurch dann das Wasser auf dem Boden der Wanne erklärt würde. Nun musste er das Ganze zum Schutz gegen zufällige ›Besucher‹ bloß mit einer Plane abdecken und Sand darauf schaufeln, und fertig war eine provisorische Kühlkammer für die Leiche!«

»Ich muss sagen, du hast dir eine Menge Gedanken gemacht«, lobte Tobias ihn. »Schade ist nur, dass wir Berghoff im Ernstfall nichts davon beweisen können. Selbst, wenn wir eine Eiswürfelmaschine dort finden sollten, ist damit nichts bewiesen. Es könnten sogar seine Fingerabdrücke darauf zu finden sein, denn es handelt sich um das Grundstück seiner Schwiegereltern und eine Eiswürfelmaschine ist für sich gesehen keine Straftat. Wenn wir nicht zweifelsfrei belegen können, dass er die Leiche seiner Frau selbst dorthin gebracht hat, dreht uns sein Anwalt vor Gericht eine lange Nase. Darüber können wir aber später ausführlich diskutieren. Lesen wir uns zunächst den zweiten Bericht durch.«

* * *

Dienstag, 8. Oktober

Diesen Bericht darf – wie auch den von gestern – nie jemand zu Gesicht bekommen, deshalb werde ich ihn zusammen mit den Fotos von dieser Baustelle auf einem USB-Stick abspeichern und ihn gut verstecken. Ich schreibe das hier auf, um mir eine Rückversicherung zu schaffen, denn was ich heute erfahren habe, kommt mir doch sehr verdächtig vor. Ich war meiner Zielperson wieder bis vor die Baustelle gefolgt, doch diesmal betrat er nicht das Grundstück, sondern kam zu mir an den Wagen und konfrontierte mich geradeheraus damit, dass er wisse, dass ich ihn observieren würde und er mich gestern bereits hier gesehen habe. Statt mir jedoch mit einer Anzeige zu drohen, machte er mir ein Angebot, welches ich in meiner derzeitigen finanziellen Situation nicht abschlagen konnte. Und zwar sollte ich jetzt bloß *vorgeben*, den Auftrag seiner Frau weiter auszuführen, in Wirklichkeit jedoch den Spieß umdrehen und *sie* bespitzeln. Dafür würde ich mit einer einmaligen Zahlung von 10.000 Euro reich belohnt werden. Ich willigte natürlich ein. Die nachfolgenden Berichte für seine Frau musste ich natürlich etwas frisieren. Die vorherigen Berichte hatte ich bereits abgeliefert, was aber hoffentlich kein Problem darstellen würde. Ich sollte jetzt nur etwas Fantasie walten lassen.

Kapitel 16

Zeuge eines Verbrechens

»Es könnte sich etwa wie folgt zugetragen haben«, fasste Jasmin die bekannten Fakten für alle noch mal zusammen. »Mirjam Berghoff kam dahinter, dass ihr Ehemann Heimlichkeiten vor ihr hatte. Es mag Zufall gewesen sein, dass sie es herausfand. Dass er nicht in der Klinik war, wenn er vorgab, dort Dienst zu haben, oder eine Gemeinderatssitzung, an der er teilnehmen musste, nicht stattgefunden hatte. Ihr wisst, wie das läuft: Man ruft an, um eine wichtige Sache zu klären, und bekommt dort die Auskunft, dass der Ehemann nicht anwesend ist. Sie hat Veritas beauftragt, ihn zu bespitzeln und beschloss, einen Beratungstermin bei einem Scheidungsanwalt auszumachen. Wir wissen nicht, ob sie den Termin wahrgenommen hat; es ist auch nicht von Belang. Ihr Mann könnte Wind davon bekommen und beschlossen haben, sie zu töten, weil ihm ansonsten bald der Geldhahn zugedreht würde und er schlimmste Konsequenzen zu fürchten hätte, falls er seine Schulden nicht begleichen konnte. Der Rest könnte abgelaufen sein, wie Erik es vorhin skizziert hat. Durch den Baustopp konnte er sicher sein, dass niemand es bemerkte und für eventuelle Plünderer gab die mit Sand gefüllte Wanne nichts her, das sich zu klauen gelohnt hätte. Bleibt die Frage, wo die Eiswürfelmaschine dann abgeblieben ist.«

»Unser Detektiv hat außerdem zugegeben, einige Gespräche belauscht und aufgezeichnet zu haben, die Mirjam mit ihrem jugendlichen Liebhaber vor dem Haus auf der Straße geführt hat«, nickte Denise. »So könnte der Täter an die Daten für die KI-generierte Stimme des Erpressers gelangt sein. Auch für den Anruf aus der Klinik gäbe es eine einfache Erklärung. So könnte Berghoff auf dem Handy seiner zu dieser Zeit bereits toten Ehefrau eine automatische Rufannahme eingerichtet haben, wie Erik es schon ausgeführt hat. Für die Geschehnisse bei der Lösegeldübergabe gibt es bestimmt ebenfalls eine entsprechende Erklärung.«

»Das ist alles Makulatur, solange wir nicht einen glaubwürdigen Zeugen haben«, beendete Tobias die Diskussion. »Dass es so gewesen sein könnte, haben wir bereits mehrfach erörtert. Es könnte sich jedoch auch ganz anders zugetragen haben, und Berghoff ist unschuldig in die Sache geraten. In dieser Mordsache ist alles möglich. Was wir jetzt dringend benötigen würden, ist sozusagen ein *Zeuge eines Verbrechens* von seiner Seite. Das alleine zählt!«

»Das ist die perfekte Gelegenheit, das Ergebnis der Analyse vorzutragen, um die du mich vorhin gebeten hast«, meldete sich die Forensikerin zu Wort. »Leider ist das Resultat weit von deinem ›Zeugen‹ entfernt«, hob Rieke Martinen die Schultern, während sie einen Datenstick aus ihrer Tasche zog und einstöpselte. Auf allen Bildschirmen erschien ein Dokument mit zwei nebeneinanderliegenden Daumenabdrücken, die mit jeweils drei nachträglich angebrachten Markierungen in Form von Kringeln versehen waren.

»Das ist einmal der Daumenabdruck von Andreas Berghoff, den er uns freiwillig zur Verfügung gestellt hat«, erläuterte sie ihre Grafik. »Das andere ist der verwischte Abdruck, den ich auf der Rückseite einer der Klebebuchstaben aus dem ersten Erpresserbrief fand. Diese drei Kringel markieren mögliche Übereinstimmungen, wobei die Betonung auf *möglich* liegt. Es handelt sich um drei Stellen, die auf dem rechten Abdruck nicht ganz so verschmiert sind und deshalb einen Vergleich zulassen, aber es sind eben nur drei. Für eine Zuordnung reicht das bei weitem nicht, weil es Tausende von Menschen geben dürfte, auf die das zutrifft. Für eine eindeutige Zuordnung bräuchte ich sehr viel mehr Treffer.«

»Danke, Rieke, das ist aber genau das, was ich mir davon erhofft hatte«, nickte der SOKO-Chef zu ihrer Überraschung zufrieden. »Das belegt immerhin, dass er es gewesen sein *könnte*, wenngleich ohne jegliche Beweiskraft. Jeder Hinweis ist ein weiteres Puzzleteil, es fehlt nur noch der ultimative Beweis!«

»Was das betrifft, hätte ich vielleicht eine Idee, wie wir an deinen Zeugen gelangen könnten«, brachte sie eine eigene Überlegung ins Spiel. »Ich muss euch aber warnen. Es wäre sehr riskant, weil es wahrscheinlich nur diesen einen Versuch geben wird. Schlägt er fehl, wären wir endgültig am Ende, dann geht vermutlich gar nichts mehr.« Anschließend erläuterte die Forensikerin den Ermittlern ihren verwegenen Plan. Tobias gab ihr Recht: Ihr Plan *war* riskant, aber wahrscheinlich die einzige und letzte Chance, an dringend benötigte Beweise zu gelangen. Und die Zeit drängte, denn es gab ein Verfallsdatum!

* * *

»Sie schon wieder!«, blaffte Berghoff sie an, als er die Tür öffnete und Tobias, Denise und Rieke davor stehen sah. Die Forensikerin hatte dieses Mal auf ihre sterile Schutzkleidung verzichtet. Einerseits, weil es heute nichts zu untersuchen gab, was sie womöglich kontaminieren konnte, andererseits, um den Tatverdächtigen nicht gleich zu verprellen, denn sie waren auf sein Wohlwollen angewiesen. Deshalb waren sie auch bloß zu dritt angerückt, allerdings waren zeitgleich zwei weitere Forensiker an einem anderen Ort mit einer Untersuchung ganz spezieller Art beschäftigt. Dass Berghoff zu Hause sein würde, hatten sie vorausgesetzt, da er sich bei ihrem letzten Gespräch entsprechend geäußert hatte. Immerhin war erst vor wenigen Tagen seine Ehefrau getötet worden, und er musste deren Beisetzung vorbereiten. Falls er jedoch schuldig war und ihnen jetzt den trauernden Witwer vorspielte, wäre er ein dreister Heuchler.

»Reicht es Ihnen denn nicht, mein Ansehen in den Schmutz zu ziehen, indem sie hinter meinem Rücken Erkundigungen über mich und meine brutal ermordete Ehefrau einziehen?«, giftete er. »Was wollen Sie denn jetzt noch von mir? Sie haben mein Haus schon zweimal durchsucht!«

»Es tut mir sehr leid, wenn wir Ihnen Unannehmlichkeiten bereiten müssen«, gab Tobias Heller diplomatisch zurück. »Doch auf Befindlichkeiten können und dürfen wir bei einer Mordermittlung keine Rücksicht nehmen. Ich möchte Ihnen jedoch einen Handel anbieten: Erlauben Sie uns noch ein einziges Mal, den Wagen Ihrer verstorbenen Frau forensisch zu untersuchen. Falls unsere Spezialistin auch diesmal nichts Tatrelevantes finden kann«, zeigte er auf Rieke, »sind Sie uns für immer los, das verspreche ich Ihnen!«

Berghoff starrte ihn finster an, gab dann aber wie erhofft nach: »In Ordnung, aber danach muss wirklich Schluss sein, denn sonst werde ich mich an allerhöchster Stelle über Sie beschweren. Und machen Sie schnell, ich habe noch zu tun!«

In der Garage nahm Rieke Martinen unter seinen wachsamen Augen zielsicher den Zündschlüssel für den Nissan von dem Haken an der Wand und öffnete den Kofferraum. Ein beiläufiger Blick auf das Armaturenbrett zeigte ihr, dass der Wagen nach der Aktion am Brunnenkeller nicht wieder bewegt worden war. Doch das war eigentlich ohne Belang.

»Was erhoffen Sie sich heute, darin zu finden, was nicht beim letzten Mal vorhanden war?«, wollte Berghoff wissen, als Rieke mit ihrem ganzen Oberkörper darin verschwand und mit einer hellen Stablampe in jede Ritze leuchtete und sogar eine Lupe verwendete.

Sie gab ihm keine Antwort und bat stattdessen, ihr eine Pinzette zu reichen. Denise musste in dem gut sortierten Koffer nicht lange suchen, und drückte ihr das geforderte Instrument in die nach hinten ausgestreckte Hand. Ihren Kopf ließ die Forensikerin in der Öffnung und fixierte ihren Fund, als könne er sich in Luft auflösen, sobald sie wegschaute. Dann richtete sich auf und hielt triumphierend ihre Pinzette hoch, in der eine Art kleiner, weißer Wurm eingeklemmt war. Offenbar war er aber tot. »Hier haben wir deinen Zeugen!«, wandte sie sich an Tobias, indem sie ihren ›Wurm‹ in ein Glasröhrchen fallen ließ.

»Ich muss Sie bitten, uns auf das Kommissariat zu begleiten, bis die Untersuchungen an der Larve abgeschlossen sind«, wandte Tobias sich an Berghoff, der die Aktion mit verkniffener Miene verfolgt hatte. Es war jedoch auch etwas wie Panik darin zu sehen.

»Wegen einer toten Made?«, entrüstete dieser sich. »Ich hatte Ihnen bereits erklärt, wie sie in den Kofferraum gelangt ist. Ich muss dieses eine Exemplar beim Reinigen übersehen haben.«

»Das wird unsere Untersuchung im Labor zeigen. Ich werde Sie nicht festnehmen; seien Sie vernünftig und kommen freiwillig mit. Es wäre zu Ihrem Besten, weil ich andernfalls Polizeibeamte anfordern müsste, die so lange Ihr Haus bewachen, was aber wesentlich mehr Aufmerksamkeit erregen dürfte.«

»Beschweren können Sie sich später«, fügte Denise hinzu. »Sollte unser Untersuchungsergebnis negativ ausfallen, sitzen Sie schon heute Abend wieder am Spieltisch und verzocken das Geld Ihrer Ehefrau. Uns aber sehen Sie in diesem Fall wie versprochen nicht wieder. Ich muss Sie jedoch darauf hinweisen, dass das Etablissement nicht mehr existiert, wo man Sie vor zwei Wochen so überzeugend an Ihre Zahlungspflicht erinnerte.« Berghoff starrte sie nur entgeistert an. Er war weiß wie eine Wand geworden.

* * *

Zwei Stunden später

»Rieke hat sich mal wieder selbst übertroffen, und sämtliche Untersuchungen an der im Kofferraum des Nissans gefundenen Larve in einer absoluten Bestzeit durchgeführt«, informierte Tobias die vollzählig im Besprechungsraum versammelten Ermittler. Es war jetzt kurz vor Feierabend, und wie es aussah, konnten alle mit den überraschend erzielten Ergebnissen des heutigen Tages vollauf zufrieden sein. Entsprechend gelöst war die Stimmung des SOKO-Chefs. Dass man sich von ihm und Denise – und natürlich Rieke – eine mittlere Sensation erhoffte, war allen anzusehen.

»Und ich kann euch auch den gesuchten ›Zeugen‹ präsentieren«, fühlte die Forensikerin sich angesprochen. Klang da eine Spur von Stolz in ihrer ansonsten emotionslosen Sprechweise mit? »Wie ich ja bereits ausgeführt hatte und auch allgemein gefordert war, benötigten wir einen unwiderlegbaren Beweis dafür, dass die Leiche von Mirjam Berghoff im Kofferraum ihres eigenen Wagens transportiert wurde. Und diese kleine Made, eine Larve der Gattung *Musca domestica*, der gemeinen Stubenfliege, brachte uns genau diesen Beweis«, zeigte sie auf ihren Monitor, wo – wie auch auf sämtlichen Bildschirmen der Ermittler – ein stark vergrößertes Abbild der winzigen Made zu sehen war.

»Ihr erinnert euch vielleicht noch daran, dass die Rechtsmedizinerin in ihrem Autopsiebericht Larven dieser speziellen Art an der Leiche im Wald erwähnt hatte, wo es gar keine Stubenfliegen gibt«, fuhr Rieke in dozierendem Ton fort. »*Diese* Larve ist nicht nur von der gleichen Art, sondern genetisch mit den an der Leiche gefundenen Fliegenlarven identisch. Sie stammen demnach aus derselben Eiablage.«

»Das ist aber noch lange kein Beweis«, wandte Erik ein. »Was wir benötigen, ist ein Zusammenhang mit dem Leichentransport in *diesem* Wagen zum Fundort am Brunnenkeller. Es gibt sicher nicht viele Möglichkeiten, wie die Larve in den Kofferraum des Nissans gelangt sein könnte, das gebe ich zu. Doch ein Beweis ist das nicht! Außerdem hast du den Nissan zweimal untersucht, als Mirjam Berghoff vermutlich schon tot war. Und da gab es keine Larven.«

»Ich würde dir zustimmen, wenn es da nicht eine kleine Besonderheit gäbe«, lächelte die Forensikerin. »Wenngleich das für sich alleine eigentlich schon ein starkes Indiz wäre. Für das andere gibt es zudem eine einfache Erklärung: Er hat den Kofferraum gründlich gereinigt, *nachdem* er die Leiche zu ihrem Zwischenlager auf der Baustelle transportiert hatte. Und *bevor* er die angebliche Entführung anzeigte. Die Reinigung hatte er eingeräumt, als ich ihn darauf ansprach.«

»Jetzt verstehe ich auch, worauf du hinauswillst!«, rief Jasmin aus. »Du beziehst dich auf den Kilometerstand von dem Nissan, mit dem Berghoff am Tag des Leichenfundes zum Brunnenkeller gefahren ist. Das wird er sicher gemacht haben, weil er so verschleiern wollte, dass dieser Wagen in der Nacht zuvor bewegt worden war. Und dass er dafür nicht seinen Mercedes genommen hat, ist ebenfalls klar: Er verfügt über ein Navigationssystem, das wir hätten auslesen können. Wir wissen dank deiner Aufmerksamkeit, dass aber die gefahrene Strecke exakt das Dreifache von der zu Erwartenden war. Er hat also die Leiche in der Nacht an den Fundort gefahren. Da die Baustelle praktisch auf dem Weg dorthin liegt, kommt so die Strecke von insgesamt fünfzehn Kilometern zusammen. Das war jedoch eigentlich ziemlich dreist, wo doch Amara bei ihm übernachtet hatte!«

»Ich habe sie natürlich danach gefragt. Amara hat ihrer Aussage nach einen eher leichten Schlaf, schlief aber in dieser Nacht tief und fest. Berghoff wird ein Schlafmittel in ihren Tee getan haben, als sie mit ihm arglos das Abendbrot einnahm. Als er sich sicher sein konnte, dass sie ihn nicht stören würde, holte er die Leiche seiner Frau aus ihrem Versteck und brachte sie zum Brunnenkeller. Als Mediziner wusste er, wann er das tun musste, damit sie später die richtige Temperatur hatte. Vielleicht benutzte er eine Heizdecke. Die Fliegenlarven könnte er beim ersten Transport eingeschleppt haben. Es befanden sich sicher noch einige davon in den Ritzen, die sich an die Leiche hefteten und so der späteren Reinigungsaktion entgingen. Bei einer angenommenen Temperatur um den Gefrierpunkt sterben diese Tierchen nicht, sondern halten nur eine Art von Winterschlaf. Als er die Leiche am Brunnenkeller ablegte, blieb vermutlich eine davon im Kofferraum zurück und starb später auf bisher ungeklärte Weise.«

»Und jetzt kommt der Moment, wo du uns sagst, warum es genau so und nicht anders gewesen ist!«, nickte der SOKO-Chef. Er hatte bereits eine Ahnung, worin der Beweis bestand, wollte es jedoch aus ihrem Mund hören. Außerdem hatten sie vorher über diese Möglichkeit gesprochen.

»Ich habe dieses arme Würmchen seziert«, grinste Rieke verschmitzt. »Ihr müsst nämlich wissen, dass im Magen einer Larve, die sich an einer Leiche gütlich getan hat, deren DNA zu finden ist, solange sie nicht verdaut wurde. Mirjam Berghoffs DNA im Magen des Tierchens belegt eindeutig und unwiderlegbar, dass sie im Kofferraum *dieses* Wagens gelegen hat und zu diesem Zeitpunkt bereits nicht mehr lebte. Fliegenlarven ernähren sich bekanntlich ausschließlich von totem Fleisch. Wie heißt es doch so schön: *Quod erat demonstrandum.* Was zu beweisen war!«

»Ich sagte bereits bei früheren Gelegenheiten, dass an dir eine gute Kriminalistin verloren gegangen ist«, betonte der SOKO-Chef. »Das war eine wahre Meisterleistung der Kombinationskunst! Mit diesem Beweis haben wir alles, was wir brauchen. Berghoff ist schon hier und steht in der Vernehmungsecke unter Bewachung. Ich hingegen gehe in die Staatsanwaltschaft und werde einen Haftbefehl beantragen. Er ist überführt, es passt endlich alles zusammen! Die Eiswürfelmaschine benötigen wir nicht mehr.«

»Dann kann ich sie verkaufen?«, ertönte in diesem Augenblick eine gelangweilt klingende Stimme vom Eingang her, wo Jürgen Vogel mit einem seiner Leute in der Tür erschienen war. »Wir haben das gute Stück nämlich auf der Baustelle gefunden. Sie war in einem zugeschütteten Bauloch vergraben, doch dem Bodenradar entgeht nichts! Wenn ich aber meine Mitarbeiterin mal kurz ›ausleihen‹ dürfte?«, fügte er ironisch hinzu. »Wir werden das Teil nämlich jetzt auf Fingerabdrücke und DNA untersuchen. Irgendwas wird sich schon finden lassen!«

Epilog

Die Nachlese

»Ich muss zu meinem Bedauern leider zugeben, dass ihm beinahe das perfekte Verbrechen gelungen wäre, an das ich bekanntlich nicht glaube«, gestand Tobias seinen Ermittlern an diesem Freitagmorgen ein. »Wäre diese winzige und dazu noch tote Fliegenlarve nicht gewesen, hätten wir ihn trotz der zahlreichen Indizien nicht überführt. Wir hatten demnach auch keinerlei Handhabe, den Kofferraum noch mal zu untersuchen. Letztlich war es nur seiner Überheblichkeit zu verdanken, die ihn dazu verleitete, uns die Untersuchung des Wagens zu gestatten. Wenngleich mein Angebot, ihn danach nie wieder zu behelligen, hierbei den Ausschlag gegeben haben mag«, fügte er lächelnd hinzu.

»Wir hätten eine andere Möglichkeit gefunden, an diesen Beweis zu gelangen«, war Denise sicher. »Doch so war es natürlich einfacher. Und an ein perfektes Verbrechen glaube ich auch nicht, wie bekannt sein dürfte. Irgendwann begeht jeder einen Fehler. Durch sein umfassendes Geständnis, das er in den letzten Tagen häppchenweise nach und nach abgegeben hat, kennen wir jetzt auch seine ganze Geschichte. Es war bei seiner nach wie vor vorhandenen Überheblichkeit nicht einfach, doch letztendlich haben wir ihn dazu bewegen können, uns alles zu beichten.«

»Natürlich hat uns in die Karten gespielt, dass wir einiges über ihn herausgefunden hatten, von dem er bis dahin glaubte, es wäre uns unbekannt«, nickte Tobias. »Seine Spielsucht und die Tatsache, dass seine Frau ihn bespitzeln ließ und vorhatte, die Scheidung einzureichen, bis hin zur Kenntnis über die Doppeltätigkeit des Detektivs, den er bestochen hatte.«

»Was passiert mit Moritz Langer jetzt eigentlich?«, wollte Vanessa wissen. »Wird er ebenfalls angeklagt? Immerhin war er irgendwie darin verstrickt.«

»Die Staatsanwaltschaft ermittelt wegen möglicher Beihilfe oder Mittäterschaft gegen ihn«, berichtete Denise. »Haftbefehl wurde bisher nicht erlassen, allerdings ist das bloße Observieren von Leuten, die später getötet werden, nicht strafbar. Etwas anderes wäre es, wenn er dem Täter Informationen geliefert hätte, die diesem den Mord erst ermöglichten. Dann wäre er auf jeden Fall mitschuldig, doch dafür gibt es keinerlei Beweise.«

»Bis auf die Tonaufnahmen von Lennard Schwick, die Berghoff für seine Spielchen mit den angeblichen Erpresseranrufen benutzte, indem er mittels einer KI eine Stimme nach diesen Vorgaben generierte«, relativierte ihr Partner. »Doch das wird vermutlich nicht für eine Anklage ausreichen, wenn er sie im Rahmen seiner Tätigkeit als Privatermittler angefertigt hatte. Doch kommen wir jetzt zum Tathergang, wie er sich uns nach dem Geständnis erschließt.«

»Demnach gab es einen heftigen Streit, als Mirjam Berghoff am Freitag vor der angeblichen Entführung von ihrem Treffen mit ihrem Liebhaber heimkehrte«, übernahm Denise die Einleitung. »Im Verlauf dieser

Auseinandersetzung stieß er sie von sich. Sie stürzte und fiel unglücklich hinterrücks auf eine Tischkante, wodurch sie sich einen Genickbruch zuzog.«

»Was wir ihm aber nicht abkaufen werden«, warf Martin ein. »Und das Gericht hoffentlich auch nicht. Zu diesem Zeitpunkt hatte er laut dem Ermittlungsbericht des von ihm gekauften Privatschnüfflers auf der brachliegenden Baustelle seiner Schwiegereltern bereits alles für eine Lagerung der Leiche vorbereitet. Daraus ergibt sich eindeutig, dass es sich um Vorsatz gehandelt hat.«

»Und genau dieser Umstand wird ihm vor Gericht im übertragenen Sinn ebenfalls das Genick brechen«, lächelte Tobias. »Vermutlich hatte er seine Frau dann von hinten gepackt und ihr mit einem schnellen Griff die Halswirbel gebrochen. Als Mediziner weiß er, wie man das machen muss, und er ist ein kräftiger Mann. So konnte er Spuren vermeiden, die sonst unweigerlich entstehen. Aber das sind Spekulationen; bleiben wir bei den Fakten.«

»Er brachte die Leiche dann zu dem vorbereiteten Versteck«, nickte Denise. »Dort hatte er alles so arrangiert, dass niemand zufällig die Wahrheit erkennen würde. Anschließend reinigte er den Kofferraum des Wagens, doch ein paar Fliegenlarven von dem vergessenen Einkauf seiner Frau einige Tage zuvor hatten sich unterwegs an die Leiche geklammert und waren auf diese Weise mit in das kalte Grab gelangt, wo sie bis zum Weitertransport in den Winterschlaf fielen. Das ist zugegebenermaßen auch bloß eine Annahme, die aber durch unsere forensischen Untersuchungen hinreichend belegt sein dürfte.«

»Es war ein glücklicher Zufall, dass diese Baustelle exakt auf dem Weg zum Brunnenkeller liegt«, meinte Jasmin. »Dadurch konnte er zusätzlich noch Verwirrung stiften.«

»Das glaube ich nicht«, schüttelte der SOKO-Chef den Kopf. »Es wird eher so gewesen sein, dass er diese Lokalität gezielt ausgesucht hat, wie auch zuvor den Übergabeort an der alten Eiche. Das war vermutlich alles durchdacht.«

»Den Rest der Geschichte kennen wir größtenteils aus eigener Erfahrung«, fuhr Denise fort. »Er inszenierte das – zugegebenermaßen sehr ausgeklügelte – Märchen von der Entführung seiner Frau. Die Erpresserbriefe waren dabei das geringste Problem, aber für den Anruf aus der Klinik zu einer Zeit, als sie bereits tot war, musste er tiefer in die Trickkiste greifen. Er installierte auf ihrem Handy eine spezielle App, die seinen Anruf nach einer voreingestellten Zeit selbsttätig beendete. Die automatische Rufannahme sorgte dafür, dass das Gespräch angenommen wurde. Erik hatte das postuliert«, nickte sie dem Kommissar zu.

»Ähnlich planvoll ging er später bei der fingierten Lösegeldübergabe vor«, übernahm Tobias, um seiner Co-Chefin Gelegenheit zu geben, einen Schluck Kaffee zu nehmen. »Das Geld hatte er gar nicht in den Koffer gepackt, als er sich pünktlich zum Treffpunkt begab. Er wusste, dass wir dort mit einem kompletten SEK lauerten und alles mit Wärmebildkameras beobachteten. Er zündete im richtigen Moment eine Magnesiumfackel, um die empfindlichen Geräte zu blenden. Allerdings kam ihm ein gewisser, äußerst neugieriger Journalist in die Quere, den er mit einem Ast niederschlug. Es liegen dort ja genügend herum. Er selbst schlug sich den Kopf am Stamm der Eiche blutig, um eine Rangelei mit dem Entführer vorzutäuschen. Das war die Szene, die wir dann vorfanden.«

»Für die zwei Erpresseranrufe hatte er sich etwas ganz Besonderes ausgedacht«, fuhr Denise mit ihrem Bericht fort. »Er benutze dazu eine sogenannte *Call Scheduler App* auf einem zweiten Handy, wie du ebenfalls vorausgesagt hast, Erik. Er machte sich offenbar einen Spaß daraus, die zuvor aufgezeichneten Anrufe mit der Stimme des Nebenbuhlers jedes Mal während unserer Anwesenheit auszuführen und die sinnlosen Bemühungen Amaras zu verfolgen, den Standort des Anrufers zu ermitteln. Und wir alle sind ihm voll auf den Leim gegangen!«

»Es hätte uns aber zu denken geben sollen, dass er nach dem zweiten Erpresseranruf gar nicht erst den Versuch machte, seinen Schwiegervater noch einmal um Geld zu bitten«, ergänzte Tobias. »Es wurde zwar dabei keine konkrete Forderung gestellt, doch seine Frau galt zu dem Zeitpunkt noch als lebendig und er musste mit einer erneuten Forderung rechnen. Dass er nicht entsprechend handelte, hätte uns zumindest stutzig werden lassen müssen. Jedenfalls fuhr er in der Nacht vor dem Leichenfund zu der Baustelle, wo er die Leiche seiner Frau ankleidete, sie in den Kofferraum lud und zum Brunnenkeller karrte. Dabei muss eine der mit ihr konservierten Larven im Kofferraum abgefallen sein. Weitere Larven hatte Doktor Nowak ja im Wald an der Leiche entdeckt. Wann diese Larve an ihr ›geknabbert‹ hat – vor der Fahrt zur Baustelle, oder erst später – wissen wir nicht. Es ist auch egal.«

»Die einzige Herausforderung war Amara, die wir ihm nach dem zweiten Anruf aufgezwungen hatten, falls die Entführer sich noch einmal melden«, vermutete Vanessa. »Er verabreichte ihr ein Schlafmittel, das sie friedlich schlummern ließ, während er seiner makabren Tätigkeit nachging. Als Mediziner hatte er auch hier die notwendigen Kenntnisse für die exakte Dosierung.«

»Blieb bloß noch, das logistische Problem mit der Kühlung zu lösen«, beendete Denise den Vortrag. »Er musste alle vier bis sechs Stunden zur Baustelle, um das bereits geschmolzene Eis auszutauschen und die Eiswürfelmaschine auszuleeren. Dabei kam ihm der Umstand zu Hilfe, dass die Baustelle nur knapp zwei Kilometer von der Klinik entfernt ist, und er sich als Chefarzt der Chirurgie für ein paar Minuten heimlich wegschleichen konnte, wenn keine dringende Operation anstand. Von zu Hause war es natürlich ohnehin kein Problem, da ihn ja niemand mehr kontrollieren konnte. Seine Ehefrau war tot und den Privatdetektiv hatte er unter Kontrolle, wie er glaubte.«

»Er konnte nicht damit rechnen, dass es unter den diversen Kontakten seiner Ehefrau einen gab, der ihr nachgestellt hatte und wir durch ihn herausfanden, dass Moritz Langer zwei Herren diente«, fasste Jonas zusammen. »So kamen wir ihm letztendlich auf die Spur. Das war noch das Beste daran!«

»Nein, das Beste daran ist, dass unsere Kriminaldirektorin sich in aller Form bei uns dafür entschuldigt hat, sich derart in unserer Ermittlungen eingemischt zu haben«, lachte Tobias. »Warten wir ab, wie lange diese Einsichtsfähigkeit wirklich anhält.«

»Ich kann dem ja eventuell bei unserem nächsten Sparring ein bisschen Nachdruck verleihen«, grinste Denise, die bei ihrem monatlich stattfindenden Taekwondo-Training mit der Großmeisterin zuletzt etwas geschwächelt hatte und 8:9 zurücklag. »Wenn ich sie ordentlich vermöbele, wird sie vielleicht etwas handzahmer!«

»So ein Glück möchte ich auch mal haben, meine Chefin verprügeln zu dürfen, ohne dafür bestraft zu werden«, meinte Jasmin unbedacht. »Natürlich rein hypothetisch und in einem absonderlichen Paralleluniversum, in dem meine Chefin nicht so nett ist wie du«, fügte sie unter dem brüllenden Gelächter ihrer Kollegen errötend hinzu, als sie von Denise stirnrunzelnd und mit strenger Miene fixiert wurde. Dem war nichts mehr hinzuzufügen.

Die SOKO Rhein-Sieg kommt wieder!

Viele von Ihnen wissen, dass ich vor jeder Veröffentlichung einen Newsletter an Interessierte versende. Es ist ein Service, den ich zusätzlich anbiete, auch wenn Sie von Amazon benachrichtigt werden, falls Sie sich als ›Follower‹ für mich eingetragen haben. Bei jedem Buch kommen neue Adressen hinzu, doch in schöner Regelmäßigkeit erhalte ich auch die eine oder andere Abmeldung. Weil ich ein neugieriger Mensch bin und wissen möchte, warum man das macht, habe ich eine automatische Antwort eingerichtet, die das erfragt. So erhielt ich die Erklärung eines Lesers, der sich von den wiederkehrenden Charakterbeschreibungen der Protagonisten genervt fühlte.

Ich schrieb zurück, was ich hier auch gern loswerden möchte: Es gibt nicht nur die ›Stammleser‹, sondern auch immer wieder welche, die nach einer Veröffentlichung auf diese Serie aufmerksam werden und mit diesem Band einsteigen. Diese Leser möchte ich nicht ›im luftleeren Raum‹ hängen lassen. Es gibt natürlich die Übersicht der Charaktere zu Beginn jedes Buches, jedoch sollte es zusätzlich erlaubt sein, im täglichen Umgang der Personen miteinander auf einige ihrer Eigenarten einzugehen. Ansonsten verkommen diese Geschichten nämlich zu einer nüchternen Ansammlung von Fakten. Die Anzahl der ›Neuleser‹ ist übrigens nicht gerade klein, möchte ich noch anmerken. Es dürften jeweils mehrere hundert sein.

Als selbst publizierender Autor muss ich mich dieser nicht zu unterschätzenden Klientel annehmen, denn ich möchte sie mir natürlich erhalten. Wenn Sie sich also das nächste Mal offen oder im Stillen über solche ›ständigen‹ Wiederholungen ärgern sollten, erinnern Sie sich bitte ebenfalls daran, dass niemand eine Insel und ganz allein im Universum ist. Allerdings könnte man es annehmen, wenn man sieht, wie Leute ihren Einkaufswagen im Supermarkt stets an der engsten Stelle und natürlich quer abstellen, oder an der Kasse einen Stau veranstalten, weil sie nach dem Bezahlen ihren Wagen in aller Ruhe in ihre Taschen umladen.

Es sind auch nicht einfach hirnlose Wiederholungen, ich denke mir etwas dabei. Viele von Ihnen mögen es nämlich, wenn die Protagonisten einer Serie sich im Laufe der Zeit persönlich weiterentwickeln und nicht immer gleich agieren. Dies entnehme ich zumindest aus einigen Rezensionen. Dazu ist es jedoch natürlich notwendig, auch darauf eingehen zu dürfen. Wer das nicht mag, kann ja darüber hinweglesen.

Selbstverständlich entsprechen auch wieder in dieser Geschichte örtliche Gegebenheiten und kriminalistische Methoden weitgehend der Wirklichkeit. So ist es in der Tat möglich, aus der Dichte der Papillarleisten eine geschlechtsspezifische Zuordnung herstellen zu können. Weil ich weiß, dass manche Leser von solch detaillierten Ausführungen genervt sind, habe ich im Text darauf verzichtet. Ein bisschen Bildung hat noch niemandem geschadet, doch leider gibt es auch beratungsresistente Menschen. Nun gut, wer nichts mehr dazulernen will, der hat schon. Wissen ist ein wertvoller Schatz, doch manche sind wohl gern arm. Für

Interessierte kann ich das erwähnte Buch ›*Das Jahrhundert der Detektive*‹ jedoch wärmstens empfehlen. Es wurde im Jahr 1965 veröffentlicht und wurde von Jürgen Thorwald geschrieben. Ob es allerdings noch zu bekommen ist, weiß ich nicht. Ein Exemplar steht jedenfalls seit fast fünfzig Jahren in meinem Bücherschrank. Auch die Identifizierung von Gesichtern ist mittels KI anhand vorgegebener Merkmale möglich. Einige Suchmaschinen arbeiten bereits damit.

Bevor sich wieder selbst ernannte ›Experten‹ zu Wort melden (das sind vermutlich dieselben, die sich über entsprechende Erklärungen in der Handlung genervt fühlen, aber trotzdem – oder gerade deswegen – alles besser wissen), möchte ich hier eines klarstellen: Es besteht ein großer Unterschied zwischen dem Zählen oder dem Schätzen der Anzahl von Papillarleisten in einem verwischten Abdruck und einer Datenbankabfrage. Zehn Prozent Unterschied zwischen männlichen und weiblichen Fingerabdrücken sind sehr viel, für eine eindeutige Zuordnung bedarf es jedoch einer Mindestanzahl von charakteristischen Übereinstimmungen, vornehmlich an Stellen, wo die Linien sich treffen oder Wirbel bilden. Bei undeutlichen Abdrücken ist daher eine gerichtsfeste Zuordnung oft nicht möglich, das Zählen der Linien jedoch normalerweise schon. Das wollte ich vorsichtshalber erwähnt haben.

Ich hoffe, der vorliegende Band der SOKO Rhein-Sieg hat Ihnen gefallen und ich konnte Ihnen einige spannende und unterhaltsame Stunden verschaffen, denn zu diesem Zweck wurde das Buch geschrieben! Wenn dies der Fall ist, habe ich eine persönliche Bitte an Sie: Ich würde mich sehr freuen, wenn Sie den Krimi auf der Produktseite von Amazon bewerten und dort ein kurzes Feedback hinterlassen. Sie müssen sich gar nicht in epischer Breite über den Inhalt auslassen, einige Sätze reichen vollkommen aus. Applaus ist das Brot des Künstlers, heißt es, und er motiviert zumindest zum Weiterschreiben!

Falls Sie auf *Lovelybooks*, *Goodreads* usw. aktiv sind, einen Buchblog betreiben oder Ihre Leidenschaft für Bücher mit Gleichgesinnten auf *Facebook*, *Instagram* oder *Twitter (X)* teilen, würde ich mich dort sehr über eine Rezension freuen. Das soll jedoch nicht heißen, dass ich hier um positive Bewertungen ›bettele‹, wie man mir bereits vorgeworfen hat. Selbstverständlich dürfen Sie Ihrem Unmut bei Nichtgefallen ebenfalls freien Lauf lassen, sofern Sie Ihre Meinung sachlich und vor allem ehrlich vertreten! Und bitte: 1-Sterne-Bewertungen ohne Text helfen niemandem! Ach ja, ich lese öfter Bewertungen, in denen das vorliegende Buch heruntergemacht, das eines genannten anderen Autors aber über den grünen Klee hinaus gelobt wird. Ich weiß nicht, warum Amazon das zulässt, denn es ist im Grunde Werbung und verstößt somit gegen die Richtlinien. Außerdem tut man diesem Autor keinen Gefallen damit, denn es könnte ein schlechtes Licht auf ihn werfen. Niemand kann schließlich sagen, ob er das nicht selbst verfasst hat. Tun Sie Ihrem Lieblingsautor und mir einen großen Gefallen und unterlassen Sie solche Vergleiche. Vielen Dank.

Ihr René Falk

Printed in Poland
by Amazon Fulfillment
Poland Sp. z o.o., Wrocław

56186287R00146